fL 文学馆 林贤治 主编

Dario's
works

Vallejo's
works

Mistral 's
works

...

镜中的孤独迷宫

拉美文学选集

〔尼加拉瓜〕鲁文·达里奥 等著　范晔 等译

SPM 南方传媒 | 花城出版社
中国·广州

图书在版编目（C I P）数据

镜中的孤独迷宫 ：拉美文学选集 / （尼加）鲁文·达里奥等著 ；范晔等译. -- 广州 ：花城出版社，2019.1（2023.10重印）
（文学馆 / 林贤治主编）
ISBN 978-7-5360-8573-2

Ⅰ. ①镜… Ⅱ. ①鲁… ②范… Ⅲ. ①拉丁美洲文学—作品综合集 Ⅳ. ①I730.11

中国版本图书馆CIP数据核字(2018)第258507号

出 版 人：张　懿
责任编辑：陈　川
技术编辑：凌春梅
装帧设计：林露茜
制作总监：蒋　波
发行总监：田峰峥

书　　名　镜中的孤独迷宫：拉美文学选集
JING ZHONG DE GUDU MIGONG：LAMEI WENXUE XUANJI
出版发行　花城出版社
（广州市环市东路水荫路 11 号）
经　　销　全国新华书店
印　　刷　北京通州皇家印刷厂
（北京市通州区张家湾镇皇木场村）
开　　本　880 毫米×1230 毫米　32 开
印　　张　10.5　2 插页
字　　数　220,000 字
版　　次　2019 年 1 月第 1 版　2023 年 10 月第 2 次印刷
定　　价　59.00 元

购书热线：020－37604658　37602954
花城出版社网站：http://www.fcph.com.cn

目录 contents

卷心菜的诞生

我们来梦一场

噬尾蛇

卷心菜的诞生

卷心菜的诞生

鲁文·达里奥

在地上的伊甸园，在百花受造的灿烂一日，夏娃被蛇诱惑之前，那邪恶的灵走近最美丽的一朵玫瑰，此时她正迎着阳光的爱抚，展露红艳纯真的嘴唇。

——你很美。

——我的确美。——玫瑰回答。

——美丽又幸福。——魔鬼说下去，——你拥有颜色，姿态和香气。不过……

——不过?

——你没有用。你没看见那些硕果累累的大树么？它们不仅枝叶繁茂，还能为来到树下的众多生灵提供食物。玫瑰啊，美丽是不够的……

于是玫瑰——像此后的女人一样受了诱惑——一心想要

变得有用，鲜红中平添了一抹苍白。

次日拂晓，良善的上帝走过。

——天父——花中的公主问道，颤抖在她芬芳的美艳中——您能把我变得有用么？

——如你所愿，我的孩子——上帝回答，微笑着。

就这样，世界上有了第一棵卷心菜。

范晔 译

鲁文·达里奥（Rubén Darío，1867—1916），尼加拉瓜诗人，拉丁美洲现代主义文学的巨星，使拉美诗歌第一次反向影响到欧洲宗主国的文学，“将西班牙的大商船掉转头来，驶回了西班牙”。代表作有《蓝》《生命与希望之歌》等。

我们来梦一场

我们来梦一场

拓奇乌伊钦·科尤奇乌伊基

拓奇乌伊钦这样说，
科尤奇乌伊基这样讲：
猛然从梦里醒来，
我们只是来梦一场，
不是那样，不是那样，
我们来不是要活在地上。
好像青草在春天
我们的命是一样。
我们的心生长，长出
我们花蕾的肉身。
有些展开花冠
转眼就枯黄。

拓奇乌伊钦这样讲。

范晔 译

拓奇乌伊钦·科尤奇乌伊基（Tochihuitzin Coyolchiuhqui，14世纪末至15世纪中叶），阿兹特克（曾兴盛于今日墨西哥的古代文明）诗人。

祝酒歌

内查华科尤特尔

我的朋友们，请站起身来！
王子们孤独无靠，
我是内查华科尤特尔，
我是歌手，
我是大头的鹦鹉。
拿起你的鲜花你的羽扇。
拿起它们去跳舞！
你是我的儿子，
你是尤雍钦。
拿起你的可可，
可可的花，
快快喝下！

跳起舞来，
对歌的声音响起来！
这里不是我们的家，
将来我们不在这里生活，
你也一样要离开。

范晔 译

内查华科尤特尔（Nezahualcóyotl，1402—1472），阿兹特克诗人。墨西哥-特诺奇蒂特兰地区的统治者。

一只蝴蝶？

卢贡内斯

我没能满足阿丽西亚的要求去给她讲那些花花草草，可我自有我的道理。这样我就把谈话引向了蝴蝶。她听得非常认真，这种昆虫生命里的点点滴滴都引起了她极大的兴趣。那些灰白的幼虫、天才的织工、神秘的蛹沉睡在新生与暗影的梦里，双翅在阳光的爱抚里苏醒，好像一声光的叹息……当我的昆虫学知识山穷水尽，我建议换一个话题，她凭着自己十三岁女孩可爱的专横说道：——您得给我讲一个蝴蝶的故事。

我宁愿给她讲一桩真事，在这里面，不错，还有一段爱情。

丽拉要离开家去法国上学了，她和表兄阿尔伯特道别，她要说的话一定很多，因为他们足足说了三个小时不停止；

说的话一定很重要，因为他们说话的声音很低；一定很悲伤，因为分别的时候，他的眼睛肿了，她的鼻子红红的，手帕湿湿的——至少比平常要湿上一些，也不是因为香水草的缘故。

在丽拉离开的当天下午，外婆的家里一片哀伤，看着可怜的老人哭泣的样子，阿尔伯特就想到，她身穿黑衣是为了自己父亲的离世，而母亲在他出生的时候就不在了。就这样过去许多天，漫长、沉默的日夜煎熬。阿尔伯特不曾和外婆说话，因为不知道该说些什么，而外婆看到这孩子如此悲伤，能做的只是哭泣，她明白这样的悲伤是无法安慰的。她十分清楚这表兄妹俩是一对小情侣，如果是真的情侣更要哭上许久了。

就是在那段时间里阿尔伯特变成了蝴蝶猎手。他学会了精巧地运用网兜，将美丽的俘虏分类，富有艺术感地摆放在明亮的玻璃上，每一只都用大头针固定好，完美地展示翅膀。这个爱好能宽释他的心情，尽管有些时候，特别是午后，当霞光在天空渐渐消逝，林霭披上静寂，他想起丽拉的话还是会哭上一阵：“如果你把我忘了，我会用某种方式来提醒你，你放心，我不会停止爱你。”但他不会真的哭很久，而且每次哭得更短些。

渐渐地，蝴蝶占据了他的整个心思，他一心只想着自己日渐丰富的收藏。外婆见他高兴，一直支持着这项无声而强烈的爱好，阿尔伯特从未缺乏过一根大头针或一块玻璃板。很快丽拉对他只剩下回忆而已，虽然他还很爱她，但再也没有为之哭泣的需要。现在他想的是：——要是她能看见我的收藏就好了！——仅此而已。他的确只有十七岁。我十七岁的时候也有过一位女友，但从一个黑夜到一个黎明她就在我心里死去。事情就是这样，让你觉得世上总有悲伤，只有悲伤。

我们刚才说到，阿尔伯特不再为丽拉哭泣。另外还发生了一件事，完全攫住了他的心。

一天午后，他在花园的椴树林里张着网子游荡。宛如倾倒的酒杯，炙热的浆液化作血腥的波涛，流淌在渎圣的恢宏之上，太阳降到荣美的云朵中间。树林里一片寂静。突然间，在一丛灯芯草上面，阿尔伯特发现了一只陌生的蝴蝶。它呈白色，但在双翼上有着一对蓝色的斑点，好像两朵紫罗兰。不论是在收藏里，还是在图鉴上，他从未见过一只这样的蝴蝶。这是一个千真万确的奇迹，一个全新的品种，可以想见，他渴望拥有它。他满怀激情开始了追捕。然而那只蝴蝶灵动得可怕，总能置身于网罗所及的范围之外，但又从不远离他的视线。就这样过去了一个下午，夜幕降临，阿尔伯特愤愤地睡了，直到凌晨还梦见一只白蝴蝶，翅膀上带着两个蓝色的斑点。第二天他又在原来的地方找到它，徒劳地追捕了一天，夜里又一次梦见了它。终于，在第三天的时候，在像往常一样白白奔忙了一个钟头之后，他想：要是丽拉在就好了，她一定会帮我捉到它，我也不会这么辛苦。恰恰在这时候，那蝴蝶飞过来，落在离他极近的地方，一株忍冬上。他一网扑过去，发出一声欢呼。捉到了。

外婆见了这美丽的昆虫也赞叹不已。被捕后它立刻就被一根长长的大头针钉好，同时采取了必要的措施，小心防护美丽的翅膀不被损伤。

然而，奇怪的事情发生了！到了第二天清晨，蝴蝶还活着，一直在痛苦地挣扎，怎样强力的毒药都无法让它安息。由于它不断地拍打翅膀，华丽的鳞粉渐渐脱落，在整整六天之后（可怜的家伙经历了这么久的受难），翅膀只剩下一对暗淡的空架子。

这时候外婆前来说情，而阿尔伯特也对保存这只难看的生物完全丧失了兴趣，它是这么顽固地抗拒死亡，于是同意拔下大头针，任它自寻生路。那蝴蝶，虽然有些艰难，还是很快消失在风里。

——那丽拉呢？——阿丽西亚饶有兴致地问。

——丽拉的故事很短暂也很悲惨：她在学校里表现得温顺而悲伤，不久便抑郁成疾。谁也不曾觉察，因为她从不抱怨。她只是变得越来越苍白，在课下暗中哭泣。在晚间她好像常常做梦，她的室友有一次曾听见她睡下的时候说道：

“这里的夜晚，在我的家乡是白天；我睡着的时候，梦见自己在那里，这安慰了我。”

她的苍白并没有引起注意，因为水土不服和远离亲人，身体有一些不适也很正常；她的沉默也被归咎于她近于零的法语基础。此外，在这些培养深闺淑女的学校里，寡言被视为一种美德，这为她赢得了很好的操行评价。就这样丽拉过了十个月，直到有一天清晨，人们在她的白色小床上发现她已经没有了气息，并不是死于她平素的苍白和沉默，因为有一团刺骨的寒气怀抱着她，仿佛浸在月光里。

医生判断不出她的病因，尽管进行了非常仔细的检查，但只在夭折女孩的胸口和背部，勉强找到了两处红色的刺痕。此外再没有什么可察之处，便在她的墓前放上百合花。

给阿丽西亚的故事讲完了，我们所在的阳台也已经被黑夜包围。在我们头顶闪烁着猎户座七星，为黑暗中的静谧平添了庄严。夜风吹过，风中的呢喃显然不是为我们而发。突然间我意识到自己刚刚唤醒了一个灵魂。我有什么权利这样做？难道我不知道童真是雪，是泪水中无瑕的白雪么？我正徒劳地寻找一个滥俗的尾声来抵消我的故事引发的激动，就在此处，近在咫尺，阿丽西亚已经消失在夜色里：

——阿尔伯特呢？——她问道。

一丝安慰的希望在我的灵魂中闪烁。

——阿尔伯特？

——对，阿尔伯特，他后来怎么了？

星星一样的眸子，无动于衷的神色，望着我。

——阿尔伯特继续和外婆一起生活，很快乐，虽然他常常惋惜收藏里少了一只蝴蝶。

——……一只蝴蝶？……

范晔　译

卢贡内斯（Leopoldo Lugones，1874—1938），阿根廷诗人，多产作家，无可争议的语言大师。中学没有上完，自学成才。后自杀。翻译过荷马的《伊里亚特》。著有诗集《金山》《伤感的月历》等。其短篇小说收在《奇异的力量》等集子里，对他的同胞博尔赫斯、科尔塔萨等人的创作都有所影响。《一只蝴蝶？》是他的第一篇幻想小说，发表于1897年。

火雨

—— 一个蛾摩拉城游魂的回忆

卢贡内斯

我必使覆你们的天如铁、载你们的地如铜。

《旧约 · 利未记》26：19

我记得那天阳光明媚，人声喧嚣，街上车水马龙、川流不息。是一个相当炎热且十分晴好的日子。

从我的阳台极目远眺，家家屋顶鳞次栉比，户户庭院参差错落，露出的一截海湾上可见桅杆林立，灰色的街道笔直地延伸开去……

最早从十一点开始有火花从天而降。这里一点儿，那里一片儿——尽是些炽热的小铜屑，类似从灯芯里迸溅的火星，落到地上发出嗞嗞的沙响。天空依然澄澈，都市喧嚣依然纷扰。只是我家鸟舍中的鸟儿停止了歌唱。

我失神地望向地平线，不经意间注意到这些降落的火花，一开始我还以为那是近视引发的幻视。过了好一会儿才看到另一丝火花，耀眼的日光冲淡了它的光芒，但即便如此，灼热的小铜屑也无处遁形。一丝火线迅速扫过，然后向地面轻轻撞击。就这样，从天入地，中间有长长的间隔。

我得承认当确定那不是幻视的时候，心中顿生一股隐隐的恐惧。我焦虑地向空中一瞥，天还是那样湛蓝。这奇怪的火雹是从哪儿来的？那个铜屑呢？是铜吗？……

在我家阳台上，离我几步之遥，刚刚落下了一片火星。我伸手试探，的确是铜屑无疑，而且迟迟不肯冷却。所幸的是一阵微风吹过，将这怪雨刮离了阳台。这些火星疏疏落落的，一时给人一种怪相停止的错觉。但是它并未停止。虽然是一星半点儿，但是那些可怕的碎屑总是不断地落下。

无论如何，已至中午，我的午餐得照常进行。我下楼穿过花园走进餐厅，心中仍有几分忐忑。还好有遮蔽烈日的帐子，保护着我……

保护我？我抬眼朝天瞅了瞅——但是帐子上布满了孔隙，我觉得有它与否区别不大。

在餐厅里一顿丰盛的午餐正等着我去享用。作为幸运的单身汉我主要做两件事情：阅读和吃。除了图书馆以外，餐厅最让我引以为豪了。我厌倦了女人，又有点儿痛风，要说我有什么可爱又可恶的陋习，那定是好吃莫属了。我一边独自进餐一边听着一个奴仆给我读地理故事。我从来都无法理解在别人陪同下进食。就像我之前说过的一样，女人让我厌烦，现在你应该能理解我也讨厌男人。

离我上次寻欢作乐已经过去十年了！从那以后，我一心侍弄花鸟鱼虫，根本没有时间外出。偶尔，在炎热难耐的下午，我会到湖边散步。我喜欢看着月华初上时波光粼粼的湖水，但是顶多这样，有时连续几个月都不曾问津。

偌大的放荡都市对我来说宛如荒漠，而我独处一隅守着自己的小情趣。朋友寥寥无几，鲜少有人拜访，餐桌上耗费时日，阅读中消磨时光，养养鱼，逗逗鸟，兴致来了晚上听听笛子演奏，每年一两次痛风发作……

我有幸为各种宴会出谋划策，宴席上会有我自己研制的两三种酱汁，博得过不少好评。为此人们在市里为我（我毫无自夸之意）树立了一尊半身像，这待遇堪比某个女同胞发明了一种新式吻法。

此时，我的奴仆还在诵读。他在读海和雪的故事，就在人昏昏欲睡之时，故事中令人欣喜地谈到了沁人心脾的清凉储水池。或许火雨已经停了，反正我的仆从没有表现出注意到它的迹象。

突然，端着新菜肴穿过花园而来的奴仆不禁叫了一声。他赶到了桌边，但是因为一阵剧烈疼痛而闷声抱怨。奴仆裸露的后背上烧出了一个洞，罪魁祸首的贪婪火花还在里面吱吱作响。我们用油熄灭了火花，并把他抬上床，他还是禁不住痛得直叫。

我顿时失去了胃口，不过仍在继续食用菜肴，好让仆从们不要灰心丧气，但是他们还是很快理解了我。这件事让我不知所措了。

小憩片刻，我重新登上了阳台。此时阳台地面上已经布满了铜屑，但是看起来火雨并未加重。我开始平静下来，突然一丝不安让我不寒而栗。四周一片死寂。显然是因为天降火花，街上的车马消失得毫无踪影，城里悄无声息。只是，偶尔树中一阵风吹过，传来隐隐的呜咽。鸟儿们的表现也让人心神不安，它们挤在了一个角落，几乎一个挨着一个。我于心不忍，决定打开鸟舍笼门。它们不肯出笼，虽然开门前已经痛苦地蜷缩成一团团了。于是，一种世界末日到来的想法开始让我惊魂不定了。

虽然我不是什么博学之人，但是我知道从来没有听人提到过滚烫的铜屑雨。铜屑雨！空中没有铜矿，而且澄蓝的天空让人无法猜透这雨从何而来。这奇怪现象的可怖之处也在于此，火花从四处飞来，却都不明出处，仿佛无限的空无神不知鬼不觉地化为火花。恐怖的铜屑从天而降——但是天空仍不为所动，澄澈依旧。我渐渐被一阵奇怪的焦虑占据，但是，奇怪的是：直到那时我都没有想过逃跑。这个想法带来一连串不愉快的顾虑。逃跑！那我的餐桌、我的书本怎么办？还有我的鸟、刚刚孵化的鱼苗、古朴典雅的花园、五十年来的恬淡生活，就这样抛却今日的无忧无虑，奔向捉摸不定的明天？……

逃跑？……我又惊惶地想到逃往我在沙漠另一端拥有的庄园里（还没去看过呢），那里尽是住在黑色的毡子帐篷下赶骆驼的人，仅仅以馊牛奶、烤麦粒和酸腐蜂蜜果腹……

只能逃向湖边了，但那也只是权宜之计，从逻辑上来讲，湖边和沙漠一样，也在下铜屑雨，既然火星没有从哪个明显的焦点中散发出来，应该是到处都有的。

虽然隐隐的恐惧让我心神不宁，但我清楚冷静地思忖着这一切，自己和自己辩论，肯定是习惯性午休造成的消化不良让我神经兮兮的了。毕竟，某种预感告诉我这个怪现象不会继续发展。然而，备好车马也不会损失什么。

这时，一阵巨大的钟声摇撼了整个空气。几乎在钟声响起的同时，我发现了一件事：铜雨停了。洪钟敲响如同施恩，声音刚落，往日的喧嚣立马四起应和，钟声里的城市从短暂的沉寂中惊醒，变得加倍热闹。一些街区里甚至还放起了鞭炮。

我倚着阳台的栏杆，心中怀着一股莫名的闲适和温馨看着那美好富足的热闹傍晚。天空澄静依旧。孩子们抓着碗瓢争先恐后地收集铜屑，因为制锅匠们已经开始收购。这是天降大难前最后的宁静了。

和以前相比，街上找乐子的人更多了。我还记得自己曾朝那个暧昧青年淡淡一笑，他跳过街口时将长袍撸起至臀部，露出褪了腿毛、饰有缎带的双腿；高级妓女们追随新潮流袒露双乳，并用炫目的胸衣撑托着，她们香汗淋淋、懒洋洋地溜达；一个老皮条客挺着身子驾着车，车上竖起的锡片仿佛船帆，上面用恰当的图片为兽交性爱做广告：蜥蜴和天鹅、公猴和母海豹，还有浑身布满了狂野的孔雀宝石的少女。在我看来，这海报挺不错的，而且承诺了产品真实可靠。这些动物该是被什么野蛮巫术驯化了，又被鸦片和阿魏弄得迷迷瞪瞪。

在三个戴面具的年轻人后走过了一个极其和善的黑人，他在庭院里跟着舞蹈的节奏，泼洒着彩色粉末，描绘隐秘的场景。他还用雌黄脱毛，将指甲染成金色。

一个阴柔的人物（他的柔弱暴露了其阉人身份），和着铜钹声叫卖一种床罩，那独特的布料可以引发失眠和欲望。一些正直诚实的公民曾请求废除这种床罩。但是我所在城市的人会享受、会生活，也就不了了之了。

傍晚两位访客与我共进晚餐。其中一个是我活泼的同窗，这个数学家混乱无序的生活是科学界的耻辱，另一个是一位富裕的农民。那场铜屑雨之后，人们感到有必要互相走访。除了拜访还有畅饮，这两个人都酩酊而归。我短暂地出了门。整座城市异常灯火通明，市民们抓紧这个时机通宵狂欢。一些屋檐下点着熏香灯炉。一些有钱人家的小姐，身着盛装，从阳台上朝路过的行人面前吹着油彩花里胡哨、铃铛叮当作响的肠子取乐。每个角落都有人跳舞，人们在阳台之间交换花朵和小猫形状的糖果。公园里的草坪随着一对对情侣上下起伏。

我早早地回家，疲惫不堪。我从来没有像那天那样有滋有味地昏昏睡去。

当我醒来时，浑身大汗淋漓，双眼模糊，嗓子干渴。外面有下雨的声音。我像摸索着什么东西似的，靠在墙壁上，一阵恐惧的寒战像鞭子一样抽到了我身上。墙壁是热的，在一种沉闷的震颤下摇晃。我不用打开窗户就知道发生了什么。

铜雨又回来了，但是这次下得更大、更稠密。浓烟黑雾窒息了城市，一种介于磷酸盐和尿之间的臭味弥漫在空气中。幸运的是，我家四周回廊环绕，火雨还没有到达大门。

我打开通向花园的大门。只见树木焦黑，枝叶尽脱，地上覆盖着炭化的叶子。在空中，狭长的火花撕开死亡般的停滞。透过火雨隐约可见天空，永远那样宁静，永远那样湛蓝。

我大喊大叫，却无济于事。我一直走到卧室，仆从们早已跑光。我设法用亚麻床单裹着双腿，用金属浴盆保护背和头部（这个浴盆把我压得实在难受），到了马厩。马也都不见了。我以一种让我的神经都感到荣耀的冷静，意识到自己大难临头了。

幸运的是，餐厅里食物充足，地下室里藏满了葡萄酒。我钻了进去，里面还保持着清凉，大雨的震动和那噼里啪啦的回响还没有到达地下室深处。我喝了一瓶酒，然后从橱柜里取出了一小瓶毒酒。虽然我们自己不用，也没有什么惹麻烦的客人，但是所有拥有地下藏窖的人都有这么一瓶。毒酒无色无味，可瞬间致死。

有了酒颇受鼓舞的我，审视了一下自己的现状。简单极了：一方面我无法脱身，死亡在等着我，但是有了那瓶毒酒，死亡权掌握在我手中。我决定尽可能地看看发生的这一切，毕竟，这可是难得景象。滚烫的铜屑雨！城市被火焰吞没！挺值得。

我走上阳台，但是没法迈出通向阳台的门。然而，从门外就能看到不少了。我一边看，一边听。极致的孤寂。除了偶尔一阵犬吠，或者异常的爆炸声之外，没有什么打断噼啪作响的火雨。空气被染成了血红，透过这红色望去，树干、烟囱和房屋在凄惨的苍白中灰化。仅有的几棵枝叶尚存的树，蜷曲着，通身焦黑，像锡铁一样焦黑。日光暗淡下来了，然而天空依旧澄澈。地平线倒是比往日更近了，似乎被窒息在灰尘中。湖上腾起了浓雾，似乎为了缓和那极为干燥的空气。

火雨的燃烧物可以看得一清二楚，铜屑好似无数根竖琴的琴弦振动着，不时会有轻盈的小布片融合进来。滚滚的黑烟宣告着这里或者那里正在起火。

我的鸟开始口渴致死，我必须得下到储水池中为它们取水。地下室与水窖相通，那个庞大的储水池足以抵御天火侵袭。然而由于从屋顶和院子里有管道通来，储水池里跑进了一些铜屑，水的味道变得奇怪，介于泡碱和尿之间，有点儿咸味。我抬起关闭水管的马赛克封门，就轻而易举地切断了水窖与外界的联系。

整个下午、整个晚上，城里都是一副恐怖景象。身上着火的人们惊惶地从家里逃出，他们逃到大街上，逃到荒郊野外，还是被火焰吞噬。人们惨叫不迭，那哀号的幅度、变化和恐怖程度前所未有。没有什么比人声更为超凡卓绝的了。房屋轰然坍塌，商品皆尽焚毁，烈火横行肆虐，更有那烧焦的尸骸，向末日恐惧增添了一股地狱般恶臭。太阳西沉，空气中几乎完全充斥着滚滚黑烟。之前在铜屑雨中跳动飞旋的小旗子，现在变成了邪恶的火团。一股风吹来，那么灼热、那么密集，简直就像滚烫的沥青。好像所有都笼罩在一个巨大阴暗的炉子里。天空、土地、空气，一切都完了。除了黑暗和火焰，一无所有。啊！那恐怖绝望的黑暗啊，所有的火焰、整个浴火中城市的火焰都无法匹敌。褴褛的破布、硫黄和从陈尸中流出的在干热空气中让人吐血的脂肪，通通燃烧，散发着恶臭。还有那一刻不止的惨叫，那遮蔽了火灾声音的惨叫，比飓风还广阔的惨叫，所有飞禽走兽在难以言说的永恒恐惧中怒吼、呻吟、咆哮着的惨叫！……

我下楼来到了水窖，直到那时我还没有丧失精力和意志，但是那可怕的一切已经让我毛骨悚然了。突然置身这亲切的黑暗中，这清凉的庇护里，包围在地下室水的静谧下，一阵恐惧猛然向我袭来——我保证——过去的四十年来都没有这种感觉，那是一种对模糊而带有敌意的存在的童稚恐惧，我失声痛哭，像一个疯子一样痛哭，因为恐惧而痛哭，就在那个角落里，一点儿不觉得惭愧。

直到很晚，当我听到屋顶坍塌声音的时候，才想起来支起地下室的门。我用地下室的扶梯和架子上的横板顶住门，这种防御措施给予我了某种安慰。倒不是因为它能拯救我，而是自御行动对心理产生的积极影响。我时而瞌睡，时而惊醒回到这致命的噩梦中，就这样过去了几个小时。附近不断能听到坍塌的声音。我点起了带来的两盏灯，给自己壮胆，因为水窖实在太阴森了。我甚至还吃了点儿东西，把剩下的蛋糕解决了，虽然没有什么胃口。反之水倒是喝了很多。

突然我的灯暗淡下来，同时一阵恐惧，一阵令人瘫软的恐惧，让我不寒而栗。我没有料到，自己的油灯已经耗尽，这是我带来的仅有的两盏灯了。天将傍晚时，我竟没有先见之明，把所有的灯都带上。

灯光微弱下来，熄灭了。这时我发现水窖中开始充满火灾的恶臭。除了离开，我别无选择，因为一切，一切都比像个害虫一样在洞穴里窒息而死好。

我费了好大劲，打开了地下室的封门，上面已经被餐厅的废墟覆盖了……

……地狱之雨又一次停止了。但是城市已经被夷为平地。屋顶、房门、墙垣、塔楼都化作了废墟。四周是巨大的静寂，一种真正的灾难的静寂。五六个大烟柱还在冲上云霄，在一刻都未被扰乱的苍穹下，在用残酷的湛蓝标榜自己的永恒冷漠的苍穹下，可怜的城市，我可怜的城市，死了，永远地死了，闻起来像一具真正的尸体。

当前独特的状况，和这壮观的现象，还有——毫无疑问——逃得一命的欣喜（众人之中独有我得救）都缓和了我的痛苦，取而代之的是一种阴郁的好奇心。门廊上的拱门依旧屹立，我顺着墙面上的突起攀到了拱顶。

没有任何可燃烧物留下，眼前的城市酷似被火山熔岩渣覆没。偶尔地，在没被灰烬覆盖的地方，从天而降的金属闪耀着火焰的赤红色。在沙漠那边，铜屑聚成沙丘，闪闪发亮，一路蜿蜒，直到目不可及的远方。在山上，湖的另一边，蒸腾的湖水凝结成了暴风骤雨。是这些蒸汽让世界末日的空气尚可呼吸。空中烈日炎炎，灾难后的孤独开始用一种深沉的荒凉压抑着我，就在这时，我在港口的另一头瞥见了一个影子，在废墟中游荡。那是一个人，他显然注意到了我，因为他正向我这边来。

当他走近以后，我们没有显得彼此陌生，他径直爬上了拱门，坐在我旁边。他是个舵手，也因为躲在水窖里幸免于难，但是他把水窖主人刺死了。他刚刚用完水窖里的水，所以走了出来。

知道了他的来历后，我开始问他其他地方的情况。所有的船只、码头和仓库都被烧毁了，湖水变得苦涩。虽然我已经察觉到我们在低声说话，但我不敢——不知道为什么——提高说话的音量。

我请他享用我的地下藏窖，那里还有两打火腿、一些奶酪、所有的葡萄酒……

突然我们发现一阵烟尘向沙漠那边逼近，是疾驰扬起的尘埃。也许，哪支救援队派人来拯救阿达玛和锡伯尼的同胞了。

很快我们的热望化作泡影，迎接我们的是令人不安的危险景象。奔来的是一群狮子，荒漠上幸存的野兽，它们像来到绿洲一样赶到这座城市，因口渴而疯狂，因灾害而变得暴躁。

是渴感而不是饥饿让它们如此狂躁，因为它们从我们身边走过竟没有注意到我们。它们多么落魄啊！没有什么比这些狮子更能反映灾害的悲惨程度了。

它们毛发尽脱如同无毛猫，炸焦的鬃毛少得可怜，腹部干瘪，像衣冠不整的滑稽演员一样，骨瘦如柴的身子上不对称地顶着庞大的头颅，它们尾巴尖尖的，像逃跑的老鼠尾巴那样颤抖，爪子满是脓疱，鲜血直流——所有这一切都表明它们是怎样在天灾下度过这恐怖的三天，怎样在根本没法庇护它们的兽穴中听天由命的。

狮子们绕着干涸的喷泉徘徊，眼中射出人类的疯狂，突然，它们扭头狂奔寻找另一处水源，但是也干枯了，跑到一处枯泉旁边，它们蹲了下来，烧焦了的吻部冲着天，双眼绝望而失神，朝天抱怨——我确定是抱怨，并开始咆哮。

啊……无论什么，无论是恐怖至极的灾害，还是将死之城的惨叫，都没有废墟之上野兽的悲吼更凄厉。它们的咆哮声有语言的说服力。谁知道它们向什么未知的神灵哭诉自己无意识而混沌的痛苦。野兽简单的灵魂为其对死亡的畏惧增添了一份因无法理解事实而带来的惊恐。既然一切如常，同样炎炎的烈日、同样恒远的天空、同样熟悉的沙漠，凭什么开始灼烧，凭什么没有水？……由于野兽们缺乏把现象联想起来的能力，它们的恐惧是盲目的，也就是说，更加可怖。面对地狱之雨无情倾泻的天空，奔突乱撞的恐惧提升了理智的高度，让它们隐约形成了一种关于出处的概念。它们的怒吼定是在质问，那让它们罹患灾难的丑恶原因。啊……雄狮的咆哮啊，这是那些卑微的兽类仅存的尊严：似乎在评论灾害的可怕秘密。它们是以怎样一种方式，在空旷的悲怆中诠释那永恒的孤独、永恒的寂静、永恒的干渴……

好景不长，炽热的铜雨又下了起来，这次比以前更加稠密，更加剧烈。

就在我们匆匆跑开之时，我们看到了狮子们四散开来，在废墟瓦砾中寻求保护。

我们跑到了水窖，不可避免地带进来一些火星。我想这场火雨应该会连废墟都吞噬掉，自己开始下结论了。

我的同伴毫不客气地使用我的水窖（这是第一次也是最后一次，毫无疑问），而我决定利用储水池里的水进行临终沐浴。在徒劳地寻找一块儿肥皂无果后，我爬下了清洁水池用的扶梯。

我身上带着那瓶毒酒，它给我带来巨大的幸福感，这种感觉差点儿被死亡的好奇心扰乱。

储水池里的水清凉而黑暗，让我回到了刚刚告别的餍足安逸的富人生活。我沉下身子直到水位没过脖颈，清洁的愉悦和家的温柔感，让我镇定下来。

我听到外面火势熊熊，瓦砾又开始坍塌。外部的声响丝毫透不到水窖里，我是从地下室门涌入火焰的反光，和那特殊的尿臊气味，了解到这一切的……我把毒酒瓶靠到了唇边，然后……

张雪玲　译

YZUR

卢贡内斯

我在一个破产马戏团的清场甩卖会上买下了这只猩猩。

现在我要将自己的经历诉诸笔端，第一次产生做此实验的念头，是在一个下午，我忘记从哪里读到：爪哇本地人认为猿类不愿意说话并非不能，而是不愿。它们这类想法起初只浮光掠影，最后却让我殚精竭虑，直至形成了以下人类学假设：猿猴本为人类，因为某种原因不再说话。常年失语导致其发音器官和大脑语言中枢萎缩，前者与后者的联系微弱到近乎丧失，从此该物种只能口齿不清地吱呀乱叫，原始人类沦为动物。

如果我能证明这个假说，那么让猿猴如此与众不同的所有异常现象自然会得到解释。但是证明的方法只可能有一种：让它们重新说话。

与此同时我和我的猩猩四处奔波，种种遭逢际会让我们的关系越发紧密。在欧洲它曾备受瞩目，只要我愿意，我可以让它名震四方，堪比异国使领。但我是庄重严肃的商务人士，不屑于做这种不上台面的事情。

我坚信猿猴可以说话，为此我翻阅了所有相关书籍资料，却没有找到任何满意的答案。我只知道，并且完全确信，没有任何科学依据证明猿类不会说话。这个想法耗费了我五年的思索。

Yzur（名字起源不可考，它的前主人对此也不知其详）的确是个出色的动物。马戏团的训练虽然几乎仅限于模仿，但也开发了它不少能力。恰恰是这点鼓励了我在它身上验证我那表面荒诞不经的理论。

另外，众所周知黑猩猩（Yzur就是黑猩猩）是猿类中大脑最发达、性格最温和的一种，我的成功率因此大大增加。每次当我看到它像醉醺醺的水手，用两只后足前进，双手叉到背后保持平衡时，我就愈发坚信猿类的人性是被中途阻滞了。

其实猿猴没有任何理由缄默不语。它们的自然语言，也就是它们与同类交流时发出的喊叫，是相当丰富多变的；猿猴的声带与人类声带相比，无论多么迥异，也不像鹦鹉声带那样截然不同，况且鹦鹉尚能说话；至于大脑，把猿猴大脑和刚才提到的鹦鹉比较下就能打消疑虑，就算是白痴的大脑也很简单，而且有些智力不健全者也能说出一两句话。另外布罗卡氏区的脑部沟回显然依赖于大脑的整体发育，除此之外没有证据表示那里确信无疑就是语言中枢。如果布罗卡氏区真的是解剖学上最有可能性的语言区，那么众多矛盾的现象就无从解释了。

令人可喜的是，猿猴虽然在种种条件上差强人意，却乐于学习，这从它们的模仿倾向可以看出来；猿类记忆力强，它们的反思能力造就了高明的掩饰能力，而且相比儿童，注意力更加集中。总之，它们是最佳的教学对象。

此外我的猩猩还很年轻，人人皆知青少年时代的猿猴最为聪敏，这与黑人类似。唯一的困难就在于用什么方法教会它说话。我查阅了所有前人失败的案例，其中一部分人倒是有能力，但所有人的努力都无果而终，更不用提我不止一次的失败尝试了。针对这个问题的苦苦思索让我渐渐形成了以下结论：

首先要开发猿猴的发声器官。

其实，聋哑人就是这样被引领走上说话的道路的。我对此还不够深思熟虑，聋哑人和猿类的种种相通之处就已开始在我脑海中回荡。

首先，猿类出色的模仿天赋弥补了其口语表达的不足，这表明它们虽然不再说话却没有停止思考，语言功能的弃用也没能削弱它们的思维能力。此外，它们还具有其他独特品质：勤劳、忠诚、勇敢，擅长平衡性的运动，还能抗晕船。种种特质综合起来看是很能给人启示的。

于是，我决定从系统的唇舌训练着手，像治愈聋哑人一样对待Yzur。此外，我侧重于让它借助听力理解话语，无须肢体接触。诸位读者可以看出彼时的我过于乐观了。

庆幸的是，黑猩猩是所有大型猿类中嘴唇最灵活的，尤其是Yzur，因为得过咽喉肿痛，所以知道张开嘴让人为它检查。

第一次检查部分证明了我的推测。Yzur的舌头隐藏于口腔深处，如同一块迟钝的肉块，除了吞咽别无其他动作。后来唇舌操起作用了，两个月之后Yzur学会了伸舌头嘲笑别人。这是它第一次将舌部的动作和某个想法联系起来，从另一方面讲，建立这个联系也是完全符合它的天性的。

锻炼嘴唇颇费了许多工夫，我甚至要借助镊子才能松开它们。但是，Yzur了解——或许是我一厢情愿——这个奇怪训练的重要性，并且津津有味地配合着。当我运动嘴唇让它模仿时，Yzur要么一直坐着，将手臂伸向后背抓挠臀部，眯着眼，一脸将信将疑的神情；要么人模人样地抚摸鬓角，俨然一副通过节律性动作整理思路的样子。最后它终于学会运动双唇了。

语言训练是个辛苦差事，比如儿童就需要经历长时间的牙牙学语，随着智力发育健全，才能逐渐掌握语言。事实上，有人早已证明，发音神经中枢与语言神经中枢联系相当紧密，它们的正常发育取决于二者协调运动。海尼克（Heinicke）1785年就指出了这一论点，他形成了一套哲学观点，并据此发明了用口语发音教会聋哑人说话的方法。他提出了“观念的动态级联”学说。相比之下许多现代心理学家的学说都不如他的那么晦涩。

论及语言，Yzur与人类幼儿别无二致，在说话之前它已经懂得许多词语了。但是相比之下Yzur有更多的生活经验，因此能更加容易地对某些事情做出评判。

从Yzur评判事物方法的差别性可以看出，它应该不是单凭印象随性判断，而是基于质询和探究进行抽象推理。这体现了它更高级的智力水平，对于验证我的假说极其有利。

也许我的理论看起来过于大胆，但是作为逻辑论证基础的三段论在许多动物中都不足为奇。毕竟三段论本质上就是两种感觉的比较。否则，为什么见过人类的动物见人就逃，而未曾见识过人类的却不会逃跑呢？……

于是，我开始对Yzur进行语言训练。

起初我只是机械地教它词语，渐渐地我才教给它有意义的词。

猿猴可以发声也能进行一些基本的发音，与聋哑人相比它们具有优势。因此我只要教给它语言构成音素和发音方法的差别即可，也就是所谓的静态或动态音素，或曰元音和辅音。

鉴于猩猩好吃的习性，参考了海尼克的听觉障碍者疗法，我决定将每个元音与一种食物联系起来：a对应马铃薯（papa），e是牛奶（leche），i是葡萄酒（vino），o是椰子（coco），u则对应糖（azúcar），这样元音就包含在相应的食物名称里了。有些元音在词汇中占据主导甚至出现重复，如椰子（coco）和牛奶（leche），有些则在某些词语里和其他元音配合，但是作为重音被强调，如葡萄酒（vino）和糖（azúcar）。

直至此时一切进展顺利，因为发出元音只要张嘴即可，Yzur在十五天内就全部掌握了。只是有时，它充气的面颊使得发出的声音带有雷鸣般的怪响。“u”音是最费周折的。

教他辅音可是煞费苦心。我不久前才不得不承认也许Yzur永远也无法发辅音了。因为辅音发生需要牙齿和牙龈配合，而Yzur的面颊和长长的尖牙完全妨碍了它。

无奈之下，Yzur可以学习的词汇仅限于五个元音和少数辅音组成的词语，这些辅音只需要腭部和舌头参与发音，如b、k、m、g、f、c等。

即使这样，光靠听力是远远不够的。我还要像培养聋哑人一样借助于触觉，让Yzur把手靠到我的胸口，然后再放到它自己的胸部，去感受发音时的震颤。

三年过去了，Yzur一个单词也没有发出来。它倾向于用单词中最明显的音素指代事物，但也就止步于此了。

Yzur当年和同在马戏团的狗们学会了狗叫，当它看到我教它说话屡屡失败而垂头丧气时，Yzur就会像狗一样狂吠，似乎像我展示它所有的当家本领。它能单独发出元音和辅音，但是无法将二者联系起来，最多也只能将“p”和“m”连起来发音。

虽然教学过程进展缓慢，但是Yzur的性格却发生了深刻变化。它的面部表情不再灵活好动，它的眼神变得愈发深邃，还经常采取冥想的姿势。比如说，Yzur养成了凝望星空的习惯。与此同时它的感情变得细腻，越来越容易潸然泪下。

即使没有什么突破性进展，我仍在坚定不移地训练它说话。我走火入魔，渐渐倾向于强力相逼。不断的挫败让我的性格也变得粗粝，心中也隐隐产生了对Yzur的敌意。Yzur越来越聪明，它倔强的沉默开始让我明白自己永远不会从它口中得到什么，我顿时恍然大悟，Yzur不说话是因为心有不甘。

一晚，我们家的厨子惊慌失色地告诉我他撞见Yzur“真的在说话”。据他讲，我的猩猩当时蜷缩在院子里的无花果树旁，但是厨子吓得目瞪口呆，都忘记最关键的地方，也就是Yzur说了什么。他只捕捉到了两个词：床和烟斗。我差点儿向这个没用的家伙身上踢上一脚。

那天晚上我甭提多么兴奋了，强烈的好奇心和无眠的激动让我做出了三年来都没有犯下的错误（这个错误让一切功败垂成）。

我没有让Yzur自然而然地表现语言能力，而是在第二天把它叫来，迫使它服从我说话。

然而我所得到的只是那一串儿听烦了的“p”和“m”，那副虚伪的神情，还有——上帝宽恕我——丰富表情中隐约流露出的一丝讽刺。

我被激怒了，二话没说就去抽它鞭子。然而它回应我的只有呜咽，和连哀号也力竭之后的绝对沉默。

三天后Yzur病倒了，陷入了一种木然的痴呆状态，且伴有脑膜炎并发症。惊惶之下我病急乱投医——什么水蛭、冷液输注、泻药、皮肤抗敏剂、酒精擦拭、溴，一股脑都用上了。在内疚和恐惧的复杂心情下，我只能破釜沉舟。之所以内疚，是因为Yzur是由于我痛下毒手才生的病；恐惧，是因为也许一个秘密会就此被带进坟墓。

很长时间以后，Yzur病情有所好转，却仍然十分虚弱，不能离开病榻半步。与死神擦肩而过的经历赋予了它某种高贵气质和人性光辉。它的双眼充满了感激，片刻不肯离开我，我在屋里走动，它的两只眼珠像两个旋转球一样紧紧跟随，即使我走到了它身后也盯住不放。它像疗养中的病患一样亲密地拉着我的手。因为我也十分孤独，所以Yzur很快得到了人一般的重视对待。

然而该死的思辨精神（其实就是精神变态的一种形式）怂恿我重新实验。事实上我的猩猩说过话了，这个现象不能就此被忽视。

我开始得很缓慢，只让它说学过的词，什么都没有！我让它独处了几个小时，从墙上的小孔窥视它，什么都没有！我用简短的语句和它交流，希望唤起它的忠诚或者食欲，什么都没有！当我说出悲观的话语时，Yzur的双眼中会充盈着泪水。我通常以“我是你的主人”开始一堂课，以“你是我的猩猩”来重申前面的声明以确保其真实无误。当我对它说出类似平常的话语时，Yzur只是合上双眼，一声不吭，嘴唇连动也不动。

Yzur回归到只用手势和我交流的阶段。这个细节再加上它与聋哑人的相似之处，令我忧虑重重，众所周知聋哑人极其易患精神疾病。有时我希望它真的发疯，好观察它意识恍惚时会不会打破沉默。

Yzur仍然迟迟不能康复，它还是那样消瘦，那样悲伤。很显然它因为思虑愁苦过度伤了身子。它的组织器官在非正常的大脑运作下开始崩溃，迟早我的实验会毁于一旦。

虽然病情加重让它变得越来越温驯，它那因我的愤怒而起、令人绝望的沉默却从不屈服。千百年来缄默的传统固化为本能，一种返祖意志渐渐在这个物种的内心深处扎根。不知这群古老的原始人类遭遇了何种野蛮的不公，竟然选择了沉默，也就是智力的自戕。它们恪守着史前丛林神秘诡谲的秘密，这个下意识的信念在时间长河的裹挟中愈发根深蒂固。

不幸的类人猿在进化的竞赛中被人类抢占了先机。人类一定曾暴虐无道地将树栖四足族裔赶出了伊甸园。他们屠杀无辜、掠夺雌性，以从母体中就开始培养奴隶，他们甚至向手无寸铁的战败族群鼓吹死亡的高尚性，导致了它们不得隔断了与敌人最高级却也是最不幸的联系——就是语言，在兽性的暗夜中寻求终极救赎。

作为战胜者的人类到底对这些进化中的半兽人采取了怎样恐怖骇人的举动，致使他们在本来享用了《圣经》中描述的天赐的智慧果实后，甘心放弃继续在进化的道路上踱行，而是屈尊与比它们低等的动物为伍。这让它们的智力永远退化到像杂耍戏子那样做机械动作的水平，让它们永远怯懦卑微地佝偻着背部，似乎为了凸显自己的兽性，在它们形象深处打下了犹豫不安的烙印。

就这样，我离成功只差一步，然而这种返祖的现象却让我心情烦闷。千百万年来，语言一直以它的魔力撼动着古老猿类的灵魂，但是面对打破禁忌的诱惑，先祖的记忆伴随着本能性的恐惧，如同一堵围墙，世世代代阻止语言冲动撕破晦暗的兽性保护层。

Yzur开始走向死亡，却始终没有丧失意识，闭着眼睛任死亡温柔袭来。它呼吸微弱，脉搏无力，一动不动，只是偶尔向我转过身来。它像个黑白混血的悲伤老人，一脸令人心碎的茫然。最后一夜就在它死去的前夕，一件意想不到的事情发生了，让我决定写下这个故事。

我架不住炎热的天气和将近傍晚的死寂，在Yzur的床头睡着了，突然我感到有个东西抓住了我的手腕。

我猝然惊醒。Yzur双眼圆睁。这次它必死无疑了，它的表情那么像人类，让我毛骨悚然。但是它的手、它的眼，那样具有说服力地吸引我，让我禁不住立马弯下身子贴近它的面庞。忽然，它发出了最后一声叹息，最后一声让我如愿以偿同时又让希望幻灭的叹息。Yzur断断续续地低声挤出了几个字——我确信——是挤出，其中闪烁的人性超越了一切物种的隔阂：

主人，水，主人，我的主人……

张雪玲　译

致命紫罗兰[1]

卢贡内斯

那个古怪的园丁有个愿望，便是培育出一株死亡之花。十年前他开始做试验，但结果总是不理想：原因在于他仅仅专注于植物的躯壳，却忽略了其内在的灵性。嫁接、杂交这

[1] 原文题为*Viola Acherontia*，系作者参照动植物学名命名法，将Viola（堇菜属）与Acherontia（鬼面天蛾）两个拉丁语词合并而自创的新词。在19世纪的民间迷信中，鬼面天蛾因为其背部的近似人脸或骷髅的恐怖花纹而被视为凶兆和邪恶的象征。它的恐怖形象多次出现在文学和影视作品中，如路易斯·布努埃尔执导的《一条安达鲁狗》（*Un Chien Andalou*），以及爱伦·坡1846年的小说《斯芬克斯》（*The Sphinx*）中也出现了形似此种昆虫的怪物形象。在马德里Cátedra出版社1996年的版本中，编者加西亚·拉莫斯建议将此短篇的题目解读为“致命的堇花”（“Viola mortal”），译者也遵循了此条建议。

些方法他都尝试过。他忙碌了一段时间专心培育黑色玫瑰；但是什么都没有种出来。此后他又对西番莲和郁金香产生了兴趣，最后也只是长出两三株丑陋畸形的样花作罢。后来经贝尔纳丹·德·圣皮埃尔[1]点拨才得知花朵和怀孕的女人之间的相似，因为据说这两者均可凭“一时兴起”，把她们对所想之物的印象投影并复刻到自己身上。

接受这个大胆的假定，就相当于假设植物具有一种更高级的思维，高级到可以去接收、具化以及储存某个印象；说简单点儿，就是此思维的存在，可以使植物像低等动物般，通过外界暗示而被左右。以上假设正是被我们这位园丁所证实了。

据他所说，蔓藤植物上嫩芽的长势并非偶然，而是事先深思熟虑，以及随之而来的一系列试探和尝试的产物。由此决定了枝叶的曲度和弯度（虽看上去毫无章法）、各种朝向，以及茎部、枝干和根部对不同地形的适应度。这些晦涩的功能被一个并不复杂的神经系统所掌控。此外，在每株植物里，还长有分别位于根部和茎部的大脑以及简易心脏。这一切在植物种子（用来繁衍的浓缩精华）的内部结构里可以看得一清二楚。比如，核桃的种胚和心脏形状相同，而它的子叶则形如大脑。而最初从种胚长出的两根小枝，在发芽过

---

[1] 雅克-亨利·贝尔纳丹·德·圣皮埃尔（Jacques-Henri Bernardin de Saint-Pierre，1737—1814），法国作家、植物学家。代表作有《自然学》（*Études de la nature*）、《自然的和谐》（*Harmonies de la nature*）等。

程中扮演的角色也与支气管极其相似。

外在形态上的类比常常会促进对内部更深层次相似度的探索，所以外界的暗示对生物形态形成的作用比我们想象中要更大。在自然科学史中有一些慧眼识珠的学者，比如米什莱和弗里斯[1]，很早就对此真理表示了初步肯定，而这真理也逐渐被经验证实。昆虫世界完全证明了此真理。对于鸟类呢，栖息在常年晴天的国家的种群，羽毛会更为艳丽（古尔德[2]）。还有比如长着蓝色眼睛的白猫，一般来说都是聋子（达尔文）。再比如，在某些鱼类背部的胶质组织中，发现了形似大海波浪的影像（斯特林堡[3]）。还有一个例子就是向日葵，它总是面朝太阳，并将太阳核心、射线以及日斑在自身结构中忠实重现（圣皮埃尔）。

这是我试验理论基础的起点。培根在他的著作《新工具》一书中提到，肉桂树和其他发出香味的树种若生长在气味不佳的地带，为了防止香气和周围难闻的气味混合，它们会固执地将自身香气封存，拒绝将其散发……

我即将拜访这位园丁，他的试验围绕紫罗兰培育及外界暗示对它们的影响。他发现这种花的精神格外紧张，照他的

[1] 此处应指儒勒·米什莱（Jules Michelet，1798—1874），法国历史学家；以及伊利阿斯·马格努斯·弗里斯（Elias Magnus Fries，1794—1878），瑞士生物学家。

[2] 约翰·古尔德（John Gould，1804—1881），英国鸟类学家。

[3] 奥古斯特·斯特林堡（August Strindberg，1849—1912），瑞典作家、剧作家和画家。他对炼金术和唯灵论很感兴趣。

说法，这反映出歇斯底里的暗示给花灌输了夸张的情感和恐惧。此外，他还希望能在它们身上培植出一种无味剧毒：瞬间置人于死地，却无法被察觉。如果这不是异想天开，他说的这一套让我觉得甚是神秘。

我眼前的这位老人衣着简单，待人礼貌，甚至有几分谦卑。他得知了我此番造访的来意后，我们便立即就此聊起眼前的话题。

他如慈父般深爱着自己的花，向我不停地诉说对它们的疯狂爱慕。上文所提到的假想和资料，是我们此番谈话的开篇；这位老兄发现和我很聊得来，这令他备感舒心。

他以一种少见的严谨向我展示完毕他那套理论后，邀请我去见识一下他的紫罗兰。

——我试图——我们一边走，他一边说道——从花朵本身自然进化角度着手，让花朵合成并释放毒素；结果虽然并非我意料之中，但确实是个奇迹，且不说我对提取致命毒气还没失去信心。我们到了，您自己看吧。

我们站在花园尽头一块被稀奇古怪的植物围绕的小四方地。在一片普通的叶子当中，那黑色花冠显得如此出众，乍一看我误以为是三色堇。

——黑色的紫罗兰！——我惊呼道。

——是的。因为冥念最容易在颜色上体现，我便从颜色入手。某些中国奇幻故事除外，黑色是表示哀悼的自然色，因为它是夜的颜色，更是悲伤、生命衰竭以及死亡之兄——梦——的颜色。另外，这些花没有芬芳的花香，这点与我的推断一致，并且这也是相关性效应的另一结果。实际上，黑色看上去是与香味对立的；一千一百九十三个品种的白色花朵中，有一百七十五种花朵是有香气的，而有臭味的有十二种；但是在十八种黑色的花里，十七种没有味道，剩下那一种有臭味。解释这其中的玄妙需要涉及另一个细节，可惜需要花很长的时间来解释……

——您别担心——我回应道——我好奇心很重，但是我的求知欲比好奇心还要重。

——那请您听好接下来我是如何操作的：

首先，我需要给花准备一种有利于促成冥念形成的介质；稍后展示给它们一系列现象，作为灌输冥念的暗示；之后，将它们的神经系统调节为接收并接受图像这一状态；最后，生产毒素的时刻到来了，我的方法就是在花朵生长的环境和它内在的汁液中调入多种植物毒素。遗传会完成剩下的任务。

您看到的这些紫罗兰，按照此流程培育了十年之久。它们经历了几次杂交，虽然为了防止退化这是必不可少的，但是推迟了试验的最后成功。我为何说是最后成功呢，因为培育出黑色无味的紫罗兰，算是个阶段性成果。

但是这也不难；这不过是一系列通过从底部加入碳而取得多种苯胺的操作。关于甲苯胺和二甲苯使用和操作细节这里我就不说了，一是这两个化合物家族太复杂，一时半会儿讲不完，二是说多了会泄露天机。我倒是可以给您个提示：被我们称之为苯胺的色彩，它的起源是由氢与碳分子组合而成，之后产生的化学反应仅仅是氧和氮的添加，此反应产生了苯胺型人造碱和随之而来的衍生物。我所做的与这很相似。您一定知道叶绿素是很脆弱的，但正因为它的这种特性产生了意想不到的结果。我让阳光穿过菱形的缝隙后、作为唯一光源照射在常春藤的叶子上，永久地改变了叶子的形态，而这几何形态被称为蔓叶曲线；这之后便很容易观察到，树林后方叶子的生长，是在模拟被树枝筛过后的阳光形成的阿拉伯式图案。

现在我们要聊聊最关键的步骤了。植物的大脑长在土里，这让我这套关于外界暗示的理论很难实现：和人不一样，它们是倒着长的。正因为如此我更加强调了介质的根本作用。花色变黑是冥念实现的第一步。在这之后，我在周围种下了您眼前这些植物：曼陀罗、茉莉和颠茄。这样的话，在化学和生理层面，我的紫罗兰们就完全沉浸在冥念的氛围中。因为茄碱实际上是一种麻醉性毒素；而曼陀罗碱也含有天仙子胺和阿托品这两种令瞳孔放大、引发视物显大症的生物碱。我手中有了梦境和幻觉的元素，它们是噩梦的制造者；因此，黑色、梦境和幻觉的种种效果与恐惧相连。我还有一点要跟您说，为了让幻觉的效果加倍，我还在这周围种植了天仙子，它的基本毒性正是来源于天仙子胺。

——但是这一切对于花来说有什么用呢？花又没有长眼睛——我问道。

——哎，先生，视觉不仅限于眼睛——老人回答道——梦游症患者是靠手指头和脚底的感觉探路的。况且您别忘了，我说的这一切是个暗示。

我憋了一肚子意见，但是还是忍住没说，因为我想看看他这个奇葩理论到底能走多远。

——茄碱和曼陀罗碱——对方继续讲道——和尸性毒素很相近，比如尸毒和蛋白碱，闻起来像茉莉花和玫瑰的气味。颠茄和曼陀罗将毒素传给我的紫罗兰们，气味则由茉莉和玫瑰供给（根据德堪多[1]的观察，如果周围种有洋葱的话，玫瑰的香味会变得更加浓郁）。由于嫁接技术成熟化，玫瑰种植在现今已十分先进。早在莎士比亚的时代，在英国嫁接了第一批玫瑰……

这句回顾很是应和我的文学喜好，我被打动了。

——请允许我——我说——顺便赞叹一下您年轻人般的记忆力。

——为了让花受到的暗示最大化——他茫然地笑着，继续讲道——我将它们和麻醉性尸毒类植物混在一起种植。比如种一些魔芋花、兰花以及几处魔星花，因为这些花的颜色和气味让人想起腐肉。我的紫罗兰们，按捺不住与生俱来的情欲冲动（而花本身就是植物的生殖器官），吸入了这些尸性毒素的气味（闻起来就是尸体的味道）；它们经受着麻醉物的催眠影响，还有使瞳孔放大类毒素造成的幻视。冥念的暗示效果由此全面显现；但是，我还是利用了紫罗兰与其他植物功效距离如此之近，而增大其异常的敏感度，让其接近缬草叶子，以及带有让它极其不适的氰化物的马刺。玫瑰中含有的乙烯也在这里发挥了作用。

[1] 奥古斯丁·彼拉姆斯·德堪多（Augustin Pyramus de Candolle，1778—1841），瑞士植物学家，“自然战争”理论的提出者。

现在我就要跟您揭示试验的高潮了，但是我想跟您事先说一句：人类的感叹词“哎！”是一种本性的呐喊。

听到冷不丁冒出来的这句话我不禁诧异，我想眼前这位显然是疯了；但是他呢，还没等我琢磨明白，就继续说道：

——“哎！”一直都被人类用来表示感叹。但是令人好奇的是，这在动物中也是如此。从狗这种高等脊椎动物，到一种叫作斯芬克斯鬼面天蛾的鳞翅目昆虫，它们都会发出“哎！”的叫声以表达痛苦和恐惧。我刚刚提到的斯芬克斯鬼面天蛾这种奇怪的昆虫，得名于背部形似骷髅图案的斑纹，它就是一种经常发出“哎！”的声音并代表死亡的动物。猫头鹰就更不用提了。但是很有必要提起有一种隐居在原始丛林的动物，那就是树懒。它每一声奇特的感叹“哎！”都透着衰败的痛苦，这也是它被人所知的原因。

要说的都说了，十年的努力弄得我筋疲力尽，我决定给我的花展示极尽残忍的场景，以此给它们最深刻的印象。但这也失败了。直到有一天……

……靠近些，您自己看吧。

他弯下腰把脸凑到黑色的花朵旁，也要求我这么做。不可思议的事情发生了，我似乎听到了微弱的呻吟声，我顿时相信了他所说的一切。那些花真的是在呻吟，从它们黑色的花冠里发出一阵阵孱弱的“哎！”，与小孩子的叫声十分相似。这环境暗示试验的结果令人始料未及：那些花在它们短暂的生命中唯一所做的，就是不停地哭喊。

一个可怕的想法突然闯入我的脑中，让我感到极度震惊，呆若木鸡。我忽然想起某个关于巫术的民间传说，如果用孩童的鲜血淋在曼德拉草根身上，它便会哭喊；我向他提出了这个让我毛骨悚然的疑虑：

——就像曼德拉草根一样——我说。

——是的，就像曼德拉草根一样——他重复着我的话，脸色比我还惨白。

后来我们再也没有见面。但是现在我确认他一定是个骗子，搞一些毒素和罪恶之花一类的勾当，就像是过去的巫师一样。他最后是否成功培育出了他所设想的致命紫罗兰呢？我又是否应该把他的恶名公之于众？……

郑楠　译

奥尔滕西亚

菲利斯贝尔多·埃尔南德斯

致玛利亚·露依莎

I

花园旁边有一个工厂，机器的轰鸣在花草中混响。园子深处可见一座衰朽黑暗的房屋。这栋“黑屋子”的主人是个高个子男人。每日傍晚，他都会迈着缓缓的脚步从街上踱来，走入花园。即使机器的噪声不止，他那仿佛咀嚼砾石的脚步也依稀可辨。一个秋日的傍晚，他打开门，在大厅的强光下眯起眼睛，看见妻子正站在楼梯中央。在他看来，一路倾泻至花园中心的石阶仿佛为她穿了一件华贵的大理石礼服，手扶栏杆则如同提起了裙裾。妻子感觉到丈夫很疲惫，上楼后他应该会直接进入卧室，她微笑着等他走近。他们接吻，然后她说：

“今天伙计们把布景搭起来了……”

“我知道，不过什么都别跟我说。”

她陪他到门口，用一只手指爱抚了一下他的鼻子，然后把他单独留在卧室。他打算在晚餐前小睡一会儿，昏暗的卧室会驱赶白天的烦恼，为夜间将至的欢愉开道。他还像儿时那样，天真地听着机器愈发闷弱的声音，睡着了。梦里他看到一束光从屏幕中射出照到桌子上。桌边站着几个男人，其中一个穿燕尾服的人说：“血流方向应该颠倒过来，从静脉流向动脉，而不是从动脉流向静脉。”众人一齐鼓掌欢呼，随后燕尾服男人走到院子，一跃上马，在人们的欢呼雀跃中绝尘飞奔，马蹄铁在石子路上激起了阵阵火星。黑屋的男主人醒了，他回忆起这个梦，觉得关于血流方向颠倒的演说应该影射了当日听到的新闻——汽车将由左侧通行改为右侧通行——不禁微微一笑。他穿上燕尾服，又一次想起了梦中那个人，然后走到餐厅。他走近妻子，一边将伸开的手掌伸进她的发丝，一边说道：

“我总是忘记戴上眼镜，我可想仔细瞧瞧你眼睛里那绿油油的眼中藏着什么植物。不过我现在知道你的肤色是怎么来的了：橄榄揉出来的。”

妻子的食指再次抚摸他的鼻子，然后戳进他的面颊，直至弯成了苍蝇腿的模样，然后她回答道：

“而我总是忘记拿把剪刀来修剪你的眉毛！”

她在桌旁坐下，看到他走出餐厅问道：

“你忘记什么了吗？”

“谁知道。”

不久他就回到了餐厅，她想他应该没有时间打电话。

“你不想告诉我出去干什么了吗？”

“不。”

“那我也不会告诉你今天伙计们做什么了。”

话音还没落他已经开始回答：

“别，我亲爱的小橄榄，晚饭结束前什么都别告诉我。”

接着他自斟了一杯从法国带来的葡萄酒。

然而妻子的话语犹如细石坠入池塘，扰动了塘中滋生的痴念，晚上将见之物让他心神荡漾，他不得不去想。他收集比真实女人略大的玩偶，并命人在一个大厅里建造了三个玻璃柜。所有的玩偶在最大的那个玻璃柜中存放，等待被选去在其他玻璃柜中组成场景。这项工作由数人完成：首先是场景说明写手（要用寥寥几言描述玩偶构成的每个场景），另外还有负责布景、服装和音乐的艺术工匠们。那天晚上将是第二场展览首展。观看期间，在他背后的大厅深处会有一个钢琴师演奏事先编排过的曲子。突然，黑屋子的主人意识到晚餐时不应该想这些，于是他从燕尾服口袋中掏出了一副剧场观剧望远镜，尝试将焦距对到妻子脸上。

“我想知道你眼袋上的阴影是不是也是树丛投下来的……”

原来丈夫刚才是去书房找观剧望远镜了，她决定陪他开这个玩笑。他从镜中看到了一个玻璃穹顶，看出来那是个瓶底，于是放下了望远镜，又自斟了一杯法国红酒。妻子看着汩汩的红酒流向酒杯，如黑色泪滴在杯壁上泼溅、流淌，然后与翻腾的酒面搅和在一起。这时阿列克斯——一个留着尖胡子的俄国白人——进来了，他在女主人旁边俯身，为她盛菜豆加火腿。她曾说过自己从来没见过留胡子的男仆，但是男主人回答留胡子是阿列克斯唯一的要求。现在她将视线从酒杯转移到了男仆的袖口，浓密的毛发从手背延伸到手指。就在阿列克斯为男主人上菜时，阿列克斯说：

“沃尔特到了。”（沃尔特是钢琴师。）

晚餐结束，阿列克斯将酒杯收到托盘上，酒杯间相互碰撞，好像很高兴彼此重聚似的。男主人——本来沉入一阵昏昏欲睡的安静中——听到清脆悦耳的玻璃杯声很欣快，唤来男仆：

“让沃尔特去钢琴那里。我进大厅时他不要和我说话。钢琴离玻璃柜子远吗？”

“是的先生，钢琴在大厅的另一头。”

“好，告诉沃尔特让他背对着我坐下，开始演奏节目单上的第一首曲子，不间断弹奏，直到我给他打光为止。”

妻子冲他微笑。他去吻她，把兴奋涨红的脸在她的面颊上贴了一会儿。随后他走进展览大厅旁边的过厅，在那里开始喝咖啡、抽烟。在没有完全感到与外界隔绝之前他是不会去观看玩偶的。他开始注意到机器的轰鸣声和琴声，起初这些声音好像混着水波传来，而他仿佛戴了潜水头盔。后来他回过神来，察觉到某些声音似乎想向他暗示什么，好像有人在一群鼾声如雷的熟睡者中特别召唤某个人，让他醒来。但是当他开始仔细倾听时，这些声音像受惊的耗子一样一溜烟儿跑了。一开始他还比较纳闷儿，但是后来决定不放在心上。突然他很奇怪地发现自己没有坐在沙发上，原来不知不觉中已经站起来了。他还记得刚刚打开了门，接着就迷迷糊糊地任脚步把自己带向前方：走向第一个玻璃柜。他打开舞台灯光，透过绿色的窗帘看到一个玩偶躺在床上。他打开窗帘，走上看台——其实只是一个装了橡胶轮和栏杆的平台。看台上面有一个沙发和一张小桌，在沙发上观看舞台的视野很好。玩偶身穿新娘礼服，双眼圆睁盯着天花板，不知是死了还是在做梦。她张开着双臂，不是十分绝望就是被“幸运地”抛弃了。在打开小桌抽屉揭晓这个故事前，他想发挥一下想象力。也许她在等着未婚夫，但是他永远都不会回来；也许他在结婚前抛弃了她；或者她是个寡妇，在回忆结婚的那一天；也可能她穿上这件婚纱，梦想成为新娘。现在男主人终于打开了抽屉，读道：“就在与她不爱的男人结婚前一刻，她把自己锁在屋子里，这件婚纱是要为她所爱的男人穿的，但那个男人已经不在人世了，想到这儿后她服毒自杀，死时双眼还是睁开的，直到现在尚未有人进入房间将它们合上。”黑屋的男主人心想：真是个神圣忠贞的新娘。过了一会儿他想到自己还活着而女主人公已经死去，有些沾沾自喜。他打开玻璃门进入布景观看细节，此时似乎在机器声和钢琴音乐之间听到了剧烈关门的声响。男主人从玻璃柜中走出，在通往过厅的门缝中，看到了妻子衣裙的一角被夹住了。他一边踮着脚尖朝门走去，一边想她可能在监视他，不过或许她只是想开个玩笑。他迅速打开门，迎面扑来了她的身体。他抱着她，但是觉得身体太轻，于是恍然大悟，认出来这是奥尔滕西亚——与妻子相像的玩偶。就在这时，蜷在沙发后面的妻子站了起来，对他说：

“我也想给你准备一个惊喜，我刚刚来得及给她穿上衣服。”

她还在说，但是他没有听。虽然他面色苍白，但还是感激妻子给他的惊喜：他不想让她失望，因为他喜欢妻子用奥尔滕西亚和他开玩笑。不过，这次他感到不太舒服，因此把奥尔滕西亚推到夫人的怀里，对她说他不想打断参观。接着他回到了大厅，关上了门，走向刚才沃尔特在的地方。然而半道上他停了下来，打开了通向书房的一扇门。他把自己关在书房里，从抽屉中取出一个笔记本，开始记录妻子用奥尔滕西亚开玩笑的经过和日期。记录前他读了读最后一条日记，上书：“七月二十一日。今天，玛利亚（他的妻子名叫玛利亚·奥尔滕西亚，但是她喜欢别人叫她玛利亚。所以当她丈夫找人做了一个和她相似的玩偶时，两人决定用奥尔滕西亚来命名这个玩偶——就好像拾起了一件没人理睬的物品）倚在面向花园的阳台上，我想用手捂住她的眼睛吓吓她，但是走到阳台之前，我发现那是奥尔滕西亚。玛利亚看到我走向阳台，从后面跟着我，然后捧腹大笑。”虽然他是这个笔记本唯一的读者，但还是在每条记录后用浓重的笔墨大大地署上自己的名字——奥拉西奥。再往前的一条记录中写道：“七月十八日。今天当我打开衣橱取出外套时，发现奥尔滕西亚在里面：她披着我的燕尾服，我的衣服在她身上显得很大、很滑稽。”

记录完这次惊喜后，奥拉西奥回到展厅，走向第二个玻璃柜。他向沃尔特亮光示意，让他换一首曲子，并开始移动看台。就在沃尔特变换节目的空当，第二首曲子开始前，奥拉西奥更加强烈地感觉到机器轰鸣的震颤，当看台移动的时候，他觉得滑轮滚动的声音貌似遥远的雷声。

在第二个玻璃柜中有一个玩偶坐在餐桌一头。她的头后仰，双手搭在餐盘两侧，盘子旁边排列了许多餐具。她的姿势和搭在餐具旁的双手让人觉得她好像坐在琴键前。奥拉西奥看了看沃尔特，只见琴师面向钢琴，上身前倾，燕尾服的双尾在琴凳后垂下，看起来像只不祥的虫子。奥拉西奥紧紧盯着玩偶，忽然他觉得——之前出现过几次类似的情况——她好像在动。动作并非马上出现的，他也没期待从躺着或者没有生命的玩偶身上看到这样的情况，但是这一次玩偶的动作出现得太快了，他想或许是她姿势别扭的缘故。她十分使劲地朝上看，身体微微摇晃，轻易不能察觉。但是就在他将视线从玩偶的面庞移向双手时，她很明显地低下头了。他迅速地再次抬眼看她的脸，玩偶立马恢复了僵硬的姿势。现在他开始想象她的故事了。她的服饰和餐厅里的用具十分奢华，然而家具却十分粗糙，墙壁还是石制的。深景的墙壁上有一扇小窗，玩偶的背后还有一扇半掩着的低矮小门，酷似虚伪的微笑。那间屋子应该是城堡的地牢了。钢琴在模仿暴风雨的声音，窗外不时地划过一道闪电。此时他想了起来，刚才看台移动的声音类似远方的雷声，他为这个巧合感到不安。另外，在进入大厅前传来的一些声音也似乎在向他暗示什么。不过奥拉西奥重新把思绪拉回玩偶身上：也许就在那一刻，她正在向上帝请求解脱。最后奥拉西奥拉开抽屉，读道："第二个展柜。这个女人不久就要生育，现在住在海边的灯塔里。她爱上了一位水手却遭到世人的谴责，因此与世隔绝。她时不时就想：我希望我的儿子孑然独立，所能听到的唯有大海的声音。"奥拉西奥想：这个故事真的很适合这个玩偶。他站了起来，打开玻璃门，仔细查看道具，但又觉得这样做仿佛在亵渎死亡这样一件严肃的事情。他更愿意靠近玩偶，想从一个可以与她目光对视的角度看她。过了一会儿，他俯下身靠近这个不幸的女人，在亲吻她额头的那一刻，他又一次感觉到一股像亲吻玛利亚脸颊时愉快的清新。他的嘴唇刚刚离开玩偶的前额，玩偶突然动了起来。他呆若木鸡。玩偶开始失去平衡，越来越快地向一边倒去，最后倒在了椅子旁。一把勺子和一把叉子也一同被带下。钢琴继续弹奏出大海的声音，窗上的电光仍然在闪烁，机器依然在轰鸣。他不想扶起玩偶，而是急匆匆地跑开，离开了玻璃柜，离开了大厅，跑出过厅，来到庭院时看到了阿列克斯：

"告诉沃尔特今天到此为止。明天让伙计们来把第二个玻璃柜里的玩偶重新布置好。"

话音刚落，玛利亚出现了。

"发生什么事了？"

"没什么，一个玩偶倒了，在灯塔里的那个……"

"怎么回事？有人对她做了什么吗？"

"估计是我在进去查看道具时不小心碰到桌子了……"

"啊！你开始紧张了！"

“没有，今天的场景布置我很满意。奥尔滕西亚呢？你的那件长裙在她身上很合适！”

“你最好去睡觉，亲爱的。”玛利亚回答道。

但是他没有离开，而是和妻子在沙发上坐了下来。他拥抱妻子，请求她把面颊靠在自己的脸上，静静地靠一会儿。就在两人的头凑到一起的时候，他的脑海里开始浮现那两个倒下的玩偶：奥尔滕西亚和在灯塔的那个。现在他知道这意味着什么了：玛利亚的死亡。他害怕自己的想法会传到妻子的脑海里，于是开始亲吻她的耳朵。

当奥拉西奥再一次独处于卧室的黑暗中时，他开始注意机器的噪声，思考那些预兆。他曾像一个纠结的线团，阻截着他人命运的信息，接收着含混不清的预告。但是这一次，所有的信号都指向了他：机器的轰隆声和钢琴的乐曲中隐藏着的像老鼠一样遁形的杂音；之后是奥尔滕西亚，当他打开门时，她扑向了他的怀里，似乎在说“抱住我，因为玛利亚快死了”。而且还是他的妻子亲自策划了这个预告，她那样天真，好像有病在身，自己没有觉知，却把病情向他展示；再后来，是第一个玻璃柜中死去的玩偶；还有当他走到第二个玻璃柜前看台移动的声音，它如同远雷，预示着将要出现的大海和灯塔中的女人，这是连舞台布景师都没有预见到的；最后，灯塔中的玩偶离开了他的嘴唇，倒下了。而且她就像玛利亚一样，也没能有孩子；还有那沃尔特，像个不祥之兆的虫子，摇晃着燕尾服的两个下摆，在他的黑盒子边缘啄来啄去。

Ⅱ

玛利亚没有生病，也不用担心她会死去。但是很久以来他就一直害怕失去她，每时每刻都在想象如果没有了她，他会多么悲哀。于是他想出了一个主意，让人做一个和玛利亚一模一样的玩偶。一开始这个想法不怎么成功。奥尔滕西亚就像一个残次替代品一样让他难以接受。她的皮肤由小山羊皮制成，模仿玛利亚的肤色，并且用妻子的香氛来熏制过，但是当玛利亚让奥拉西奥亲吻奥尔滕西亚时，他总觉得自己好像要亲吻一只皮鞋。然而不久以后，他开始在玛利亚和奥尔滕西亚的关系中获得了一种意外的感受。一天早上，他发现玛利亚一边给奥尔滕西亚穿衣服，一边唱着歌，俨然一个玩洋娃娃的小女孩儿。还有一次，他傍晚回到家，看到玛利亚和奥尔滕西亚坐在桌旁，面前摆着一本书，好像玛利亚正在教妹妹阅读。于是他说：

"把秘密讲给这样一个沉默的女人应该很让人放心！"

"你什么意思啊？" 玛利亚问道，她腾地一下从桌边站了起来，气哼哼地走开了。

但是奥尔滕西亚仍独自坐在那里，两眼盯着书本，好像一个脆弱而矜持的女伴。

那天晚上用完晚餐之后，为了不让奥拉西奥靠近她，玛利亚坐在两人通常坐在一起的沙发上，把奥尔滕西亚放在了旁边。奥拉西奥瞅了瞅奥尔滕西亚，她的脸又一次让他心生厌恶：她的表情高傲冷淡，好像是在报复他对她皮肤的看法。

过了一会儿奥拉西奥来到了大厅，他先在玻璃柜前走了走，然后打开钢琴盖，移开琴凳，换上了椅子——这样就能靠在椅背上——然后开始任指尖在清凉的黑白琴键上游走。他颇有些费力地连接音符，像个口吐不清、话不成句的醉汉。但是同时脑海中回想着很多关于玩偶的事情。他是不知不觉中慢慢了解这些玩偶的。就在不久前，奥拉西奥还保留着那个逐渐给他积累了财富的店铺。每天，职员离开后，他喜欢独自在昏暗的厅里踱步，看着光照下橱窗里的玩偶。他会再一次看她们的服装，并不经意地偶尔将视线移到玩偶脸上。他站在一角观看橱窗，好像一个剧院老板看着自己手下的演员上演话剧。后来他从玩偶的脸上找到了与店里女售货员类似的表情。一些玩偶让他不信任，还有一些玩偶肯定和他作对。有一个鼻子上翘的玩偶好像在说："这跟我有什么关系？"还有一个他觉得挺迷人的玩偶，有一张谜一样的脸：就像她穿夏装和冬装都好看一样，你无论怎样猜测她的心思似乎都可以，是接受也可以是拒绝。不管怎样，玩偶们终究有自己的秘密。即使橱窗设计师很会摆弄她们，充分利用她们的条件进行摆设，玩偶们也总是在最后一刻自行增加一些东西。就从那刻起，奥拉西奥开始认为玩偶身上充满了预兆。她们日日夜夜被大量贪婪的目光吞没，这些目光筑成巢穴，在空中孵化，时而像风景中的逗留的云朵一样停留在玩偶的脸上，在光影变幻中，不同表情相互混淆。还有的时候，那些预兆飞往天真女人的脸上，让她们也被这原始的贪婪玷污。所以，玩偶们像是被催眠的尤物，要么完成未知的使命，要么献身给邪恶的意图。在那个和玛利亚生气的晚上，奥拉西奥得出了结论，他觉得奥尔滕西亚就是那种捉摸不定的玩偶。她也可以传递预兆或者从其他玩偶上接收信号。玛利亚是从奥尔滕西亚开始住在家里之后嫉妒心更强的，当他对哪个女店员较为殷勤时，他在奥尔滕西亚的脸上就能感觉到妻子的怀疑和责备。也是在同一时期，玛利亚开始纠缠他，直至逼他离开玩偶店。但是事情没有到此为止：玛利亚在和他一同参加聚会后，嫉妒心越来越强，最后他不得不也要放弃和她一同赴宴的习惯。

怄气那晚的次日早上，奥拉西奥与妻子和解了。阴暗的想法在晚上进入他的脑际，白天却又烟消云散了。他们三个像往常一样在花园里散步。奥拉西奥和玛利亚一起搀着奥尔滕西亚。穿着长裙的奥尔滕西亚——长裙掩盖了她无法走路的事实——就像一个被悉心照料的病人。（然而，街坊邻里中已经传开了闲话，说这对夫妇任玛利亚的妹妹死去，两人继承她的财富。所以他们为了惩罚自己，找了一个和死者一样的玩偶和他们一起生活，时刻提醒他们的罪过。）

他们曾度过了一段美好的时光：玛利亚用奥尔滕西亚制造惊喜，奥拉西奥则立即在笔记本上一一记录。而第二次玩偶展览之夜却偏偏出现了关于玛利亚死去的预言。

奥拉西奥想到了一个好主意，他为妻子购买了许多用结实布料剪裁的衣服——这些关于玛利亚的记忆应该会持续很长时间——并让妻子把衣服套在奥尔滕西亚身上试穿。

玛利亚很开心，奥拉西奥也假装满足。就在这时她提出请他最亲密的朋友用餐——只不过这个想法是奥拉西奥暗示给妻子的。宴请的当晚屋外风雨交加，客人们坐在餐桌旁毫无察觉，兴致很高。奥拉西奥心想这顿晚宴会给他留下很多回忆，并尝试制造奇怪的状况。首先他在手中转动刀叉——模仿牛仔要枪的动作——并假装威胁旁边的一个女宾。她应和着玩笑，举起双手，奥拉西奥看到她剃了毛的腋下，用刀来给她挠痒。玛利亚再也忍不住了，说道：

“奥拉西奥，你现在跟个没教养的小孩儿似的！”

他向来宾致歉，过了一会儿宴席上又开始欢声笑语。然而当第一个餐后甜点上了桌，奥拉西奥斟上法国红酒时，玛利亚盯着桌布上渗透开来的黑色污渍——奥拉西奥把酒倒到酒杯外面了。玛利亚一只手抚着颈部，打算从桌边起身，却晕倒了。大家把玛利亚抬到卧室，等她恢复过来后，玛利亚说从好几天前开始她就觉得身体不适。奥拉西奥立马叫来医生。医生对他说玛利亚应该保护自己的神经，不过她没有什么太严重的病。玛利亚站了起来，若无其事地向所有来宾告别。然而等只剩下他们两人时，她对丈夫说：

“我没法忍受这种生活了：你竟然在我眼皮底下和那个女孩儿调情……”

“但是玛利亚……”

“你盯着她出神都把酒倒在外面了。而且在院子里她还说：‘下手轻点儿嘛！’你究竟对她做了什么？”

“哎呀亲爱的，你误会了，她是在问我：‘现在几点啦？’”

当天晚上他们重归于好，她贴着他的脸睡着了。过了一会儿，他把头移开，开始想玛利亚的病。但是第二天当他摸她手臂时，发现是凉的。他怔了一下，双眼直勾勾地盯着天花板几分钟后喊道："阿列克斯！"门突然打开，玛利亚探出了头，他知道自己摸到的其实是奥尔滕西亚——是玛利亚把她放到他身边的。

深思熟虑之后，奥拉西奥决定给朋友法贡多——玩偶制造工匠——打电话，看他能否想出办法，让靠近奥尔滕西亚的时候感觉得到她身上有人类的体温。法贡多回答道：

"这个嘛，朋友，恐怕有点儿难度：玩偶体温持续时间顶多就是热水在水瓶中的保温时间。"

"好吧，无所谓，随便你怎么做，但是别告诉我操作过程。另外我还希望她能别那么僵硬，摸她的时候能有一种舒服的感觉……"

"这个也很难。你想想，戳进一根指头，皮肤上就留下一个窝。"

"是的，不过无论怎样，拜托你把她变得灵活些。另外，至于皮肤上戳出窝，这对我无所谓。"

法贡多把奥尔滕西亚带走的那个下午，奥拉西奥和玛利亚都很难过。

"我都不敢想他们会对她做什么！"玛利亚说。

"好了亲爱的，咱们别分不清现实了。奥尔滕西亚只是一个玩偶嘛。"

"以前是！你这么说等于认为她已经死了，而且是你说要分清现实的！"

"我只是想安慰你……"

"你以为这样蔑视地说她就能安慰我！比起你来她更属于我。我给她穿衣服，和她说自己不能告诉其他人的话。你明白吗？而且她把我们联系得多紧密，你都没法想象。（奥拉西奥走向书房）我用她给你制造了多少惊喜啊。你还需要‘更多人类的体温’干什么！”

玛利亚提高了嗓门。忽然听到奥拉西奥摔门的声音，他把自己关在了书房里。玛利亚反对让玩偶拥有人类体温的事，不仅让他陷入难堪的境地，而且也让他对热切盼望奥尔滕西亚回来的心凉了半截。他刚进书房，就又想到去街上走走。

奥拉西奥散心后回家，玛利亚不在，等她也回家后，二人的重聚竟令他们感到意外的喜悦，不过两人都一度故意没有表露。

当天晚上他没有去看玩偶。第二天上午他有点儿忙，午饭之后陪玛利亚在花园里散步。他们两个人都觉得奥尔滕西亚的缺席只是暂时的，没有必要夸张事态。奥拉西奥还想，走路的时候仅仅抱住玛利亚更容易、更自然。他们两个感觉很轻松、很开心，又开始一起出门了。然而就在同一天，晚饭之前，他去卧室找妻子，当他看到只有妻子在房里的时候感觉很奇怪。有一阵他都忘记奥尔滕西亚不在家了，现在没有奥尔滕西亚让他感觉到一种怪异的不适。玛利亚本可以像从前一样，依旧是没有玩偶陪衬的女人。但是现在他无法想象玛利亚身旁没有奥尔滕西亚了。奥尔滕西亚不在，整个房子和玛利亚竟若无其事，这种状态显得有些疯狂。而且玛利亚在卧室里来回走，好像那时她根本没有想念奥尔滕西亚，她的表情那样茫然，如同一个忘记穿衣、赤身裸体四处走动的疯子。奥拉西奥走到餐厅，开始喝法国葡萄酒。他静静地看了几眼玛利亚，最后确信从玛利亚的身上找到了奥尔滕西亚的影子，于是他开始思考这两个女人之间的关系。每次当他想玛利亚的时候，都会同时想到奥尔滕西亚，为她担心：师傅修理她时会怎样让她坐下？她会跌倒吗？调整后的她会给他什么惊喜？虽然玛利亚不弹钢琴——与法贡多的情人不同——但是她有奥尔滕西亚，可以通过奥尔滕西亚以独特的方式凸显自己的个性。把奥尔滕西亚与玛利亚分开相当于把艺术与艺术家分开。奥尔滕西亚不仅仅是玛利亚存在的一种方式，更是她最迷人的那个侧面。他暗自思忖，在玛利亚还没有奥尔滕西亚之前他是怎么爱上她的，也许那个时候玛利亚用其他做法和手段来展现魅力吧。但是就在方才，当奥拉西奥去找玛利亚，发现只有她在卧房时，他觉得玛利亚好像一个令人不安的无意义的存在。而且——奥拉西奥继续喝着法国葡萄酒——奥尔滕西亚好像一个奇怪的障碍，可以说他有时是被奥尔滕西亚绊倒然后倒在玛利亚怀里的。

晚饭之后奥拉西奥亲吻了玛利亚清新的面颊，然后去玻璃柜了。其中一个玻璃柜中表现的是狂欢节。一个玩偶皮肤黝黑，另一个则金发碧眼，她们罩上面具打扮成马德里女孩儿，靠在大理石柱栏杆上。左侧有一个楼梯，台阶上貌似无意地散落着彩条、面具和头巾等道具。整个场景的灯光昏暗，忽然奥拉西奥好像在那个黑皮肤玩偶上看到了奥尔滕西亚的影子。可能玛利亚先行一步找到法贡多，给他准备了这个惊喜。在继续观看之前，奥拉西奥打开玻璃门，登上台阶，他踩到了一只面具，将其拾起然后扔到了栏杆后面。这个动作给舞台上的道具一种真实的物质感，这让他有些失望。奥拉西奥走上看台，有些恼怒地听到机器声与钢琴声间不和谐的交融。但是过了一会儿，他看了看玩偶，突然想到这两个女人可能同时爱上了一个男人。于是他打开抽屉，知道了故事原委："金发女郎有一个男友。而他在此前某个时候，发现自己实际上爱的是女友的朋友——那个黝黑皮肤的女孩儿，并向她表白。黑皮肤女孩也爱他，但是她把这份情愫深藏心中，劝他不要继续下去。他非要坚持，并在狂欢节那夜对金发女友坦白了他的移情别恋。现在这是这两个朋友知道真相后第一次会面。她们还没有交谈，很长时间戴着面具保持沉默。"奥拉西奥终于猜对了一个故事：两个好朋友爱上了同一个男人。但是他转念一想，他如此碰巧猜准或许是一个预兆，或者预示着某个正在发生的事实：他是故事中那两个玩偶的男友。他难道爱上了奥尔滕西亚吗？这个怀疑让他心绪紊乱，思路像蝴蝶一样围绕着自己的玩偶，最后停留在这些问题上：奥尔滕西亚有什么值得他爱的？他对玩偶的感觉仅仅出于纯粹的艺术享受吗？奥尔滕西亚只是他在亡妻之后的安慰吗？她会情愿作为玛利亚的附属吗？他需要彻底地重新思考玩偶的人格。奥拉西奥不想把这些困惑带到卧室里，因为妻子也会在那里。他叫来阿列克斯，让他把沃尔特支走，只留下机器的声音，在此之前还让男仆带来了一瓶法国红酒。过了一会儿他开始在大厅中踱步、吸烟。每次走到看台上他就啜饮一口红酒，然后接着边走路边思考："如果空荡的房屋中有幽灵光顾，为什么幽灵不能进入玩偶的身体里呢？"于是他开始想象废弃的古堡，里面的家具和物品在厚厚的罩布下沉睡，唯一醒来的幽灵和鬼魂在飞舞的蝙蝠和来自沼泽的声音中穿梭……蓦地，机器的噪声引起了他的注意，酒杯从他手中滑落。奥拉西奥毛发耸立，他突然明白了没有肉体的幽魂抓住这些散落在人间的声音，并通过它们来说话。奥尔滕西亚的灵魂就是通过机器声来表达自己的。他打算打消这些念头，专注于身上的寒战。但他瘫坐在沙发上，不得不去继续想奥尔滕西亚：怪不得在那个月夜发生了那么难以解释的事情。那天他们三个在花园里，他突然想和妻子玩追逐游戏。玛利亚在笑，藏在了奥尔滕西亚后面——他很明白这和藏在大树后面不一样——但是当他越过了奥尔滕西亚的肩膀去亲吻玛利亚时，突然被利物狠狠地刺痛了。紧接着他就听到了机器狂猛的轰鸣声：毫无疑问，这是在警告他不应该越过奥尔滕西亚亲吻玛利亚。玛利亚自己也不清楚怎么把一根针忘在玩偶的衣服上了。奥拉西奥太愚拙了，竟然认为奥尔滕西亚是玛利亚的装饰，而实际上她们两个是互为装饰的。之后他又开始思索噪声的事情。很久以来他就认为，噪声和乐音都有自己的生命，分属于不同的家族。机器的噪声属于贵族，也许正因如此奥尔滕西亚选择噪声来表达自己绵延不绝的爱恋。那天晚上，奥拉西奥打电话给法贡多，向他询问奥尔滕西亚的事情。他的朋友法贡多说马上就把玩偶送回去，还说工作室的姑娘们发明了一种方法……奥拉西奥立即打断他，说自己不想知道技术细节。挂断电话后他心中窃喜，因为那些姑娘可能会把自己身上的一部分分享给奥尔滕西亚。

第二天，玛利亚等他一起吃午饭，她揽着奥尔滕西亚的腰抱住她。等奥拉西奥吻过自己的妻子以后，他把奥尔滕西亚抱在怀里，她身体的柔软和温存突然间让他感到一种期盼已久的兴奋。不过当他把嘴唇印到奥尔滕西亚的唇上时，他觉得自己好像在吻一个发了烧的人。不过，他很快适应了这个奇怪的感觉，重新觉得自然了。

当天晚上，奥拉西奥一边吃晚饭一边想：灵魂一定是在人类与动物之间轮回传递吗？难道没有垂死之人亲手把灵魂寄托在一件心爱的物品上吗？而且，灵魂附着在酷似美丽女人的玩偶身上或许不是简单的失误。一个渴望重新附体的灵魂，难道没有指引过那些制造玩偶的手吗？当一个人为某个想法绞尽脑汁时，不是常常有意外发现，如同有人暗中助他一臂之力吗？想到这些他又开始琢磨奥尔滕西亚：她身上的灵魂会是谁的呢？

那天晚上玛利亚心情不好。她一边给奥尔滕西亚穿衣服一边发牢骚，因为奥尔滕西亚不老实，总往前倒，而且现在身体里有水，比以前重了。奥拉西奥想了想玛利亚和奥尔滕西亚之间的关系，发现她们之间隐隐地有一丝敌意，这种敌意他在真实的女人身上见过，虽然这两个女人可能感情甚笃，谁也离不开谁。他还想起来这种关系在母亲和女儿之间也会时而出现……过一会儿他抬起头，把视线从餐盘转向玛利亚并问她：

“玛利亚你跟我说说，你妈妈原来是什么样的？”

“你现在问这个干什么？你想知道我从她身上继承的缺点吗？”

“哦！亲爱的，绝对不是！”

他用缓和的口气让玛利亚平静下来，于是她说：

“这么说吧，她和我完全不同。她安静得可怕，可以很长时间双眼无神地待在椅子里一动不动。”

“很好。”奥拉西奥自顾自地说。他自斟了一杯红酒以后心想：“不过，让我和寄宿在奥尔滕西亚身体里的岳母灵魂谈恋爱可不怎么美好。”

“她对爱情有什么看法？”

“我给你的爱难道你不满意吗？”

“哎呀，玛利亚，求求你了！”

“她什么看法都没有。不过幸好如此，当我外祖父母命我爸妈结婚时，她能答应。我爸爸有钱，而她是个贤妻良母。”

奥拉西奥心想：“这样很好，反正我现在不用再担心这个了。”虽然当时已是春天，但晚上还是寒风凛冽。玛利亚在奥尔滕西亚身体里灌上了热水，给她穿上了丝绸睡衣，带着她和他们一起入睡，好像她是个热水袋。奥拉西奥在进入梦乡之前，朦胧中感觉自己浸泡在温和的湖水中。三个人的腿纠缠在一起，像相互靠近的几棵大树根脉盘错，浸润在水中，他懒得去分辨谁的是谁的了。

III

奥拉西奥和玛利亚开始为奥尔滕西亚筹备聚会，庆祝她两周岁生日。奥拉西奥提议让奥尔滕西亚坐在三轮车上出场。他告诉玛利亚自己在交通运输展会上看到过三轮车，而且保证自己能够弄到一辆。但是奥拉西奥没有告诉她，几年前他看过一部电影，其中的男主角在三轮车上强暴了自己的女友，是这段记忆让他蠢蠢欲动，也想在奥尔滕西亚的庆典上使用同样的交通工具。几场彩排十分成功。一开始骑三轮车让奥拉西奥费了不少劲，但是当他能够移动前面的大轮之后，整个三轮车就立马飞奔起来，如虎添翼。

生日庆典以自助餐开始，来宾的窃窃私语很快发展成了热闹喧腾的鼎沸，食客喉咙里的声音与觥筹交错中瓶颈的碰撞声混淆在一起。奥拉西奥带领奥尔滕西亚出场，大庭院中响起了学校的铃声，众宾客擎着酒杯来到院子里。只见奥拉西奥吃力地操纵着三轮车前轮，顺着铺了地毯的长廊一路骑来。一开始人们只能瞥见三轮车一角，也只能看到奥拉西奥身后奥尔滕西亚的大白长裙。奥拉西奥仿佛从天而降，腾云驾雾。奥尔滕西亚靠在连接两个后轮的轴上，双臂前伸，双手插进了奥拉西奥的衣袋里。三轮车在庭院中央停了下来，奥拉西奥一边接受众人的鼓掌欢呼，一边用一只手抚摸奥尔滕西亚的发丝。然后他又开始用力蹬三轮车，等他重新来到地毯走廊时，三轮车突然加速，在场观众一度安静无声，好像观看起飞似的。看到出场如此成功，奥拉西奥打算回到庭院再来一次，宾客们又开始鼓掌欢笑。但是当他刚刚进入庭院时，突然一只侧轮掉了下来。众人惊呼，不过确认奥拉西奥安然无恙后，又开始鼓掌说笑了。奥拉西奥四脚朝天地倒在奥尔滕西亚身上，姿势活像只昆虫。在场的人捧腹不止，眼泪都笑出来了。法贡多已经笑不成声，他说：

“兄弟，你真像个上弦的玩具，四脚朝天了还在走！”

表演完毕大家都回到了餐厅。布置场景的伙计们围住奥拉西奥，他们打算编造一个故事场景，向他借奥尔滕西亚和三轮车。奥拉西奥拒绝了，但是他很开心，把伙计们都带到展览厅里，请他们喝法国红酒。

“要是您能透露一下观看一个场景时的感想，”其中一个伙计说道，“我们肯定会很有启发。”

奥拉西奥开始在脚上前倾后晃，盯着朋友们的鞋子，然后他下了下决心说：

“这个很难啊……不过我会试一试。不过我请求你们，在我斟酌措辞思考怎么表达的时候，你们别再问我其他问题，听完我说的就到此为止。”

“明白。”其中一个说道，把一只手搭到耳朵后面做倾听状。

奥拉西奥还在踌躇，先合上了双手后来又打开，最后为了让两只手镇定下来，他抱起双臂，开始说道：“我在观看一个场景时……”他在这里做了一下停顿，然后立马岔开了话题（透过玻璃去看柜里的玩偶是很重要的，因为这样可以为场景赋予某种回忆感。以前，在我还能看镜子的时候——现在镜子让我不舒服，但是要解释为什么的话，真是说来话长——我原来喜欢看到出现在镜子里的屋子）。“我在观看一个场景时，仿佛偷窥了一个女人生命中重要时刻的回忆。这就好像——抱歉我这么说——在她们的脑壳上撬开了一条缝。这样我就可以带走这份回忆，如同盗走一件内衣。然后我就着这回忆发挥想象，进行猜测，甚至可以说品味这些回忆给我一种亵渎神圣事物的感觉。另外，我觉得回忆留在了死人头脑中，而我希望能把它从尸体中提取出来，甚至希望这个回忆可以微微扰动一下……”说到这里奥拉西奥停了下来，他不敢告诉他们自己多次发现玩偶奇怪动作的事情。

听他说话的伙计们也都陷入了沉思。其中一个人想起了自己还有红酒，将杯中剩下的一口饮尽，其他人也模仿他一饮而尽。过了一会儿，另一个人问道：

“再跟我们说点儿什么吧，比如您的个人喜好什么的。”

“啊！”奥拉西奥回答道，“这个对于你们理解场景应该没有什么帮助的。要说喜好，我喜欢走在撒满糖的木头地板上。那个细碎的小声音……”

就在这时玛利亚进来了，她来邀请大家一起到花园里散步。是时已是深夜，每个人都要带上一只小火把。玛利亚把手臂伸给奥拉西奥，两人带头，其他宾客尾随其后，成双成对地走。走出大门来到花园前，大家从一张桌子上每人拿一支火把，并用另一张桌子上的火源点亮。周围的邻居看到了火把的光源后，一个个都凑到花园栅栏下面窥视，树丛中探出的脸庞就像满脸狐疑的果子。突然，玛利亚迈过一个花坛，点亮了装在一棵大树上的灯，转瞬间树冠高处出现了奥尔滕西亚。这是玛利亚给奥拉西奥准备的惊喜，看到这一幕宾客们鼓掌欢呼。奥尔滕西亚胸前展开了一把白色的扇子，扇子后面有一盏灯，灯火映照下奥尔滕西亚光彩照人。奥拉西奥亲吻玛利亚，感谢她的心意。然而在宾客们谈笑风生时，奥拉西奥发现奥尔滕西亚的目光正对着他每日回家的必经之路。玛利亚和奥拉西奥两人沿着栅栏走，突然玛利亚听到邻居中有人在向远处来的其他人喊道：“快点儿，那个死去的女人在树上出现啦。”夫妇二人赶紧回到屋里，人们都在为奥尔滕西亚的惊喜举杯庆祝。玛利亚命双胞胎女佣把奥尔滕西亚从树上搬下来，给她灌上热水。从花园散步回来约莫过去了一个小时，玛利亚开始到处找奥拉西奥，她发现他又和那群伙计跑到玻璃柜展厅了。玛利亚顿时面色苍白，所有人都察觉到有什么严重的事情发生了。玛利亚向伙计们致歉，然后把奥拉西奥带到了卧室。卧室里奥尔滕西亚被人在胸部下方插上了一把刀，伤口中热水汩汩涌出。她的衣服全湿透了，涌出的水淹没了地板。而她，就像往常那样，坐在椅子上，睁着一双大大的眼睛。但是玛利亚摸了摸她的手臂，发现奥尔滕西亚已经变凉了。

“到底谁胆敢闯进卧室做出这种事情？”玛利亚瘫进丈夫的怀抱里，泣不成声地质问道。

过了一会儿她慢慢平静了，坐到了椅子上，开始想应该怎么办。思索了一会儿，玛利亚说：

“我要叫警察。”

“你疯了吗？”奥拉西奥反对道，“我们就因为哪个疯子做了这样的事情把客人撂在一边吗？你难道要把警察叫来，告诉他们有人给玩偶刺了一刀，有水流出来吗？我们还是顾全面子，别把这事说出去好了。有时候该舍得舍。我们再叫法贡多把奥尔滕西亚修理一下就得了。”

“我可没法忍，”玛丽亚说，“我得叫私家侦探过来。谁也不能碰她，刀柄上应该会留下指纹的。”

奥拉西奥尝试着让她冷静下来，让妻子去照顾客人们。他们决定就把奥尔滕西亚用钥匙锁在屋里，不破坏现场。但是，当玛利亚离开屋子的时候，奥拉西奥掏出了一块手帕，用漂白剂润湿之后，擦拭了刀柄。

Ⅳ

奥拉西奥说服玛利亚，最好不要声张奥尔滕西亚遇刺一事。法贡多来取走奥尔滕西亚那天，他把情人露依莎也带来了。露依莎和玛利亚去了餐厅开始聊天，就好像两个鸟笼门对门放在了一块儿，笼门打开以后两只鸟混在一起。她们习惯于一边说话一边听对方讲话。

奥拉西奥和法贡多走进了书房锁上门，开始低声地一个一个地说话，好像两个人轮流喝着一瓶酒。奥拉西奥说：

“刺杀奥尔滕西亚的人是我，这样我就可以神不知鬼不觉地把她送到你这里，没人知道真正的原因。”这两个朋友陷入了沉默，低下了头。

玛利亚很好奇男人们在谈些什么，她暂时撂下露依莎，来到书房门口偷听二者谈话。她认出了丈夫的声音，但是他口齿不清，什么也听不明白。（而与此同时，奥拉西奥一直没抬头，对法贡多说：“听上去有点儿疯狂，但是我知道有雕塑家爱上了他们的雕塑。”）过了一会儿玛利亚再次来到门边，但是只听到丈夫说了个“可能”之后，法贡多也说了一个“可能”。（实际上，奥拉西奥是在说：“这应该是可能的。”法贡多回答道：“我会尽一切可能。”）

一天下午，玛利亚发觉奥拉西奥有点儿奇怪。他会怜爱地望着她，但是马上把头扭过去，显得十分忧虑。有一次他穿过庭院，玛利亚叫他，走到他跟前，玉臂环住他的脖颈说：

“奥拉西奥，你不可能欺骗我，我知道你怎么了。”

“什么？”奥拉西奥疯狂地睁大眼睛。

“你是因为奥尔滕西亚才这样的。”

奥拉西奥脸顿时煞白：

“才不是呢，玛利亚，你犯了一个严重的错误。”

他很吃惊，玛利亚听到他说这句话的语调时并没有被逗笑。

“是的……亲爱的……她就像我们的女儿一样。”玛利亚继续说道。

他的眼睛在妻子的脸上逗留了片刻，脑海里思绪万千。他观察妻子脸上的每一个细节特征，好像在查看欢乐岁月常去之处的每个角落。最后他离开了玛利亚，来到小过厅坐下，思考刚才发生的事情。一开始他觉得当妻子已经发现了他与奥尔滕西亚的暧昧后，她似乎会原谅他。但是她的笑容让他明白那是多么异想天开，竟然会认为妻子能在知道这样的罪过后原谅他。她的面庞静如风景，一边的脸颊上闪耀着傍晚余晖的点点光芒，鼻子像小山丘一样，在另一边的面颊上投下了一片小小的阴影。奥拉西奥回味了一下纯真世界和恋爱时光中余留的全部美好，和每次看完玩偶展览后妻子的一脸柔情。但是不久之后，一旦妻子知道了他对奥尔滕西亚的感觉不仅不是父爱，而是纳为情人的欲望，一旦奥拉西奥精心策划的背叛真相大白，她脸上的所有美景都将被摧毁：玛利亚永远无法理解世界和爱情突然呈现的丑恶，丈夫会让她感到陌生，恐惧会让她的世界天崩地裂。

奥拉西奥呆呆地盯着袖子上的光斑。他放下了手臂，光斑好像传染了一样，转移到了玛利亚的衣服上。他离开玛利亚，开始向过厅走去，五脏六腑如翻江倒海，沉痛难耐。奥拉西奥来到厅里，坐在小凳子上，却觉得自己不值得享受屋里家具的柔软，仿佛压在了一个脆弱的小生命身上。这样的自己他也觉得陌生，他知道自己是什么货色，一股绝望重压下来。接着他来到了卧室，倒在床上，用被子蒙住头，没想到竟然立即睡去了。

玛利亚打电话给法贡多。

“听着，法贡多，你快点儿把奥尔滕西亚带来，否则奥拉西奥会病倒的。”

“我得告诉你，玛利亚。匕首穿透了水循环的关键环节，修理过程不会很轻松，不过我会尽可能早点儿把她送回去。”

过了一会儿奥拉西奥醒来了，一只眼睛露出被窝，看到了远处墙上父母的画像。他们欺骗了他：他像一只大箱子，父母没有在箱子里装满宝藏，而是填满了破烂。而他们，他的父母，就像两个匪徒，在他还没有长大前就已逃走，等他回过神来自己已经被骗了。不过奥拉西奥觉得这种想法太可怕。他来到餐桌前，尽力在玛利亚面前表现得好一些。玛利亚说：

“我通知法贡多了，让他早点儿把奥尔滕西亚带来。”

奥拉西奥心想，假如她知道自己催促奥尔滕西亚早早回归，其实是在促成丈夫的享乐与背叛和她的疯狂，那该多可怕！奥拉西奥把脸从餐桌一边转向另一边，什么都没有看见，好像一匹马转动着头寻找出口。

“需要什么吗？”玛利亚问。

“没有，在这儿。”他拿起芥末酱说。

玛利亚想，芥末酱离他这么近，而他却没有发现，一定是因为现在心情不好。

最后奥拉西奥站起了身，走向妻子，慢慢俯下身，双唇触到她的面颊。他的吻好像背着降落伞从天而降，落到幸福犹存的平原上。

当天晚上，在第一个玻璃柜中有一个玩偶坐在花园的草坪上，四周被巨型海绵包围，但是看她的样子仿佛自己置身花丛中一般。奥拉西奥没有兴致想象这个玩偶的命运，直接打开抽屉阅读场景说明：“这个女人有精神疾病，她不明白为什么自己这么喜爱海绵。”过了一会儿奥拉西奥刻薄地想：这些海绵应该象征着她需要洗清许多罪过。

次日上午，奥拉西奥醒来时身子蜷缩着，现在他记起来自己是谁了。他好像改了名换过姓，好像自己把名字署在了空头支票上。他的身体很糟糕，类似的情况已经发生过，有一次一个医生说他供血不足，心脏弱小，然而他早已恢复了。现在他伸了伸腿，心想：“以前，当我年轻的时候，我有足够的精力来抵御内疚感：我最不担心自己会对他人造成的伤害了。难道我现在随着年龄增长变得脆弱了吗？不，这应该是迟来的敏感和羞愧感终于找上门了。”他起了床，觉得浑身轻松，但是他深知心里的愧疚感如同被暂时推向远方的乌云，夜晚到来时还会回归的。

V

奥尔滕西亚回来前几天，玛利亚把奥拉西奥带出来散步，想让他散散心。同时她也在想奥拉西奥之所以如此悲伤是因为她没能生一个真正的女儿。

奥尔滕西亚被送回来的那天下午，奥拉西奥没有表现得十分喜爱，因此玛利亚又开始想奥拉西奥不是因为奥尔滕西亚而难过。不过就在晚饭前，玛利亚发现奥拉西奥在克制某种对奥尔滕西亚的好感，她感到些许宽慰。

奥拉西奥在去看玩偶之前，吻了一下玛利亚。他近距离地看着妻子的脸，双目圆睁，好像在确保她的脸上没有隐藏任何异样的地方。几天过去了，奥拉西奥都没有和奥尔滕西亚独处。

以后玛利亚一定会永远铭记那个下午，天气虽然不是很冷，但她在临出门前还是给奥尔滕西亚灌上了热水，枕在奥拉西奥身边，让丈夫舒舒服服地睡一个午觉。

就在那一天的晚上，奥拉西奥紧盯着玛丽亚脸上的每一个角落，确信马上两人就要反目成仇。他的动作越来越匆忙，脚步也比往常更加急促，好像在准备接受玛利亚发现一切的迹象。

终于在一天早晨，事情发生了。

很久以前，有一次玛利亚在抱怨阿列克斯的胡子，奥拉西奥说：“他可比那两个长得一模一样的双胞胎姐妹侍女强！”

玛利亚回答道：“难道你对其中一位有什么特别要说的

吗？你把我们弄混过吗？”

“是的，有一次我叫你过来，结果那位有幸与你同名的女佣过来了。”

于是玛利亚命令双胞胎女佣不要在男主人在家的时候来到大厅。不过有一次奥拉西奥发现其中一个女佣为了躲避他而逃开，觉得她是个怪胎，把她赶走了，并撞见了妻子。这件事以后，玛利亚只让两个女佣上午过来一会儿，来了后还一直盯着她们。

事情真相大白的那一天，玛利亚碰巧看见女佣们正在为奥尔滕西亚脱下睡袍，但是那时她们既不需要给她灌热水，也不需要给她穿衣服。女佣离开卧室后，玛利亚进去了。过了一会儿，女佣们只见女主人步履匆忙地穿过庭院，走向厨房。回来的路上，她手里多了一把大剁肉刀。两个女佣惊慌失措地跟着女主人，她们想看看到底发生了什么。玛利亚一把摔门把女仆们隔在了门外，她们只能从钥匙孔中偷窥，但是玛利亚背对着她们，两个人只好换到另一扇门上偷看。玛利亚把奥尔滕西亚按到桌子上，就像做手术一样，连续短促地用刀疯狂在她身上扎。玛利亚头发凌乱，脸上水流直溅。从奥尔滕西亚的肩上喷出两股细细的水流，交错在一起，就像花园里的喷泉，她的腹部也有水汩汩流出，被扯坏的衣服随水流上下跳动。其中一个女佣跪在了枕头上，用手捂住一只眼睛，另一只眼贴在锁眼儿上，半天不眨一下。锁眼儿中透出冷飕飕的小风，让她禁不住流泪，这才把位置让给自己的姐妹。玛利亚的眼中也涌出泪水，最后她把刀放在奥尔滕西亚身上，坐在沙发上捂着脸痛哭。双胞胎女佣看腻了，向厨房走去。但是没有多久，女主人就叫她们帮她收拾行李。玛利亚决定以被罢黜女王尚存的尊严来承受这样的事实。她打算惩罚奥拉西奥，同时考虑丈夫出现以后她将采取什么样的态度。玛利亚告诉双胞胎女佣，如果男主人来了就跟他说夫人不愿意见他。玛利亚开始收拾行装准备远行，并送给双胞胎女佣一些衣服。看着玛利亚坐上车离家渐行渐远，双胞胎女佣在花园里心里很不是滋味。不过等她们回到屋子，看到女主人送给她们的衣服后，又高兴起来了：她们拉开了罩住镜子的帘子——这是为了防止奥拉西奥从镜中看到自己——然后将衣服比在身上试看效果。其中一个女佣从镜中看到了奥尔滕西亚四肢残缺的“尸体”说道：“真是个不要脸的家伙。”她指的是奥拉西奥。这时奥拉西奥早已出现在其中一个门的门口，并想着用什么话问她们拉开镜子拿着衣服干什么。这时他看到了桌子上衣衫破碎的奥尔滕西亚，并朝她走去。双胞胎女佣见状就要逃跑，奥拉西奥把她们拦住了：

“夫人在哪里？”

那个说“真是个不要脸的家伙”的女佣正面盯着他的脸，回答道：

“夫人说她要长途旅行，而且把衣服送给我们了。”

奥拉西奥做手势让她们出去，同时脑海里一个声音在回荡：“事情已经过去了。”他又看了一眼奥尔滕西亚：她的腹部还插着剁肉刀。奥拉西奥没有觉得很难过，有一瞬间还想过修理一下玩偶，不过修补后的身体上仍会布满缝纫的针孔，就像他小时候拥有过的破布小马。他的妈妈说要给玩具马加上补丁，但是小奥拉西奥听了更加泄气，还不如把玩具扔了呢。

奥拉西奥一开始就确信玛利亚肯定会回来，他心想：“我必须保持冷静，静观其变。”他又将回归当年的强悍个性。奥拉西奥回顾了那天上午发生的事情，他想自己也可能会背叛奥尔滕西亚。就在不久前，法贡多给他展示了另一个玩偶：新玩偶金发碧眼，也有自己的故事。法贡多散布消息，说他从北国某玩偶制造师那里搞到了图纸，试做仿真玩偶，而且最初的试验品都很成功。果然，短短几天以后，就有一个羞涩的男人造访玩偶厂了。那个男人的眼睛包在厚厚的眼袋中，眼皮都很难抬起来，他来咨询详细情况。法贡多一边找玩偶的照片一边对他讲：“她们的通用名是奥尔滕西亚，不过买主以后可以给她起昵称。这是有图纸的几个奥尔滕西亚玩偶样式。”法贡多展示了三种款式，那个胆小羞涩的男人几乎想都没想就要订了其中一个，他手里拿着现金，希望马上预购。法贡多要了一个较高的价位，这个买家动了几下眼皮，但是随后还是掏出了潜水艇造型的钢笔，签了订单。奥拉西奥看到了那个完工的金发玩偶，让法贡多暂时不要交货。法贡多同意了，因为其他玩偶已经开始制作了。奥拉西奥的头一个想法是把玩偶放在一所公寓里，但是现在他又想起了另一个主意，他要把玩偶带回家，放到待展玩偶玻璃柜里。等所有人都上床睡觉以后，他把玩偶带到卧室，等大家都起床之前，再放回橱窗里。另一方面他还抱着侥幸心理，希望妻子不在半夜回家。法贡多一把金发玩偶交给他，奥拉西奥就觉得自己像中了头彩一样幸运，这种感觉从青少年时代以来就再没有体验过。他一定是受到庇佑的，因为他回到家时激烈的风波已经平息。带着这股自信，还有刚刚恢复的年轻小伙子的冲劲，奥拉西奥觉得自己可以掌控大局了。虽然他已经决定找另一个玩偶替代奥尔滕西亚，但还是不禁为奥尔滕西亚被肢解的身体感到悲伤。玛利亚是必回来无疑，因为现在她对奥拉西奥已经无足轻重了，尸体处理应该由玛利亚负责。

突然奥拉西奥开始像个窃贼一样，贴着墙走路。他蹭到衣柜旁，拉下本来应该遮住镜子的布帘，又来到了另一个衣柜旁，也同样拉下了布帘。他是好几年前让人把布帘罩上去的。玛利亚总是小心不让奥拉西奥看到裸着的镜子：每次换衣服的时候她会关上卧室门，打开房门之前她会遮住镜子。现在奥拉西奥一想到两个双胞胎姐妹不仅穿上了妻子送的衣服，而且还掀开了镜子上的遮布，就更加恼火。他不是不喜欢看到镜子里的东西，而是自己暗沉的肤色让人联想到博物馆里看到的蜡像。参观博物馆的那天下午，他的一个店员被杀。博物馆里还有表现被杀者尸体的蜡像，蜡表面的血色让他作呕，因为他好像可以透过死者，看到凶手用匕首行刺的场面。梳妆台的镜子一直没有帘子遮住，因为梳妆台比较矮，因此奥拉西奥可以放心地走过。每天他都会对着镜子微倾上身，直至只能看到领带结为止，他凭记忆梳理头发，估量着在脸上剃须。要是这面镜子可以说话，它肯定会抱怨自己总是反映出一个没有脑袋的男人。然而那天，当奥拉西奥拉上镜子的帘子后，如同往常一样没有防备地穿过卧室来到镜子前，当他看到深色上衣上反衬出苍白的双手以后，他感到不适，好像从镜中看到了脸一样。这时他明白了，双手皮肤也如同蜡色。同时他想起来在法贡多书房里看到的玩偶手臂：她们的皮肤是那样白皙粉嫩，很像金发玩偶的肤色。奥拉西奥就像一个向木匠讨要碎木块儿的小男孩儿一样，对法贡多说：

“如果你有多出来的玩偶手臂和腿，不需要的话，就给我吧。”

“你要这个干什么呢，哥们儿？”

“我想用散落的手臂和腿在玻璃柜里搭一个场景。比如说：镜子上挂着一只手臂，床下伸出一条腿什么的。”

法贡多用手抹了抹脸，偷偷看了下奥拉西奥。那一天，奥拉西奥从容不迫地饮酒用餐，好像玛利亚只是回了趟亲戚家似的。他仍然认为自己十分幸运，这种想法让他能够保持冷静。酒足饭饱后，奥拉西奥满意地从餐桌旁站起来，他突然来了兴致，坐在钢琴旁，在琴键上活动了以下手指，然后回卧室睡午觉去了。当奥拉西奥从梳妆镜前走过时，心中暗自思忖：“我得克服一下自己的怪癖，正面看镜子。”毕竟他很喜欢从镜中反映的人与物带来的惊喜。他又看了一眼奥尔滕西亚，决定不去动她，还是等玛利亚回来收拾，接着上床躺下了。他刚在被窝里伸了伸腿，就碰到了一个奇怪的东西，奥拉西奥一惊跳下了床，在床边愣了一会儿，然后掀起了被子，原来是玛利亚留给他的一封信：“奥拉西奥：我让你跟你的情人在一起。我也用刀刺她了，不过我之所以刺杀她，并不是为了找个虚伪借口把她送去做见不得人的事。你让我恶心，我求你不要来找我了，玛利亚。”

奥拉西奥又回去躺下，但是他睡不着又起来了。他避免看梳妆台上妻子的物品，就好像两人吵架时躲避妻子的视线一样。奥拉西奥去了电影院，在那里他没有意识到自己和一个关系紧张的敌人打了招呼，看电影时也不断地在想玛利亚。

奥拉西奥回到家，此时尚有几束余晖照进卧室。奥拉西奥走过一面镜子，虽然上面遮着布帘，但他还是能透过布帘看到妻子的脸：几束阳光照在镜子上，反射出布帘的褶皱，像一个幽灵。奥拉西奥毛骨悚然，他关上窗户，上床躺下了。如果奥拉西奥童年曾有的幸运现在回归，那他也仅有很短的时间来利用了。好运气也不是轻而易举就能降临的，他还需要经历一连串意想不到的奇怪事情，就像奥尔滕西亚到来以后发生的那些事情一样。奥尔滕西亚就在他几步之外孤零零地躺着，至少她的尸体不会腐败。于是奥拉西奥想到了那个可能寄住在奥尔滕西亚身体中的陌生灵魂，难道不可能是她身体里的灵魂激怒了玛利亚，让她在愤怒之下肢解了奥尔滕西亚的身体，从而避免奥尔滕西亚接近奥拉西奥吗？奥拉西奥辗转难眠，卧室里的陈设好像小幽灵，机器声是它们的低声絮语。他站起来，来到桌前自斟自饮。此时他对玛利亚尤为思念。晚餐后他才意识到自己无法亲吻妻子了，于是悻悻地来到小厅。奥拉西奥一边喝着咖啡一边想，在玛利亚没有回家这段时间，他既不应该去卧室也不应该来到餐桌前。喝完咖啡后，他出去散步，突然想起附近的街区有一个学生旅馆。奥拉西奥走到旅馆前，门口有一株棕榈树，树后的楼梯每一级台阶前面都装有镜子，奥拉西奥本要拾级而上，不过一日之内竟然有这么多镜子在他面前出现，实在是个可疑的征兆。他突然想起来在撞上家里的镜子之前，是他告诉法贡多自己想看到镜子上挂着手臂的。不过转念想到那个金发玩偶，他决定再次尝试克服自己的怪癖。奥拉西奥旋即回身，再次向旅馆走去，他走过棕榈树，尝试着不看镜子走上楼梯。他很久都没有看到这么多镜子在一起了。镜子折射的影像重叠交会，让他不知该走向何处，甚至想到也许镜子后面藏着什么人。上到了第一层，老板娘出现了，她带他看了空房——所有的房间都有大镜子，奥拉西奥选了一个最好的，并对老板娘说自己一个小时之后回来。奥拉西奥回到自己的黑屋，简单收拾出一个小行李。这时他又想起来，之前那个旅馆曾经是个风月之地，怪不得有那么多镜子呢。奥拉西奥选择的房间中有三面镜子，最大的一面在床边。奥拉西奥觉得这个房间算是最好看的，所以打算从镜子里看一看。这面镜子这么多年来一直忠实再现客房的中国式风格，一定已经厌倦了。壁纸的红色不再扎眼，镜子中反映出来的褪色墙纸更像砖红的泥泞湖底，湖中本应该立着小桥和樱花树。奥拉西奥觉得自己好像被领进了一个穷困家庭的内部。屋里所有的物品都是一起老去的老伙伴，但是向外打开的窗户却永葆青春。两扇窗户就像玛利亚的一对双胞胎女佣一样，穿着一样的衣服：内侧贴着玻璃的抽纱窗帘别到了两边，薄窗帘外还有一层天鹅绒布窗帘。奥拉西奥感觉自己好像住在一个陌生人的身体里，扰得宿主心神不宁。周围一片静寂中让他耳鸣，或许是因为缺少了机器声，也许离开黑屋子不再听这些噪声对他有好处。如果这时候玛利亚能躺在他身边，奥拉西奥会十分开心。只要她一回到家，奥拉西奥就会马上向妻子提议与他在旅馆中过夜。不过他立马又想到了早上看到的金发玩偶，不知不觉睡着了。他梦到了一片黑暗的地方，一只洁白的手臂在飘舞飞动。突然临屋的一串脚步声把他吵醒，奥拉西奥下了床开始在地毯上赤足走动。突然他看到有一个白色的点在跟着他，应该是他的脸反映到了火炉上方的镜子里。于是他想起了一个主意，可以发明一种镜子，从中只能看到物体而不能看到人类。不过他马上意识到这种想法太荒唐，而且假如他站在镜子前而镜子不能反映他，那么他无异于不存在这个世界上。奥拉西奥又躺了下来。有人在对面的屋子点了灯，灯光恰好射在奥拉西奥旁边的镜子中。奥拉西奥想起了自己的童年，想起了那时候的其他镜子，然后又睡着了。

VI

奥拉西奥在旅馆里睡了几天，第一天晚上发生的事情仍然在重复：对面屋子窗户的光打在奥拉西奥床旁的玻璃上，而等他醒来，发现窗户又暗了下来。一天晚上奥拉西奥听到了叫喊声，从镜子上看到了火焰。开始他好像看着电影荧屏一样，但是突然想到如果镜子上有火，那么现实也在着火。奥拉西奥像个弹簧一样腾地站了起来，绕过了床，发现窗口有火焰飞舞，就像剧院里的恶魔木偶。奥拉西奥趴到了地上，开始向卫生间匍匐而去，并从那里的窗户向外探头。卫生间的玻璃上反射了火焰的光芒，好像惊惶地看着对面发生的一切似的。下面——奥拉西奥的房间在第一层——聚集了许多人，消防车也赶到了。就在这时，奥拉西奥看到了玛利亚从旅馆的另一扇窗户上探出了头。她也在盯着他，好像不确信那就是奥拉西奥。奥拉西奥向她挥了挥手，关上了窗户，穿过回廊来到他认为可能是玛利亚房间的那扇门前，开始按铃。突然门开了，玛利亚出现在门口对他说：

"你再怎么跟着我也没用。"

说完玛利亚就在他面前关上了门。奥拉西奥一动不动，不久就听到门后玛利亚在抽噎。奥拉西奥说：

"我没有来找你，但是既然我们碰面了就一起回家吧。"

"你走，你自己回去。"玛利亚回答道。

无论如何，奥拉西奥想回家了。第二天，奥拉西奥回到了黑屋子，心情十分畅快。他心满意足地尽享家里的豪华和舒适，像个梦游人一般穿梭于自己的财富之间。所有的家具陈设似乎都心藏寂静的回忆，高高的天花板好像把从天而降的死亡隔离得远远的。

然而到了晚上，奥拉西奥晚餐之后来到大厅，厅里的钢琴仿佛一具巨大的棺材，寂然肃静的四周好像在为一名不久前死去的音乐家守夜。奥拉西奥打开琴盖，猛然一惊松开手，琴盖轰的一声合上了。惊愕的奥拉西奥一时举起双臂，好像面前有人正用左轮手枪威胁他。等他回过神来跑到了院子，开始大喊：

"是谁把奥尔滕西亚放到钢琴里的？"

他一遍又一遍地问，眼前还总是无法抹去刚才骇人的场景：奥尔滕西亚的头发绞缠在钢琴的琴弦上，面部被沉重的琴盖压扁。这时双胞胎女佣中的一个赶了过来，但她什么也没说，最后阿列克斯赶来了：

“今天下午夫人来了一趟，她来找衣服。”

“这个女人迟早会把我吓死。”奥拉西奥喊道，他有些失控，不过很快又冷静了下来。“你把奥尔滕西亚带到你的房间，明天一早让法贡多过来带走她。等等，”他立马又把阿列克斯大声喊住，“过来一下。”奥拉西奥眼睛看向女佣们离开的地方，压低声音，继续吩咐：“告诉法贡多，等他来取奥尔滕西亚的时候，可以把另一个玩偶带来了。”

那天晚上奥拉西奥在另一个旅馆里过夜，他的房间里只有一面镜子，泛黄的墙纸上有印花，繁复错杂的红花绿叶如同盘花格架。床垫也是黄色的，这让奥拉西奥有些恼怒：这样的环境让人感觉如同野外露宿。次日早上他回到家中，叫人带来大镜子，放到展厅里，复制玩偶摆设的场景。那天没人来取走奥尔滕西亚，也没有带来新玩偶。晚上阿列克斯给主人上酒，他走到餐厅，酒瓶脱手掉地了……

“怎么了？”奥拉西奥问。

只见他的脸被面罩覆盖，手上戴着黄色手套。

“我以为是强盗。”阿列克斯回答道。奥拉西奥在一旁嗤笑，嘴中的呵气吹得面罩上的黑丝直跳。

“脸上的黑缠布让我很热，这样我也没法喝酒。你帮我把缠布揭下前先取下镜子，把它们放到地上，靠在椅子上，像这样。”奥拉西奥一边说，一边取下一面镜子，按他想要的方式放好。

“那还不如把镜子翻过来靠在墙上，这样更安全。”阿列克斯提议。

“不，虽然要放到地上，但我还是想从镜子里看到一些东西。”

“可以镜面冲外靠在墙上。”

“不，因为要是想让镜子靠在墙上，镜面会朝上，我可不想看到自己的脸。”

阿列克斯照着主人的想法去做了，奥拉西奥摘下面罩，开始品酒。他沿着大厅中央的地毯过道一路走过，两旁的镜子夹道相迎，每面镜子前都有一把椅子，镜子前倾靠在椅子上。这个小小的倾角让这些镜子看起来像是仆人躬身向主人致意，它们好像抬着眼皮，一直观察路过的主人。另外，镜子还照出了椅子中间的地板，给人地面扭转了的感觉。奥拉西奥用完酒后，反映的地面给他不舒服的感觉，他决定上床躺下。

第二天——这一天奥拉西奥在家就寝——司机来代玛利亚向他要钱。他直接把钱给了司机，没有问妻子身在何处。他觉得玛利亚不会很快回来，于是当金发玩偶被送来时，他让人直接把玩偶带到卧室里去。晚上，奥拉西奥让双胞胎女佣为她盛装打扮，并把她带到餐桌前。奥拉西奥与她面对面吃了晚餐。之后，在其中一个女佣的面前，他问阿列克斯：

“你觉得这个怎么样？”

“很美，先生，长得很像我在战争年代认识的一个女间谍。”

“这个我喜欢，阿列克斯。”

第二天，奥拉西奥指着金发玩偶，对双胞胎女佣说：

“从今往后，你们要叫她欧拉利亚夫人。”

晚上奥拉西奥问双胞胎女佣（现在她们两个不躲着他了）：“谁在餐厅里？”

“欧拉利亚夫人。”两人异口同声。

不过只要奥拉西奥不在，两个女佣会拿阿列克斯说的话打趣：“现在应该给女间谍装热水了。”

Ⅶ

玛利亚在学生旅馆里等待奥拉西奥再来找她。她仅仅在整理客房的时间才出来一会儿。玛利亚仰着头走在附近的大街上，但是她谁也不看，什么也不看，一边走一边想：“我是一个因为玩偶而被抛弃的女人，但是如果现在他看到了我，一定会向我走来。”回到屋子以后，她拿起一本蓝色封面精装诗集，开始心不在焉地读起来，她大声朗读，等着奥拉西奥。丈夫迟迟不来，于是她尝试着把诗读透，好像某人不经意间打开了房门，她乘其不意潜入屋子一探究竟。读着读着，顿时房内的壁纸、屏风和盥洗室里镀镍的水龙头好像也听懂了诗歌，这些材料中似有一种高贵的禀赋，让它们不得不突破物质的局限，充满崇敬地侧耳聆听。多少次在暗夜中，玛利亚点上灯，捧起诗集，好像她可以选择梦境一般。第二天她再次走过附近的街道小巷，想象着自己的脚步也铺成了一首诗。一天早上玛利亚想：“我希望奥拉西奥能知道我现在独自一人，在树丛间漫步，手中拿着一本书。”

于是，玛利亚让人找到了司机，她重新收拾了行装，前往母亲表妹家：她的家在郊外，周围郁郁葱葱。玛利亚的亲戚是个老处女，独自住在一栋老房子里，当她庞大的身躯走过一间间总是阴暗的屋子，地板吱吱呀呀地响时，一只鹦鹉会叫："早上好，牛奶浓汤。"玛利亚向普拉德拉倾诉了自己的不幸遭遇，自己一滴眼泪都没有掉，反倒是普拉德拉倒吸了一口气，气愤不已，最后忍不住替她落泪。玛利亚一直很冷静，她告别了司机，嘱咐他向奥拉西奥要钱，假如丈夫问起她，就对他说（好像这是他自己的事情一样）她在树丛间漫步，手中拿着一本书，如果丈夫问到她在哪里，就把实情告诉她。最后玛利亚让司机另一天同一时间来找她。嘱托完后，玛利亚在一棵树旁坐下，翻开那本精装的诗集。书中的诗歌飘飘忽忽地蒸腾起来，向周边的景色中融入散开，好像树冠又重新生发枝叶，轻摇曼舞地抚动着云朵。午饭时，普拉德拉一直心事重重，但最后还是开口问起了玛利亚：

"你打算拿这个无耻下流的家伙怎么办？"

"等他来，然后原谅他。"

"我真不理解你，外甥女儿。那个男人玩弄了你，把你当成一只玩偶耍来耍去。"

玛利亚一言不发，安详地垂下双眼。到了下午，前来打扫的阿姨带来了前一天的《晚报》，玛利亚的眼睛紧盯着大标题："法贡多的奥尔滕西亚们。"她一口气读了下去："在春天服装商店的顶层，即将举办盛大的服装展览，据说参展的模特玩偶中身着最新款式的将是奥尔滕西亚玩偶们。同时，模特玩偶的制造大师法贡多，也即将加盟商铺所属的商业公司。我们惊讶地看到，实施原罪的最新仿制品——我们在其他几期已经讨论过——开始进入我们的生活。以下是某娱乐场所打出的广告：您其貌不扬吗？不要担心。您生性懦弱吗？不要担心。有了奥尔滕西亚，您将获得完美的爱侣：她十分娴静，不会争吵，不会顶嘴，也不会说闲话。”

玛利亚如同大梦初醒，浑身颤抖。

“这个畜生！他竟然敢用这个名字……”

她紧攥着报纸，仰头怒视，一气之下扔了出去。

“普拉德拉！”玛利亚怨愤地怒吼，“你看看这个！”

普拉德拉表姨眯着眼，一边还把手伸到缝纫筐里摸索着老花镜。玛利亚说：

“听着。”接着朗读起来了那条新闻，读后玛利亚说，“我不仅要提出离婚，我还要大大地策划一番，让他出尽丑。”

“哎呀，我的孩子，你可算从云彩上下来了。”普拉德拉抬起在刷锅水里泡得通红的双手。

玛利亚跌跌撞撞地走来走去，一路撞倒了不少花盆和无辜的花草，普拉德拉趁机把那本精装诗集藏了起来。后来有一天，司机正思考着怎样避免玛利亚问到奥拉西奥，然而没想到她只是向他要了钱，接着又把他打发回黑屋子，让他把玛利亚——两个双胞胎女佣中的一个——叫来。玛利亚——那个女佣——下午来到玛利亚的住处，向她通告了关于下人们要称之为“欧拉利亚夫人”的女间谍的事情。玛利亚（奥拉西奥的妻子）的第一反应是目瞪口呆，她声音低微地问女佣：

“她长得像我吗？”

“不，夫人，那个女间谍是个金发妞，穿的衣服不一样。”

玛利亚（奥拉西奥的妻子）忽地站起来，但又马上任自己坠到了沙发上，放声痛哭。姨妈来了，女佣把前因后果又讲了一遍。普拉德拉巨大的胸脯开始在悲哀的抽噎中摇摆，那只不知趣的鹦鹉见状直叫：“早上好，牛奶浓汤。”

Ⅷ

沃尔特如往常一样休假归来，奥拉西奥重新张罗橱窗布景了。第一天晚上他把欧拉利亚带至展厅，把她放到看台上，坐在自己身边，一边搂着她一边看其他的玩偶。现在伙计们布置的场景比以往的人物更加丰富。第二个橱窗中有五个玩偶，她们属于一个保护被抛弃女子组织的领导委员会。其中一个人刚被评为会长，另一个被比下去的候选人垂头丧气，这个是奥拉西奥最喜欢的一个玩偶之一。奥拉西奥把欧拉利亚放在了一旁，上去轻吻被挫败女子清凉的额头。等他回到欧拉利亚身旁后，试图在音乐旋律的空当中听到机器的轰鸣，同时想到了阿列克斯提到的关于欧拉利亚很像战争时期一个女间谍的事情。不管怎么样，那天晚上的玩偶们让奥拉西奥大饱眼福。然而第二天，奥拉西奥醒来却十分疲惫，到了晚上他一宿都在担心死去。自己会何时辞世，何处丧生，这些问题让他苦恼不已。他越来越难以独处，玩偶不仅无法陪伴，还好像在说：“我们只是玩偶，你可靠不上我们。”奥拉西奥有时会吹哨解闷，但是他的口哨声听起来那么孤独无力，细若游丝，好像稍一不小心就会被扯断。有时他还会大声说话，没有头脑地说出自己要做的事情：“现在我要去书房找一个墨水瓶。”或者他会思考刚才的所作所为，好像在观察另一个人似的：“他正在打开一个抽屉。现在这个白痴打开了墨水瓶盖。我们来看看他要磨蹭多久。”最后奥拉西奥被自己吓到了，他走上了街。

第二天，他收到了法贡多送来的一个盒子，里面装满了零散的玩偶的手臂和腿，这时候他才想起来自己曾向法贡多索要过这些散件。他害怕自己在盒子里看到一颗脑袋什么的——这个他可不喜欢。奥拉西奥让人把盒子搬到待展玩偶所在的地方，给伙计们打电话向他们解释了怎样使用这些散着的手臂和腿来布置场景。然而第一次尝试十分失败，奥拉西奥很生气。他刚拉开窗帘就看到一个身着孝服的玩偶坐在酷似教堂台阶的道具下面，她目视前方，裙子底下伸出了许多条腿，有十条或者二十条。而且每一级台阶上都放了一只手形朝上的手臂。“太野蛮了，”奥拉西奥说，“没让你们一次用上所有的手臂和腿。”他没有像往常一样先想象一会儿，而是直接打开了抽屉，读起纸条上面的场景说明：“这是一个贫穷的寡妇，每天四处奔走只为讨一口饭吃，她把手臂放在台阶上骗取施舍。”“这算什么破想法，”奥拉西奥继续说，“这简直就是个愚蠢的象形文字。”他怒不可遏，上床睡觉去了，入梦前脑海中还闪现着刚才的场景：一个长着许多条腿的寡妇像蜘蛛一样爬行。

自从这次失败的排演后，奥拉西奥对伙计们、玩偶们甚至对欧拉利亚都感到一种巨大的失望。不过几天之后，法贡多开车带他来到一条公路上，突然对他说：

“你看到那个双层小楼了没？河边那个，那个‘羞涩’的家伙和你家欧拉利亚的玩偶姐妹住在一起。你们应该是那个什么，连襟……（法贡多往一条腿上拍了一下两人都笑了）”他只在晚上过来，怕他妈妈知道。

第二天，日上竿头，奥拉西奥独自顺着通往河边的土路向“羞涩”男人的小房子走去。来到了门口，他走过了一扇紧锁的大门，旁边有一个小一点儿的房子，应该是护林员的屋子。奥拉西奥用手拍打房门，一个胡子拉碴的大汉走了出来，他头顶一只破帽子，嘴里在嚼着东西。

“你要干啥？”

“我听说那栋房子的主人有一个玩偶……”

壮汉靠在了树上，打断他的话说道：

“房子主人不在。”

奥拉西奥从钱包里掏出了一沓钱，那个男人一看到钱，嚼东西的节奏就开始放缓了。奥拉西奥在手中把钱整了整，好像讨价还价，自己要琢磨一番似的。那个男人吞下了嘴里的东西，等他发话。奥拉西奥估摸对方猜到了自己掏钱的目的后，说道：

“我今天必须见到那个玩偶……”

“那家主人七点钟到。”

“他们家是开着的吗？”

“没有，不过我有钥匙。要是有人发现了，”那个男人伸出了手，手里攥着“令牌”，“我什么都不知道。”

“钥匙要转两圈……玩偶在楼上……临走前东西得和原来一模一样。”

奥拉西奥步履匆匆地走上小路，他再一次体会到青春萌动时的紧张激动了。肮脏的小门简直像个懒惰的老太婆，他一边在钥匙孔里旋转钥匙，一边作呕。打开门，他走进了一个令人恶心的小房间，墙上靠着一些钓鱼竿。奥拉西奥走在同样肮脏的地板上，他穿过屋子，走上了一个刚刚上了漆的楼梯。卧室很舒适，但是屋子里没有看到玩偶。奥拉西奥连床底下都找遍了，最后在一个衣橱里发现了她。一开始他有一种玛利亚用玩偶制造惊喜的感觉。这个玩偶身着黑色晚装，衣裙上用小石子装饰，就像玻璃水滴。如果把她放在他的那个橱窗里，他肯定会想这是一个浑身挂满了泪珠的寡妇。突然奥拉西奥听到了一声轰鸣：好像子弹的声音。他跑下楼梯，来到底层，发现地上躺着一根钓鱼竿，地上扬起的灰尘还未散去。奥拉西奥决定带上毯子，把奥尔滕西亚带到河边。这个玩偶通体轻盈而冰凉。奥拉西奥想找一个私密的地方，忽然，在一棵树下他闻到了一股香气，不像是树林里的味道，奥拉西奥恍然大悟，原来这股暗香是奥尔滕西亚身上散发出来的。他找到了一个软软的草坪，铺开毯子，抱住玩偶的双腿，然后小心翼翼地将她放下，好像在扶着一个晕倒的女人一样。虽然那个地方十分隐蔽，但奥拉西奥还是有些紧张。几米开外一只蛤蟆跳了过来，一动不动，奥拉西奥不知接下来它会往哪里跳。过了一会儿，他看到自己手臂可以够到的地方有一块小石头，于是顺势拾起石头向蛤蟆扔了过去。奥拉西奥没办法专心致志地和这个奥尔滕西亚玩偶柔情蜜意，他很失望。而且他还不敢看玩偶的脸，害怕从她脸上看到没有生命的物体特有的无情讥讽。突然水声中传来了一阵咕囔声。奥拉西奥扭头望向河边，看到一个小皮筏上有一个脑袋巨大的男孩儿在做鬼脸。他的小手握着桨，只有嘴皮在动，那个小嘴就像一截松开的肠子一样恶心，刚才的声音就是从这张嘴里发出来的。奥拉西奥抱起奥尔滕西亚拔腿跑向“胆小”男子的家。

和别人的奥尔滕西亚玩偶经历了这个奇遇之后，奥拉西奥一边走向自己的黑屋，一边计划出走到另一个国家，他永远也不要再看到这些玩偶。他一进家门，本来是要去卧室把欧拉利亚接出来，却在那里看到玛利亚趴在床上哭。他走近妻子，抚摸着她的头发，但是他发觉三个人在床上有些不妥，于是叫来双胞胎女佣中的一个，让她把玩偶拿开，并打电话叫法贡多来带走。奥拉西奥躺在玛利亚身边，两个人都沉默不语，等待进入深夜。他握住她的手，艰难地措辞，好像在用自己不太精通的语言说话一样。他向妻子表明了自己对玩偶的失望，倾诉了没有她在身边自己是多么难过。

IX

玛利亚相信奥拉西奥回心转意，不再沉迷于玩偶了，两人又回归了过去的情意绵绵。头几天他们尚能把奥尔滕西亚忘在脑后，然而没过多久，谈话中总会不经意地出现沉默，谁心里在想什么另外一个其实都心领神会。一天上午，玛利亚正在花园里散步，在一棵树下停住了脚步，她曾经把奥尔滕西亚搬到这棵树上，捉弄奥拉西奥，之后她又想起了邻居们的传言，她实际上真的是亲手杀死了奥尔滕西亚，想到这个，玛利亚忍不住哭了起来。奥拉西奥过来问她出了什么事，玛利亚不想告诉他原因，尴尬地沉默不语。他看着玛利亚抱着双臂，孤零零的，没有奥尔滕西亚陪伴，似乎憔悴了不少。一日，天将傍晚，他独坐在小厅里，心烦意乱，想到自己是两人失去奥尔滕西亚的罪魁祸首，一股浓浓的愧疚感涌上心头。忽然，奥拉西奥发现眼前有一只黑猫，他吓得站了起来，正要质问阿列克斯怎么让猫进了家门，这时玛利亚出现了，原来是她把猫带进来的。玛利亚十分愉快，她抱着丈夫兴高采烈地讲述怎样找到这只猫咪的。看到妻子这样开心，奥拉西奥不好当面反驳，但是这只猫偏偏在他悔恨交加的时候悄悄出现，让他对它没法产生好感。不几天之后，他觉得这猫越来越不顺眼。玛利亚喜欢睡觉时把猫咪抱到被褥上，奥拉西奥却专等玛利亚睡熟时，在被窝里翻滚扑腾，把猫赶下去。一天晚上玛利亚被奥拉西奥的动作吵醒：

“是你把猫咪吓走的吗？”

“我不知道。”

玛利亚开始斥责奥拉西奥，护着自己的猫。一天晚上晚餐用后，奥拉西奥去大厅里弹琴。从几天前以来，橱窗布景就停止了，与往常不同，他把玩偶都放到了暗处——唯一陪伴她们的只有机器的轰鸣声。奥拉西奥打开钢琴旁边的一盏立式台灯，只见琴盖上闪烁着猫的眼睛——它的躯体与钢琴的漆黑融为一体。奥拉西奥被吓得魂飞魄散，他暴躁地把猫赶了出去。黑猫跳跃着向小厅奔去，奥拉西奥跑着在后面追赶，被追到门口的黑猫发现门是锁着的，开始跳了起来，撕扯门帘，其中一个门帘被它扯了下来。玛利亚在厨房里看到了这一幕，急匆匆地跑来。她说了些比较重的话，最后一句是：

“你逼着我肢解了奥尔滕西亚，现在难道还让我杀死猫吗？”

奥拉西奥拿起帽子，走出了家门。当初他们重归于好时，玛利亚曾对他说：“我爱你，因为你是个疯子。”他觉得既然玛利亚原谅了他，她就没有权利对他说这些，更不应该把奥尔滕西亚的死归罪到他头上。没有了玩偶，玛利亚魅力消减，这已经是对她足够的惩罚了，那只黑猫不仅没有为她平添魅力，反而让她俗气不已。临走前，他看到玛利亚哭，心想：行啊，就让她跟猫待着懊悔去吧。然而与此同时，他难受地想到，她远不如自己罪孽深重。虽然她已经不怎么吸引他了，而他不也是像以前那样，让妻子独自扛起罪过吗？况且，在他垂死之时，玛利亚会是唯一陪伴在他左右的人，她会目睹他临终最后几天，或者最后时刻的绝望——几乎毫无疑问他会显得十分胆小懦弱。也许他会毫无知觉地死去，他还没想过哪种情况更糟糕。

走到街口时，奥拉西奥停下来，仔细看着马路以防自己被车撞到。他在昏暗的街道上走了很久，不知不觉走到了刺槐树公园，于是在一张长凳上坐了下来。他思考着他的人生，目光投向了几株树下，然后顺着拉长的树影向湖水游移，盯着湖水，略有恍惚，思考自己的灵魂：他的灵魂就像黑色潭水上暗沉的静寂，这种静寂拥有记忆，记忆中尚能认得机器的轰鸣声，好像那也是静寂的一种。也许这种噪声本是一种漫过湖水与浓夜交融的蒸汽，玩偶的回忆如同海难后的碎片般出现。突然，奥拉西奥回到现实，从阴影中看到一对男女站了起来，他们正朝他走来。奥拉西奥记起，自己是在一棵无花果树的树冠上第一次亲吻了玛利亚，之后他们吃了最早的几颗无花果，差点儿掉了下来。这对恋人在离他很近的旁边走过，穿过一条窄巷，双双进入了一间小屋。附近有许多一样构造的屋子，有些还张贴着出租布告。回到家后，奥拉西奥与玛利亚和解，然而后来当他在展厅里独处时，又想到自己其实也可以在公园附近租一个小屋子，把一个奥尔滕西亚玩偶带进去。

第二天早饭时，玛利亚黑猫耳朵尖上的两个绿色的纸条引起了他的注意。玛利亚说防疫站药师给所有刚出生的小猫耳朵上都要打孔，就用那种给纸张打孔的小机器，然后为它们存档。奥拉西奥被小猫的样子逗乐了，他觉得这是个好兆头。奥拉西奥来到街上，给法贡多打电话问他怎么样才能从春天商店里的众多玩偶中区别奥尔滕西亚系列玩偶。法贡多说，现在只有一个，在付款机旁边，而且只有一只耳朵上戴着长耳坠。只有一个奥尔滕西亚，这样的巧合让奥拉西奥觉得一切都是命中注定的，他开始想象重新沉溺于原来的恶习，那性感撩人的命运安排让他难以拒绝。他本可以乘坐电车的，但是他突然想到电车会打破灵感，他更喜欢走着过去，这样还有时间想象怎样在众多玩偶中找到他在寻找的那个。奥拉西奥混在了人群中，现在他也喜欢隐藏在往来不息的人流中了。那天恰是狂欢节前夜，街上热闹起来。玩偶店显得比他估计得更远些。他走累了，越来越迫不及待地要看到玩偶。一个男孩儿朝他脸上吹喇叭，震耳欲聋。奥拉西奥被惹恼了，他开始有种不安的预感，想以后再去玩偶店，但是等他到了店铺，看到了橱窗里其他化了装的玩偶之后，还是决定进去了。奥尔滕西亚玩偶穿着一件文艺复兴风格的酒红色服装。她的小面具为半遮半掩的面庞增添了一份高傲，激起了奥拉西奥强烈的占有欲。这时，一个认识奥拉西奥的女售货员出现了，她似笑非笑，奥拉西奥立即离开了。几天之后，这个玩偶就搬到了刺槐树公园附近的短租房里。法贡多的一位女用人每周两次，在晚上九点带着清洁工具来到这里，十点钟给她装上热水然后离开。奥拉西奥不希望别人把她的面具摘下，他对她很满意，并叫她赫尔米妮亚。一天晚上，奥拉西奥和玩偶坐在一张画前，他从画的玻璃反射中看到了她的眼睛，她的双眼在黑色面具的映衬下显得十分明亮，若有所思。他将面颊靠在她的脸上，当他觉得自己在玻璃上——画上表现的是瀑布——看到她的双眼中蕴藏了一种被委屈的骄傲时，情不自禁地狂吻起她来。有几天晚上奥拉西奥与她共同穿过公园——他好像在和一个幽灵散步一样——坐在喷泉旁边的长凳上。一旦他发现赫尔米妮亚开始变凉，他就立马带她回到小屋里。

不久之后，春天商店举办了一场盛大的展览。一个巨大的玻璃橱窗占据了整个顶层。这个橱窗被设在了大厅中央，观众顺着橱窗与墙壁之间的走廊观看展览。这个活动大获成功。（除了看服装以外，人们还想知道哪些玩偶是奥尔滕西亚）大型橱窗被一扇直通天花板的大镜子分为两部分，在面向入口的那一半橱窗里，玩偶们表现了本国的古老传说——湖边女人，这是为奥拉西奥布置场景的同一拨伙计摆设的。大森林中曾经有一个湖，湖边住着一位年轻女人。每天她都会从帐篷中出来，带着一面镜子来到湖边梳洗（有人说她用镜子照着湖面，为了看到颈部）。一天早上，几个贵妇在前一夜的宴席散会后，打算来探访一下这个孤独的女人。她们大清早就来到湖边，打算问她为什么一个人住，是否需要她们为她提供帮助。湖边女人来了以后，透过发丝观察贵妇们的服装，当她们走近时，她谦逊地行了礼。但是其中一位贵妇刚刚开口询问时，湖边少女就开始沿湖转圈，贵妇们跟随其后，她始终只字不语，让贵妇们不明就里。她们被惹怒了，从此以后就管湖边少女叫“湖边的疯女人”。因此，在他们国家，谁要是看到某人特别安静，就会说：“他在绕着湖打转呢。”

在春天商店的橱窗里，湖边女人站在一个放在湖岸旁的梳妆台前。她头戴一块绣有黄色小花的白地头巾，梳妆台上摆满了香水等物品。布景表现的是前来探望的贵妇们身着昨日宴会的服装来到了湖边。橱窗外有各种各样的面孔，人们不仅上下打量玩偶的服装，一些人狐疑的眼神从衣服移到了领口，再从一个玩偶身上跳到另一个玩偶身上，连对像湖边女子那样的清白贞洁之身都心存怀疑。一些眼睛十分谨慎，小心翼翼地在衣服上游走，生怕一滑跌倒在玩偶的皮肤上。观众中有一个年轻少女略微心虚地歪着头，她在想或许某些华丽的衣服暗指奥尔滕西亚们的命运。一个男人皱了皱眉，垂下了眼皮，分散妻子的注意力，隐藏自己想把奥尔滕西亚据为己有的想法。玩偶们大都保持着拒人千里的冷漠姿态，专注于摆好“造型”，却不在意身上穿了什么，还是什么也没穿。

展览的第二部分又分为两小块：第一部分是沙滩，第二部分是森林。在第一部分里，玩偶们身着泳装，奥拉西奥在两个似乎在交谈的玩偶面前停了下来：其中一个玩偶的腹部被画上了同心圆圈，如同靶心（同心圆是红色的），另一个玩偶的肩胛骨部位被画上了小鱼。奥拉西奥的小脑袋在人群中高出一块，也像一个玩偶。他的脑袋继续在人群中移动，直到森林布景处再次停了下来：这里表现的是半裸的土著女人。有的女人没有头发，而是长出纤细的植物纸条，如同藤蔓植物一样垂下。黝黑的皮肤上饰有花朵和线条，就像食人族一般。还有的女人通身画上了明亮的人眼。奥拉西奥一看到这个布景，马上就对其中一个长相一般的黑人女玩偶倾心：她只在乳房上涂了颜料，两只黑色的乳头被涂成了朱唇。奥拉西奥又绕着整个展览看了几圈，这时法贡多来了。奥拉西奥问他：

“森林里的那几个玩偶中，谁是奥尔滕西亚？”

“你看兄弟，在那里所有的玩偶都是奥尔滕西亚。”

“你把那个黑色的玩偶给我送到刺槐树公园……”

“八点前我可是一个没有。”

过了二十天，奥拉西奥才在公园的小屋里收到了黑人玩偶。她躺在床上，被子一直盖到脖子。

奥拉西奥觉得她没有想象中那么有趣，当他掀开被子的时候，“黑人玩偶”突然发出狂笑，原来是玛利亚，她开始破口大骂，把被背叛的一肚子委屈通通发泄出来。原来这个屋子的保洁阿姨和普拉德拉表姨家的是同一个人。不过看到奥拉西奥出奇地冷静，一脸恍惚时，她停了下来，过了一会儿，她似乎想掩饰自己的吃惊，问道：

“你有什么要说的吗？”

奥拉西奥盯着她，仿佛看着一个陌生人，好像很久以来就受够了别人的捉弄似的。他开始微微挪动脚，转动身子。玛利亚说：“等等我。”她下了床去卫生间洗去身上的黑颜料。她吓坏了，开始大哭，一边哭还一边打喷嚏。等她洗完回屋时，奥拉西奥已经离开了。她回到家找到了他：奥拉西奥把自己锁在一间客房里，不和任何人说话。

X

经历了最后这次惊吓后，玛利亚多次请求奥拉西奥原谅她，但是他始终缄默，像个木头人像，既不是圣像，也不肯轻易松口。大部分时间他都把自己关在客房里，几乎一动不动（人们只在他清空法国红酒酒瓶的时候才知道他是动的）。有时候，他会在傍晚出来。回来后吃一点儿东西，然后立即回到床上，睁着眼躺着。有几天深夜，玛利亚去看他，他总是双眼圆睁，眼球像玩偶的玻璃珠，一动不动。一天晚上，那只黑猫竟然异常地蜷在他身边。这时她感到了异样，打电话叫来医生，开始给奥拉西奥注射。奥拉西奥害怕打针，但他还是不想死，所以就从了。最后，玛利亚在布置场景的伙计们的帮助下，说动了奥拉西奥让他去看新一轮的布景展。

那天晚上奥拉西奥在餐厅里和玛利亚一同用餐，他要了芥末酱，喝了不少法国红酒。之后他去小厅里喝咖啡，没过多久就来到了大厅。在第一个玻璃柜里是没有故事情节的场景：在一个大游泳池里，池水不断地流动。池畔的树丛间，在微弱灯光的照耀下，可以看到一些散落的手臂和腿。树木枝条中伸出了一个脚掌，像一张人脸。之后奥拉西奥看到了一整条腿，好像一个觅食的动物，撞到了玻璃，呆呆地停了一会儿，然后向另一个方向游去。然后漂来了另一条腿，后面跟着一只连着手臂的手，这条腿和手臂慢吞吞地一会儿追逐，一会儿靠近，好像牢笼里无聊的野兽。奥拉西奥精力不太集中，慵懒地看着这些散落的四肢的各种组合。最后他看到一只脚上的脚趾和手上的手指撞到了一起，突然间那条腿好像要支撑在脚上立起来。奥拉西奥彻底失望了，他向沃尔特发出了灯光信号，将看台推向了第二个玻璃柜。在那里，他看到了一个玩偶躺在床上，头戴女王皇冠，她的身边蜷缩着玛利亚的黑猫。奥拉西奥觉得不妙，开始朝让猫进来的布景伙计们发火。床脚下有三个修女，跪在祷告垫上。场景描述中写道："这个女王刚刚进行了一次施舍，却意外猝死，她没有来得及临终忏悔，但是整个国家都在为她祷告。"奥拉西奥抬头重新看玩偶，这时黑猫已经不在了。然而他还是很紧张，害怕这只猫又从什么地方冒出来。他决定走进玻璃柜，同时时刻警惕不祥之兆的黑猫。他来到女王床前，端详着她的脸，一只手扶在床尾，突然其中一个修女的手搭在了他的手上。奥拉西奥肯定没有听到玛利亚请求他原谅的声音。他突然抬起头，身子僵硬，张开嘴开始移动下颌，像一个不能发声也不能飞的虫子。玛利亚抓住了奥拉西奥的手臂，但他惊恐地把她推开，开始移动着脚步，试图直立起身子，就像玛利亚装扮成黑人玩偶然后狂笑不止那天一样。玛利亚吓坏了，她惊叫起来。奥拉西奥撞上修女，把她撞倒在地，然后打算离开玻璃柜，走到大厅里，但是没有找到小门。他撞到了展柜墙壁，双手拍打着玻璃，好像关在屋里的小鸟用翅膀扑腾着窗户。玛利亚不敢再去扶他了，她去叫阿列克斯，却哪儿也找不到。最后阿列克斯看到了她，一度以为她是修女，问她要做什么。玛利亚泣不成声地对他说，奥拉西奥疯了。他们两个人来到大厅，但是发现奥拉西奥不在。他们开始四处寻找，突然听到了花园中的石子路上有他的脚步声。奥拉西奥越过花坛，当玛利亚和阿列克斯赶上他的时候，他正朝着机器的轰鸣声走去。

张雪玲　译

菲利斯贝尔多·埃尔南德斯（Felisberto Hernández，1902—1964），乌拉圭小说家、钢琴家。他生前在文坛少有人知，但身后却赢得科塔萨尔、加西亚·马尔克斯、卡尔维诺等众多作家的推崇。

水中屋

菲利斯贝尔多·埃尔南德斯

每当回忆起那段日子，我首先想起的就是划着船在长满植物的小岛周围一遍遍地绕圈。每过段时间那些植物就会被换掉，因为它们不适应那里的环境。我待在玛格丽特夫人硕大的身躯后面，划着桨。若是她长时间盯着那小岛的话，就有可能会和我聊上两句，但是她始终没说起那件她承诺过要告诉我的故事；她只是喋喋不休地聊那些植物，好像她在这堆植物中藏了另外的念头。我逐渐失去希望，拉起一对桨，就像一对不停地数着相同水滴的无聊双手。但是我知道，以后再来这里的时候，会再次发现，这倦怠之余还残留着一丝带着幸福感的欺骗。所以我只能无可奈何地继续期盼来自那个世界的只言片语——那个几乎无声无息的世界，她背对着我，全靠我摇桨摇得生疼的双手才得以在水面上划行。

一天晚上快天黑之前，我突然起疑，觉得玛格丽特夫人的丈夫也许被葬在那个岛上。正因为如此，她让我绕着岛划了一圈又一圈，甚至叫我在晚上——有月亮的晚上——再去那里转悠几回。可是她丈夫不可能被葬在岛上，阿尔西德斯——他是玛格丽特侄女的男友——跟我说她丈夫早先在瑞士坠崖了。而且我记起在来到水中屋那天晚上船夫跟我说的话。那时他边慢慢地划着桨，边带我穿过那宽如大街、两侧被长满悬铃般果实的梧桐树包围的“水中大道”。从船夫那里我听到的一件事，就是他和另一个杂工把院子里的喷水池用土填满，为了以后能改造成小岛。况且我认为玛格丽特夫人心中所想之事——在她的眼神游走于书页和小岛之间的那一个个下午——和藏在树木底下的死人并无联系。但是很确定的一点是，当我面对面看她的时候，我觉得她那厚厚的眼镜片在教唆她的双眼去掩饰，而那用来罩着院子的硕大玻璃圆顶屋和小岛似乎就是用来封存这片安放死人的寂静。

之后我回忆起来，玻璃圆顶屋不是她命人去建的。而且这个房子，如同人一般，干过不同的差事：第一件差事是农屋；后来是天文学研究所；但是，因为那台从美国讨来的望远镜在运来的途中不幸被德国人沉到海底，他们就决定在院子里造个温室；最后，玛格丽特夫人把它买下，只为淹没它。

现在，当我们围着小岛绕圈儿，我脑中那并不合时宜的疑云把这女人团团围住。但是，在那毫不遮掩的平淡的包裹下，她那庞大的身躯诱惑我去想象它有个很惨淡的过去。在夜里它看上去更加硕大，寂静将它覆盖，像头睡着了的大象，有时候她喉咙里发出一种奇怪而嘶哑的动静，犹如沙哑的叹气声。

我开始喜欢上她了，因为自从经受了从穷困到富足的剧变后，我过上了颇为闲适的日子。而且她主动让自己被我尽情而放肆地想象，就像白色大象给旅行者奉上它的象背那般。虽然她从未过问我的生活，每次碰到我她都会眉毛挑起，就像是要打量我；她的双眼，藏在厚厚的镜片后面，像是在说：怎么了，我的孩子？

正因为如此，我开始对她慢慢产生了一种错误的友情；如果现在我能自由地回忆，出现在我脑海中的是第一个玛格丽特夫人；因为第二个玛格丽特，那个真实的玛格丽特，那个在这段日子的末尾，给我讲故事时我得以认识的玛格丽特，以一种奇怪的方式让人琢磨不透。

但是现在我应该努力让这段故事起始于一个真实的开端，而非过多地在自己偏爱的回忆中停滞不前。

一次阿尔西德斯在布宜诺斯艾利斯碰到我，当时我身子很弱，他邀请我参加一个婚礼并且随我在那里吃喝。在仪式中途，他突然产生帮我找份工作的念头，快笑岔气的他提到这么一个“不灵光但慷慨的女人”，估计她能帮到我。婚礼最后他和我说，这个女人差人淹没了一座房子，遵循某个塞维利亚建筑师的法子，这建筑师还帮一个想和沙漠干旱对着干的阿拉伯人淹了另一栋房子。后来，阿尔西德斯和他女朋友一起去到玛格丽特夫人的家，他和她就我的书聊了很多，最后和她说我是个“值得信任的梦游症患者”。她决定马上出钱请我，如果我会划船的话，来年夏天她会邀请我去水中屋。不知为何，阿尔西德斯并没有带我去；后来她病倒了。那个夏天，在玛格丽特夫人康复之前，阿尔西德斯和他女友去了水中屋，在那里的头几天屋子还没进水。但是当水被放进屋子的时候，他们就叫我来了。我坐上火车，火车把我带到省里的一个小城市，然后再从那里坐上汽车。我感觉那片地界挺贫瘠，但是一到夜晚我突然有种感觉，或许有树藏在这黑暗中。司机把我和行李放在小码头，那是运河“水中大道”的起始处，然后敲了敲挂在梧桐树上的钟；这时小船的柔弱灯光已经驶离房子。我看见一个有灯光照亮的圆顶屋，旁边站着一个和屋子一样高的黑色怪物（是个水塔）。在灯光指引之下，驶来了一条发绿的小船，上面一个白衣人没等靠岸就开始朝我说话。他和我聊了一路（他就是后来告诉我关于那个被土填了的喷水池的船夫）。忽然，我看见圆顶屋的灯熄了。就在这时候船夫和我讲：“她不喜欢有人乱丢纸或者弄脏水面。饭厅和玛格丽特夫人的卧室之间没有门，一天早上她醒得早，看到从饭厅‘游’过来一个面包，是我老婆不小心掉的。这下把女主人气的，让我老婆立马滚蛋，还说一辈子没见过比会‘游泳’的面包更恶心的玩意儿”。

房子的正面被藤蔓裹得严实。我们来到一个昏黄灯光下的宽绰门廊，从那里瞥见被水淹没的院子和小岛的一角。左边一个房间房门紧闭，水则是从这门缝下面流进去的。船夫把船绳系在右边小道上巨大的青铜蛤蟆塑像上，从那儿我们拎着行李朝着楼梯走去，楼梯是水泥做的，很是结实。在房子的第二层有个走廊，很多玻璃窗，窗子被从宽敞的厨房放出来的烟弄得雾蒙蒙的。从厨房走出个发髻里别着花的肥硕女人，看上去像是个西班牙人。她告诉我说，她的主人，也就是玛格丽特夫人，将会在明天接待我，但夫人今晚会给我打电话。

我房间里那些深色的巨大家具，和暴露在电灯猛烈无情的照射下的惨白四壁相比，显得好不自在。孤零零的电灯，没有任何装饰，赤裸裸地吊在屋子中央。那个西班牙女人把我的行李拎起来，行李的重量让她吃了一惊。我跟她说，里面都是书。随后她就开始跟我讲书是怎么害了她的主人，以及它们“甚至弄得主人都聋了，主人不喜欢它们冲她大喊大叫”。灯光很恼人，我估计是不经意间做了个不耐烦的手势。

——这灯光让您不舒服了是吧？夫人也觉得不舒服。

我点起一盏台灯，绿色的灯罩，估计透出的光影也讨喜。我刚伸手过去，灯后面的电话突然响起来，西班牙女佣接了。她说了好几遍“是的”，每应一次头上的白色小花就会随着发髻颤动。后来她欲言又止，至多憋出半个字，或者嘶嘶的短促呼吸声。等挂了电话，她叹了口气，一句话没说就从我房间走了。

我吃了饭，饮了酒。西班牙女人跟我絮絮叨叨，但是我因为对自己在这屋子里的状况有些担心，几乎没怎么应答，而是不住地点头，像是个在不结实的地板上乱晃的家具似的。我点了烟，正当她要收起被烟雾围绕的咖啡杯托盘时，她又提了一遍夫人会给我打电话这事。我盯着电话，坐等电话铃响起，但是它还是在我毫无防备的状态下突然响起来。玛格丽特夫人问了问我路途的情况，是否疲惫。她的声音听上去和蔼而轻柔，而我的回答则洪亮且字字清晰。

——您跟我说话的时候可以放自然些——她和我说——我以后会和您解释为什么我跟玛丽亚（就是那个西班牙女人）说自己耳聋。我希望您在我家能住得安逸；您就是我的客人；我只求您帮我划船，还有容忍之后我需要讲给您的故事。我能做的，就是每个月给您的储蓄做些贡献，并且为您做点儿有用的事。您陆陆续续发表的故事，我都读过了。我不喜欢和阿尔西德斯提起这件事，因为我怕我俩意见不同，我是个敏感的人，等咱们以后再聊……

我完全被折服了。我甚至叫她第二天早上六点钟给我打电话。在水中屋的第一个晚上，一想到玛格丽特夫人承诺要讲给我的故事，我好奇起来，甚至有些亢奋得睡不着觉。我也不知道自己什么时候睡着的。早上六点一到，电话铃响了，铃声短促得如同小虫子冷不丁地叮了我一口，惊得我从床上一跃而起。我一动不动地等着电话铃响第二声。它响了。我拿起听筒。

——您醒了吗?

——醒了。

我们约好见面的时间之后，她和我说我可以穿着睡衣下楼，她会在楼梯口那里等着我。那一刻我觉得如释重负，像个忙忙叨叨的伙计终于可以喘口气了。

前一天晚上，我想象着房屋周围的黑影应该全都是树，而现在，一打开窗，我觉得它们在黎明的瞬间销声匿迹。窗外只剩下一片广袤而空旷的平原，空气清新，唯一的几棵树是河道旁的梧桐。一阵微风轻轻撩动繁枝茂叶，它们沿着

"水之大道"两侧，一片婆娑摇曳。也许在那里可以开始一段慵懒快乐的新生活吧。我轻手轻脚地关上窗，把这崭新的美景悉心保存，便于以后欣赏。

走廊尽头，我瞧见厨房的门开着。正准备讨些刮胡子的热水，便看见玛丽亚正给一个年轻人端来咖啡，年轻人谦逊地和我打了个招呼；他是负责水中屋工程的工人，说了一些关于马达的事。西班牙女佣微笑着一把拽住我的胳膊，告诉我她会把我需要的东西送到我房间去。回来的时候路过走廊，在楼梯口处——楼梯又高又陡——我看到了玛格丽特夫人。她很胖，庞大的身躯很扎眼，而载她的小船就像裹住肥硕脚丫的浅口鞋子。她在低头看一些文件，辫子像金色皇冠般围在她头上。所有的细节在瞬间尽收眼底。因为我害怕她发现我在观察她，直到她看见我，我心里一直都有些紧张。我的双脚刚碰到楼梯之时，她开始毫不掩饰地盯着我看，而我则扭捏地朝她走去，如同从窄小的漏斗中挤出黏稠液体般费劲。我还没到下面，她早已伸出手来，然后对我说：

——您并非我之前想象的那样……我总是想偏。我很难想到写那些故事的作者和您是同一个人。

我笑不出来，却不住点头，像个被嚼子弄得很不舒服的马。我答道：

——我真的很想认识您，也很想知道以后会发生什么。

我抓住她的手。她直到我坐下才把我的手松开，我的位置背对着船头。玛格丽特夫人喘着粗气，背对我坐着，时不时地挪动。她告诉我她正在研究一个单身母亲收容所的预算，所以暂时不能和我多聊。我划船，她掌舵，两人都盯着船划过时留下的尾波。突然我觉得这事不对劲；我又不是做船夫这行当的，况且她的体重真是沉极了。她的注意力一直放在收容所的预算问题上，对自己的体重问题却毫无察觉，也不在乎我那双可怜的小手。我费力气地划，因为身体前倾太多，我的双眼都快贴到她椅背上了。椅背上的清漆和如蜂巢般布满小孔的编织坐垫，让我想起六岁的时候爷爷带我去的一家理发店。玛格丽特夫人满身的肥肉，裹着睡袍，把垫子上的小洞挤得满满登登。她跟我说：

——别着急，要不然一会儿就该累了。

我一下子松开了桨，顿时觉得一身轻松，头一次体会到和她一起在河面的一片宁静中滑行的感觉。后来我不知不觉地又重新划起浆来。但是应该是划了好一阵子之后了，估计是劳累让我猛然意识到了这一点。过了一会儿，她一只手冲我做了个手势，就像是在告别，但其实是让我在最近的铜蛤蟆那里停船靠岸。环湖一路上零零星星有几个用来拴船的铜蛤蟆。她嘟囔着我听不懂的话，费了好大劲把身体从座椅上拽起来，然后挪上了岸。突然我俩都不动了，就在此时她头一次发出了那奇怪刺耳的动静，就像是有什么东西在嗓子里被拉扯着，但她又不想咽下去，最后变成了一声沙哑的叹息。拴好了船，我盯着拴船的铜蛤蟆，也盯着她那两只脚，跟旁边两只蛤蟆一样结实地杵在地上。这一切都让我觉得玛格丽特夫人要说些什么。但也可能是她喉咙里又要发出那怪动静而已。如果是这样，或者她真要开口和我聊，我就呼出憋在肺里的那口气，免得错过她即将说出口的头几个字。后来，等待变得漫长，我就把这口气慢慢呼出，如同小心打开一扇有人熟睡的房间的门一样。我不知道在这等待的期间我是否应该看着她；但是我决定尽可能保持一动不动。她的双脚和铜蛤蟆再一次引起了我的注意，但我并没有直视它们。鞋子只裹住了脚的一小部分，露出来的肉似雪白的脖子，连着肥硕柔嫩如婴儿般但线条不佳的双腿。双脚所承受之重只应出现在孩童的奇幻梦境里。我等她发出那沙哑的动静等了好久，我也不清楚当她开口时我在思考些什么。那时我脑袋里有这么一个场景，一个静静地被灌满水的水壶，现在水又被倒出来，断断续续，滴滴答答。

——我答应跟您说……但是今天不行……我有一大堆事情要琢磨……

她一提到“一大堆”，我就联想到她身体的曲线，看都不用看。她继续说道：

——此外，您和我想象的太不一样了，这事让我不舒服，虽然不是您的错。

让人意想不到的是，她突然眯起眼睛，脸上笑开了花；上嘴唇像剧院里大幕一样展向两侧面颊，露出硕大整齐的洁白牙齿。

——但是我呢，觉得您这样就挺好。

说这句话的时候估计我笑得有些轻佻，觉得自己活脱脱像个旧时帽子上插根羽毛的无耻之徒。我开始寻摸藏在她的眼镜片后面那双绿色的眼睛。但在这两片小而沉静的玻璃之湖深处，那双眼睛已然因难堪而紧紧闭上。嘴唇闭上遮住牙齿，脸颊泛起如中国灯笼般的红晕。误会使得两人沉默，这时她一只脚踏上铜蛤蟆，准备回到船上。我真希望时间倒流，什么都没发生。我说出的那句话透着猥琐，真是自讨苦吃。小岛和玻璃房子之间的这一路变得充满敌意，路边的东西像是在互相交换对我鄙视的眼神。真是可惜，因为我已经开始喜欢它们了。突然，玛格丽特夫人开口说：

——在楼梯那儿停一下然后回房间吧。我相信过会儿我会有很多话想跟您聊。

我看见水面上有些植物的倒影，光看倒影就知道它们对我挺友善的；像个在史前动物脊背上攀爬的顽童一般，我心满意足地走上近乎白色、结实的水泥楼梯。

伴着木质衣柜散发出的清香，我开始悉心整理带来的书。这时电话铃响了：

——麻烦您再下楼待一会儿，我们要安安静静地多转几圈，看我手势您再把船停靠在楼梯口。之后您回您的房间，两天之内我都不会再打搅您。

接下来的一切都如她所愿，不过好像有那么一瞬间，在我们离岛很近而她在观察那些植物的时候，她好像要开口说话。

接下来几天我所做的就是等待和慵懒，在月光下发呆，以及猜测她丈夫是否被埋在那些植物下。我清楚自己很难理解别人，并且试图从阿尔西德斯和玛丽亚的角度去推测玛格丽特，但是我对这种继续猜忌的做法感到倦怠。因为如此，我回到那个自私的自己；跟她在一起的时候，我天真但诚挚地期望她能告诉我她想说的一切，和我的理解相符。也可能，我在她身边生活的这段日子，对她整个人的理解可能会顺其自然地在我脑中缓慢形成。当我待在自己的房间，埋在书里时，我会看看窗外的平原，此时便忘记了玛格丽特夫人。没有一丝恶意，我想我会把那里的风景据为己有，直至夏末。

但是发生了一些其他的事情。

一天早上，负责工程的工人在桌子上展开一幅蓝图。他的双眼紧盯着，手指沿着弯弯曲曲的线条比画。这些线条代表水管，像蛀虫般蚕食着墙体和楼层。他没注意到我，虽然他满头鬈发看上去对各个方向都充满警惕。他终于抬起了头，过了一会儿他才意识到他在看着我而不是看着蓝图。然后他开始跟我解释机器是怎么通过水管吸水、吐水，目的在于制造一个人工大暴雨。我一辈子都没见过这种东西，只是模糊见过水管口一开一合的那几片铁板，一些吸水，另外一些放水。对我来说理解水阀的工作原理是件难事，这家伙想从头给我解释，但是这时候玛丽亚进屋了：

——你知道夫人不喜欢瞧见这些弯弯曲曲的管子。她觉得像肠子……她过来看见怎么办，去年就是这样……——然后她冲我说——麻烦您也听好了，也把嘴巴闭上。过会儿您就知道今晚将举行“守夜”……是的，夫人她在布丁碗里放上蜡烛，在床四周漂浮，布置得如同为她自己“守夜”一样。然后把水放掉，布丁碗便随水流冲走。

天快黑的时候我听见玛丽亚的脚步声，水放出那一刻的敲锣声和马达的轰鸣声。不过当时我觉得很无聊，不想去凑任何热闹。

另一天晚上，吃饱喝足，我在她身后不停地划桨，这情景如同我脑海中的一个疯狂梦境。我不得不躲在“大山”后面，与此同时，在只有星空才拥有的静谧中划行。我很乐意想到这“大山”的移动，完全是因为我在划船载她。后来她让我把船靠在岛边，静静地待着。一些形如倾斜的阳伞一般的植物已经被栽在那里，遮住了月亮透过玻璃房洒下的光。我热得出汗，植物压在我们头顶。我想钻进水里，但是这样船会失衡，玛格丽特夫人就会觉察出来，我便放弃了这想法。我的思绪开始乱飘：“她的名字跟她的身体一样。前两个音节就像她那肥硕身体，后两个瘦小得像她的脑袋和四肢……不可思议啊，田地的夜晚如此宽广，我们这两个成年人，离彼此如此近，但是各自脑子里想着不知道什么乱七八糟的东西。估计有凌晨两点了……我们清醒着却无所事事，还被这堆枝叶压着 … 这女人的孤独可真够顽固……”。

不知何时，树丛中突然传出一声吼叫，吓得我直哆嗦。我缓了一会儿才搞清楚原来是她那嘶哑的奇怪动静，伴着简短的几个字：

——请不要问我问题。

她顿住了。我想起一个在乐团认识的弹手风琴的老友的一句话，话到嘴边憋回去了：“谁问你问题了？……你还是让我睡觉去好了……”

之后她补上一句：

……直到我告诉您一切。

她终于要说出她承诺的故事了，这在我意料之外。寂静将在树枝下的我们压得喘不过气，但我还是不敢把船向前划。我在心里思索了一阵子要讲给玛格丽特夫人的话，像是被枕头闷住般令人窒息：“可怜人，我不停地自言自语，而她真是应该找人说说话了。此外这悲伤的情绪，让她更难控制住自己庞大的身躯了。”

她开口说话，我感觉她的声音像在我的身体里面，像是从我嘴里说出的话。因为如此，我分不清什么是她的话，什么又是自己脑中的想法。此外也很难把她陆陆续续说的这一切归总，我不得不在里面添入一些我自己的话。

“在四年之前离开瑞士的时候，我无法忍受火车的噪声。于是我在意大利的一座小城下了车……”

在她似乎要提及和谁一同旅行时，她顿住了。顿了好一阵子，我便以为她今晚不会把故事继续讲下去了。她的声音像是时不时地被拖扯着，让人联想起受伤的动物留下的踪迹。在一片被交错枝叶环绕的寂静中，我动了把刚听到的话再回味一遍的念头。之后，我突然觉得焦虑，因为我这样不经同意就将她的话据为己有，目的在于方便之后将它带到我自身的孤独面前，爱抚它。但是突然间，其他想法却蜂拥而至，就像是有人强迫我放弃了起先那个念头。那个在意大利小城陪伴玛格丽特的人，应该就是“他”。她在瑞士失去他之后离开，那时她并不知晓其实心里还是存有一丝找回他的希望（阿尔西德斯曾告诉我，他的尸体下落不明）。离伤心之地越来越远，火车的噪声却愈发令她发狂。她不想走太远，于是便在那个意大利小城住下。但是在这个城市里，对他的回忆让她更加绝望。此时此刻她不能与我倾诉，可能是因为她还不想敞开心扉，但也可能因为她认定我已从阿尔西德斯口中得知了一切。但是，关于这段小城生活，阿尔西德斯没有和我提到是因为她逝去的丈夫的缘故，只是轻描淡写道“玛格丽特一向疯癫”，而玛丽亚则把主人的异常举止归罪到“那些书”头上。也许这两位都搞错了，因为玛格丽特女士从未和他们提及这段伤心事。而我呢，若不是从阿尔西德斯那里了解到一星半点儿，估计面对这故事的来龙去脉也是一头雾水，因为玛格丽特从未向我提起她的丈夫。

这些念头在我脑海里翻来覆去，玛格丽特夫人开始继续她的故事，大概从她某晚下榻在意大利小城市的某个旅馆二层房间这段讲起。躺了一会儿之后，她突然听到一些动静，便起身朝走廊那个能看见花园的窗户走去。月影斑驳。忽然间她望见一眼喷泉，就像是撞见某个追踪的人后与其贸然对视。最初她并不知晓这池水是否在欺骗她的双眼，向她展示石头水池阴暗的一面。但是之后在她看来泉水是如此天真无邪，回房间的一路上她把这泉水噙在眼里，小心翼翼，生怕惊扰到它。第二天晚上，虽然没有听到任何动静，她还是从床上起来。那夜，泉水少而污浊。她回了自己的房间，但是突然觉得泉水又在望着她，就像头天晚上一样，这回它被困在落叶中，无法流动。玛格丽特夫人在自己的双眼里看到这泉水，她和泉水似乎在思考同样的事情。也许是因为如此，每次当玛格丽特夫人要入睡时，她不知这睡意是来自她自己的内心，还是来自泉水深处。但是她觉得是有什么人想和她沟通，此人将他的心意托付于泉水，泉水则因此而坚持不懈地望着她，直到与她四目相对。这样，玛格丽特女士下了床，在房间和走廊里惊恐而漫无目的地光脚四处溜达。但是此时月光变了，就像是在某人的指使下用另一种氛围笼罩她所经之地。这次她不敢去看泉水，回到房间时她感到眼泪落在睡裙上，盼望许久而且真切的泪水。

第二天早上，在一堆高声议论的女人中间，泉水似乎对她没了兴趣，她突然觉得害怕——她怕自己被这夜的宁静所蒙蔽，想到这水也许不会给她捎来任何消息，也不会再帮她与任何人沟通。她认真地听着那些女人的闲聊，觉得她们的话说得很蠢。这闲言碎语像脏纸一样纷纷落在池里，而这并不是泉水的错，她也不会被这日光所蒙蔽。但是，她出去散步的时候，看见一个手里拿着喷水壶的老人。当他洒水时，从壶里倾泻出好一股水，水声喃喃自语，而水流潺潺如迈着铿锵步伐般有力前行。她被此景感动，思考起来："不，我不应该放弃这片水。她毫无任何理由，却如小女孩般坚持，这其中必有缘故。"那个晚上，因为剧烈的头痛，她没有再去池边，为了让头痛减轻些，她服了药片。当她在微弱的月光下看到玻璃杯中盛着的水，脑中突然蹦出如此联想——杯中水便是池中水，而池中水设计此番计策正是为了接近她，并将秘密在她喝水的时候送到她的双唇。于是，玛格丽特夫人自言自语道："不，这事很不简单，某人更喜欢在夜晚将水带给我的灵魂。"

日出时分，为了近距离观察水和她之间的联系，她独自来到水池旁。当她的目光碰到池水时，她突然觉得有一丝念头从她的眼光坠入池水。（讲到这里，玛格丽特夫人的原话是"一个现在不值一提的想法"，在一声沙哑的长叹后提到"一个令人匪夷所思、被积压得变了形的念头。它开始慢慢地沉淀，我也任由它沉静下来。由这个念头衍生了从水中的映像，这映像将我的双眸与灵魂填满。如此我便头一次知晓，须在水中培育我的记忆，因为水会将反映之物以及心中所想悉心加工。在绝望之时，无须将肉体交付于水，而须献出其思想；水潜入思想并将其洞悉，这转念之间，人生也便有了新的意义”。以上差不多都是她的原话。）

她穿戴好便出了门，远远望见一淙小溪，过了一会儿她才想起，小溪里面淌着的便是流水——这世上只有她能够与此物交流。来到溪水边，她让自己的目光注视着水流，可是她突然间觉得这溪中水并不再与她说话。此外，这水流可能会把她的记忆带向远方，并让记忆消逝。她的目光强迫她关注从树上刚刚飘落到溪里的一片落叶；落叶在水面上漂浮了一阵，当它沉入水底的那一刻，玛格丽特夫人突然听到了模糊的、如悸动的心跳般的脚步声。她有种不祥的预感，心里一沉。脚步声来自一匹马，马儿无聊但是亲近地凑过来，嘴巴伸进水里；水的折射显得它牙齿很大，当它把脑袋从水里抬起来时满头是水，但又不失尊严。这时她想到了故乡那些饮水的马儿，想到那里的水与这里的水会多么不同。

那一晚在旅馆的饭厅，玛格丽特夫人端详着一个在水池边大声聒噪的女人的一举一动。那女人用嘲讽般的微笑回应丈夫爱慕她的眼神。当那女人正要将酒杯举到嘴边，玛格丽特心中暗想：水居然被这张嘴巴喝下了肚。她突然感到不适，匆忙回了屋，泪如雨下。之后她睡得很沉，在凌晨两点的时候被惊醒，脑中弥留着溪水填满灵魂的记忆。于是她突然觉得这溪水很讨喜：“流水如同盲目的期望般让人无法掌控。如果水流很小，每一处浅洼都可以是困住她的陷阱，让她难以逃离：被困在这肮脏的宁静中，她会郁郁寡欢，而浅洼就像个疯子的头脑般令人发狂。如果可能的话，我应该拥有一些暂时但疯狂的期望，而不是把注意力过多放在是否能完成这些期望这个问题上；水和期望这两者在这一点上道理相同，因为水是富于直觉的物质。我应将我的思绪与回忆倾泻，如同湍急的溪流般一股脑统统倒出…… ”这个念头在她心中愈演愈烈，玛格丽特夫人起了床，备好行李，在房间和走廊里踱起步来，但她并不想看池水一眼。她想：水在哪里都是一样的，所以我应该能在世界上任何一个角落的水中培育我的记忆。她左思右想了一段时间才决定坐火车离开小城，但是车轮的噪声还是让她备感压抑，甚至想念起被她抛弃的小城旅馆那个水池了。她回想起那一晚，它那肮脏的水面漂满落叶，像个乞讨的可怜小姑娘，双手奉上些什么以求施舍；它无辜中带着一种天生的狡猾，像是在提醒她不要期望过高。玛格丽特夫人用毛巾蒙住脸，大哭起来，哭完心里舒服多了。但是，那平静的水面还是在她的脑海里挥之不去：仔细想想，我还是应该更喜欢那夜色笼罩下的水面，寂静慢慢地靠近她，一切被包裹在梦境中，交柯错叶。那才是我理想中的水，我身体中的水；我倘若闭上双眼，就如同盲人的双手在摸索自己的水面后，脑海中依稀浮现出儿时还未失明时看到树丛中水的景象。

故事讲到这个时候，她停顿了一下，直到我从她的故事回到现实中来，回到这个在树枝下度过的黑夜。但是对于她最后提到的这段思索，我不确定是玛格丽特夫人早先在火车上就有了的念头，还是现在在这一片枝叶下才生出的感叹。后来她示意让我划船回到楼梯口。

那个晚上我没有点起屋子里的灯。在整理衣柜的时候，我突然想起某个夜晚我因为头一次品尝一款酒而微醺。费了半天工夫我才脱下衣服。之后，我盯着蚊帐，脑中又响起从玛格丽特夫人的身体里发出的那些话。

她刚开始讲故事的时候，我不仅得知了她属于他，而且发现关于她我想了很多，对于自己的某些想法，我感到内疚。如此一想，我倒像是那个把自己的思绪藏匿在树丛中的人。当玛格丽特夫人一开口，我就感到焦躁不安，就像是她浸在水里并且把我也拉入水中一般；我那些内疚的念头在水中无用地挣扎，来不及而且也不值得去想它们；随着故事情节深入，水逐渐化身为某种宗教的灵魂，揭示我们自身不为人知的一面；而它对于原罪的定义是不同的，而原罪的意义也并不重要。水之宗教的意识愈发强烈起来。虽然玛格丽特夫人和我是这教派唯一有血有肉的信徒，我感觉我这一生中对水的点滴记忆也同样皈依于它；慢慢地，我的记忆到来了，它们自遥远的过去款款而至，小心翼翼几乎没有留下任何罪过。

我突然觉得，我的灵魂重生了，我不仅将追随玛格丽特夫人到水中，而且将随她回到那段关于她丈夫的记忆中去。当她说完话，我上了楼，我想，雨从天而降之日，便是信徒相聚之时。

但是，在蚊帐里面躺了一会儿后，我开始从另外的角度揣测玛格丽特夫人的故事；我竟然慢慢回到了原来的那个自己，想到我也有自己的不安与躁动，感到那个自己紧紧盯着的蚊帐，仿佛是罩在一片沼泽之上，我自己的信徒从这沼泽里起身向我请求些什么。现在我想起来那些内疚念头的细节，真是再熟悉不过。它们始于我来到玛格丽特家时最初的几个下午，我怀疑她会像个巨浪般将我卷走，使得我在水中无法站稳，而与此同时我的懒惰又让我无力抵抗。我便心生反感，想一走了之，但这就好比刚睡醒时伸伸懒腰，本以为这举动是为了起床，但其实是让我舒服地继续睡去。在另一个下午，我幻想自己和玛格丽特夫人结婚的样子（我也幻想过和其他女人）。最后产生了这么个懦弱的想法——如果我因怜悯她的孤独而和她结婚，我的朋友们肯定会说我这么做完全是为了钱，而我的前女友们，当她们瞅见我跟在我妻子的庞大身躯后，在窄窄的小路上径直走来时，一定会笑话我。（反正在那些晚上，我已然跟在她身后，在绕湖的窄窄小路上走了。）

对于我朋友们的反应和我前女友们的嘲笑，我现在倒觉得并不在意了。这位玛格丽特夫人用一种力量将我吸引，我若卫星一般绕她旋转，而这股看似遥远且陌生的力量则充满了某种怪异的高贵。但是我的信徒们却向我索要第一个玛格丽特，那个我并不了解的、简单的寡妇，那个能容我自由发挥想象的女人。在睡着之前我思考了许多，直到睡梦遮住双眼，蚊帐从我眼前消失。

第二天早上，玛格丽特夫人在电话那头说："我恳请您回布宜诺斯艾利斯几日，我要打扫整个房子，我不想让您看到那个没有水陪伴的自己。" 之后她给了我旅馆的地址，我在那里等着她的消息。

她命我离开这件事让我顿时感到一阵妒忌。在离开那里的时候，我突然发现，这兴奋之余我居然被悲伤的情绪所笼罩，等到好不容易缓过神来，我不知为何又把这情绪重新打开，并且仔细地观察了一番。这一切发生得很快，当我坐上火车时，我对于玛格丽特夫人喜欢上我这件事已不抱任何希望，这场景如同当年坐上那列火车的她，对她丈夫的下落已心灰意冷。现在物是人非，但是我还是试图去寻找我俩的共同点：我们俩都被焦虑所困扰，被这火车的噪声所烦恼。但是这个巧合真是太过牵强，就像是仅仅猜中了彩票中奖号码的一位而已。玛格丽特夫人寻找到了那奇迹之水，而我却没有她那样的德行，而且我也不会在任何宗教中寻求慰藉。前一天晚上我背叛了我的信徒们，因为虽然他们想引领我到第一个玛格丽特夫人身旁，在蚊帐的深处还有我其他的几个信徒，而他们则盯着现实中的那个玛格丽特，就像是被月亮施了魔咒的虫子。我的悲伤是慵懒的，如孤鸣诗人般高傲地生活在自己的想象中。我仅仅只是族谱中承上启下的一辈，而爷爷那辈的四位老人，不但性格各异而且充满敌意，在经过这里时也不愿再继续争执：他们只想安歇，慵懒而放松，如同梦游者般在不同的梦境中游荡。我试图不去打搅他们，但若真是出了差错，我希望他们之间的争执马上结束，一击致命。

在布宜诺斯艾利斯很难找到几处安静的角落，让我能避开阿尔西德斯（他这人喜欢打听玛格丽特夫人的生活，然后将这些靠捕风捉影得来的消息编进自己的那套鬼话）。此外，茫然的我在两个玛格丽特之间不知所措，就像是有这么两个姐妹，我不知道应该挑哪个去偏爱、哪个去背叛，还是把姐妹俩融为一体，这样就可以同时爱上她们了。这时不时地令我感到厌倦，因为第二个玛格丽特强迫我用如此纯洁的想法去揣摩她。我有这么一种感觉，不论她多么疯癫，我都会追随她，让她分不清哪个是她丈夫，哪个又是我——那个可以代替她丈夫的人。

在狂风大作的一日，我收到了她让我回去的命令，之后便匆忙上路。但是这大风天将时间冲散，如同肩负着某种神秘任务般。这街上所有的人和火车都在以一种令人痛苦的缓慢速度前行着，除了我之外任何人都没有觉察到。我极其耐心地忍受了一路，快到水中屋时是玛丽亚到码头接了我。这次由她来划船，她告诉我，在我离开那天，他们把水排出去之前，发生两件出乎意料的事情。第一件意外是关于船夫的老婆菲洛梅娜的，她回来乞求夫人让她回来做工。女人被辞退的理由并不只是因其任由那片面包漂在水里，而且因为她在阿尔西德斯待在这里的时候勾引他，并且被人撞见。玛格丽特夫人一句话没说就把菲洛梅娜一把推入水中。这女人离开的时候，满身是水，哭哭啼啼的，她丈夫陪她离开之后两人再也没回来。当天晚些时候，玛格丽特夫人伸手去拽连着梳妆台的绳子（她屋中所有的家具都在充气垫上，小孩子们在海边玩的那种），不小心碰洒了一瓶酒，酒洒在用来加热化妆品的炉子上，然后梳妆台便起了火。她急忙打电话让人送水来灭火，“就像是她屋里的水还不够多，或是她房间里的水和宅子里其他地方的水不是同一种”，玛丽亚说。

我回来的第二天早上阳光明媚，院子里也种上了新的植物，但是当看到这崭新的景象时我反而心生嫉妒：玛格丽特夫人和我之间似乎有了一层隔阂，我们在交错的枝叶下共度的那夜也一去不复返。

过了几天，她开始继续讲她的故事。那天晚上，同往常一样，他们搭了一块板子以便从水上穿过门厅。当我到了楼梯口时，玛格丽特夫人示意让我站住，然后让我紧随其后。我们在绕湖的小岛上走了一圈，她开始继续她的故事，从她离开意大利小城，她觉得世间的水都是相同的那段讲起。但是现实并非如她所愿，她很多次都不得不闭上双眼，用手指堵住耳朵，才能让自己的水伴其左右。后来在西班牙停留了一段时间，在那里她遇到了一个向她兜售水中屋蓝图的建筑师——她没有告诉我关于此事的过多细节。之后她坐上一艘满载旅客的船。直到看不到岸，她才发现海水并不属于她，而且这深海中潜伏着太多陌生的生物。后来她告诉我说，船上有些人不停地议论船失事的可能，从他们瞭望浩瀚大海时的眼神里就能感受到他们对大海的敬畏。但当他们从这海中取水洗澡时却很自然，毫不介意将自己赤裸的身体交给它。当然他们还喜欢走到船的底层，去看看蒸汽机怎么将水吸入并用烈火烧至沸腾，而水则如困兽般被火焰折磨，出离愤怒。有几天海上风浪很大，玛格丽特夫人在自己的客舱躺着，眼睛盯着报纸和杂志，逐字逐句，像是盯着地上的一队行进中的蚂蚁，或是时不时地看看窄口大瓶子里的水摇摇晃晃。这时候她停下来，而我发现她像船一样左右摇摆。我俩的步伐总是不一致，身体摇晃的方向也不一样。她的话语被阵风吹得飘忽不定，这样我很难跟上她说的话。她走到板子前面就站住了，好像是害怕踏上去似的，于是她命我将船划来。划了好一会儿之后，她终于发出了一声沙哑的奇怪的动静，然后开始继续讲她在海上的故事。她告诉我，在海上有这么一个瞬间，让她内心感到安宁。当时她依靠在扶手上，看着海面一片宁静，就像是一大片没有任何肌肉细微运动的皮肤。玛格丽特夫人想象着一些疯狂如梦境般的场景：她想象自己具有在水面上行走的能力，但是又怕水中突然蹿出条鼠海豚，一头将她撞倒，如果是这样的话，她真的就会深深沉入水底。忽然间，她感到甜蜜的雨水已从天而降，落在海面。倾盆大雨砸向甲板，就像是要集结起来攻击这艘船。瞬间，整个甲板被淋透了。玛格丽特夫人回头望向大海，大海十分自然地将雨水纳入怀中并尽情吞噬，就像是一只动物在生吞另一只动物般自然。她对眼前的一切感到茫然，突然间身体因为自己姗姗来迟的一声大笑而颤抖起来，就像是原因不明的地震。像是在为自己这荒唐而突兀的大笑寻找借口，她终于说道："这雨水就像是个犯了错的小姑娘，她不将雨水降在土地上，而是降在了另一片水上。"之后她感受到了大海拥抱雨水的那片甜蜜温情，但是，当她挪动着她庞大的身体走回到客舱的路上，她又想起大海吞噬雨水的场景，她脑中浮现出一幅画面——犯了错的小姑娘在走向死亡。于是这投怀送抱的甜蜜被沉重的悲伤所替代，玛格丽特夫人马上上了床睡午觉，很快就进入梦乡。那晚的故事就讲到这里，玛格丽特夫人命令我回房间。

翌日，我接到她的电话，感觉她的声音似乎来自另一个世界，她邀请我在黄昏时参加一个为了以水之名举行的仪式。黄昏时分我听到布丁锅叮叮当当，玛丽亚的脚步声窸窸窣窣，我的担心被证实了：我将不得不陪她“守夜”。夜幕降临，她在楼梯口那里等着我。划入屋后，船倒进了第一间房间，我才发现我一直听到的是水发出的动静，这动静现在越来越大。屋子里面有一个橱柜（船掀起的涟漪推着橱柜的充气垫，柜里面的杯子和固定柜子在墙上的链子发出碰撞的声音）。房间的另一端放着个圆形的、类似橡皮艇一样的东西，中间摆着张桌子，扶手四周围了圈椅子：就像是个聋哑人的神秘聚会，当船从身边路过时他们几乎一动不动。我划桨时不小心碰到了卧室的门框，就在这时我眼前的景象豁然开朗：水从房顶降下，不停地落在底下的水面上，就像是水面上下着雨。四周的墙上——除了那些靠有家具的部分，大衣柜、床和梳妆台——都挂满了各式各样、五彩缤纷的喷壶；壶里的水来自一个形如土耳其水烟壶的巨大玻璃容器，像个灯一样被吊在天花板上；容器里伸出如花环上繁复枝条一样缠绕的细细橡皮管子，将水源源不断地补给给水壶。在这洞穴般的氛围里，我们划到床边；长长的玻璃床腿使得床离底下的水面有些距离。玛格丽特夫人脱下鞋子，叫我也照做；她爬上了大床，朝着床头靠着的那面墙，上面挂着一幅巨大的画，画中有一只长着胡子、用后肢站立的白色小羊。她抓住画框，画框随后便像一扇门一样打开了，后面是个浴室。踩在枕头上才能进入到里面，就像是踩着梯子似的。稍后她取出来了两个锅底粘着蜡烛的圆形布丁锅，并叫我将它们放到水面上。我上床的时候栽倒了，但我立马爬起来，起身时闻到了残留床单上的香水味道。我把她递给我的布丁锅逐个摆在床边的水面上，这时她突然对我说：“请您不要把它们摆成这样，像‘守夜’似的。”（这话让我知道玛丽亚之前说错了）一共有二十八盏锅。玛格丽特跪在床上，拿起放在床头柜上的电话听筒，命人把喷壶的水源掐掉。房间里顿时静如墓穴，我们点起放在床脚边的蜡烛，我小心翼翼生怕碍了她的事。快弄完时，她把火柴盒扔到锅里，我原地不动，她则起身去敲锣，锣放在另一个床头柜上。那个床头柜上也有个台灯，它是照亮整个屋子的唯一一盏。敲锣前一刻她却改变了想法，把小棍子放到台灯旁后，就去把墙上画着羊的那幅巨画合上。之后她在床头坐下，整理起枕头来，并且示意我去敲锣。这差事真费劲：她的肥腿占了好大的地方，我不得不顺着床边连滚带爬才能够着。我不知为何十分害怕掉进水里——虽然这水只有区区四十厘米深。敲了一声锣后，她就说可以了。退回到我原来待的地方——因为实在是没有地方转身，我不得不倒着爬回去——我看到夫人把头倚靠在画中小羊的脚下，集中精神等待着。那些个布丁锅一动不动，就像是风暴来临之前停靠在避风港的一艘艘小船。马达发动起来，水也随之颤动，此时玛格丽特夫人费了大力气坐起身，从床头挪到床尾。流水向我们袭来，布丁锅相互磕碰，当水流撞到最里侧的那面墙时被猛地打回来，急速地将布丁锅冲走。水流来了一拨又一拨，蜡烛一支支熄灭，吐出缕缕白烟。我看了玛格丽特夫人一眼，但是她好似早已知晓我的好奇心，早就用一只手挡在眼旁避开我的目光。那些布丁锅们在急流中迅速下沉，拥在走廊朝向院子的那个门口附近急速地打转。随着蜡烛熄灭，水中倒影越来越少，四周也暗淡下来。当这一切都似乎已经结束时，玛格丽特夫人一只手遮着眼睛，并且用那只胳膊撑着身子，用另一只手松开了卡在床边的一口布丁锅，盯着锅看，这口锅也像先前其他的锅一样，马上被水卷走了。过了几秒钟，她双手撑着身体，压着脚跟跪坐在床上，伸出头朝下看，而下巴和肥硕脖子上的肉则挤成了一片，神情专注好似一个丢了洋娃娃的小姑娘。马达的轰鸣声继续，而玛格丽特夫人的神情越来越失望。没等她指示，我就拽着系在床脚的绳子，把船拉了过来。刚上船松开绳子，湍急的流水让我有些措手不及。当被水流冲到走廊门口的时候，我朝身后看了一眼，发现玛格丽特夫人正紧紧盯着我，就好像我是那最后一口能传授给她某个秘密的布丁锅。在院子里，水流推着我绕着小岛转圈。我坐在椅子上，并不在乎水会把我带向何方。我回想着之前绕着小岛的来来回回，那个时候的玛格丽特夫人像是另外一个人。水流很急，我的思绪却慢慢悠悠，回顾人生时我突然觉得自己很是悲哀，像某个漫不经心、不知去向何处的旅行者，我命中注定在短暂的时光里只能看到人性的一面。这一回我甚至搞不清楚玛格丽特夫人为何唤我，为何讲给我她的故事但是却让我沉默以对。但是现在可以肯定的一点就是，我永远都猜不透这个女人。我转着圈，想着这些心事，直到他们把马达关闭，玛丽亚来找我要船去寻回那些也在绕着岛转圈的布丁锅。我和玛丽亚解释道玛格丽特夫人并没有举行所谓的“守夜”，今晚的一切纯粹因为夫人喜欢看着载着烛光的布丁锅在水中“失事”。除了这个，我不知道还有什么可以同她说的。

那夜晚些时候，玛格丽特夫人又给我打了电话。她一开始很紧张，没有了那声沙哑的动静，她继续她的故事，从她买下了这屋子，并且准备用水淹了它那段讲起。对喷水池来说，把池中水抽干并且用这片灰暗的土地取而代之，似乎有些残忍。最初，当他们种下第一批植物的时候，这池子好像对原来池中的水有些恋恋不舍，但是很快这里就变得郁郁葱葱，就像是一堆奇奇怪怪的预言般一瞬间冒出来。于是，玛格丽特夫人不断差人种下新的植物。她希望这水如恬谧梦境中的安宁寂静，如幸福的家人们之间的轻声细语（正因为如此，她告诉玛丽亚她耳朵听不见了，只用电话交流）。她还希望在水上踱步，如同悠闲的云彩；手里捧着书，如同无辜的鸟儿。但是她心中最期望的，是她能够懂水。她告诉我，很可能水只在乎自己是否能流淌并且一路给他人留下点拨；但是，直到生命的最后一刻我都相信，水里包含着从他方收集来的点滴。我不知道水会用何种方式将他人托付的思绪捎给我。无论如何，和水在一起我感到幸福，我试图去懂她，任何人都不能阻止我将自己的记忆存放在水中。

那天晚上，她一反常态，在告别时主动伸出手来。翌日我去厨房的时候，负责工程的那个家伙递给我一封信，我随口问了问他关于机器的事情。于是他跟我说：

——您看见我们多快就把那些喷壶搭起来了吗？

——看见了……效果好吗？（我掩饰着想要看那封信的急切心情）

——当然好了……机器运转良好，没出任何岔子。到晚上我把杠杆拉下去，壶就开始喷水，夫人在轻轻的水声中睡着了。第二天早上五点，我把杠杆拉上来，壶里水就停了，夫人就被这安静弄醒了；过几分钟我再去拉另外一个拉杆，水被晃动起来，夫人就起床了。

说到这儿，我向他示了意，然后就走了。信是这么写的——

亲爱的朋友：我在楼梯前看到您的第一天，您低着头看着地面，好像是在很担心那些台阶。我以为您是个害羞的人，但是您走起路来却是大步流星，根本不在乎步子大了鞋垫是否会露出来。我一眼就喜欢上了您，正因为如此我让您一直陪伴在我的身边。若不是如此，我会立即将我的故事向您和盘托出，而您也会在第二天离我而去，回到布宜诺斯艾利斯。我想，明天您可能就会这么做吧。

谢谢您的陪伴。关于给您的报酬，阿尔西德斯会帮我俩传信。再见了，也祝您找到幸福，我想您需要它。玛格丽特。

附：如果您想写下我讲给您的故事，您已得到我的首肯。只有一事相求，请您在结尾写上如下这句话：这，是玛格丽特献给何塞的故事。无论他依旧活着，还是早已逝去。

郑楠　译

荒岛（独幕嘲讽剧）

罗伯托·阿尔特

人物

领导

一号女职员

曼努埃尔

二号女职员

玛丽亚

三号女职员

一号男职员

西普里亚诺（黑白混血人）

二号男职员

经理

会计员

独幕

舞台

苍白的长方形办公室，整一侧都布满落地窗，将一片无尽的蔚蓝色的天空镶在窗户里。员工们在写字台前工作，他们坐成一排，仿佛刚入伍的士兵，身体前倾，靠向打字机。房间的中心和远处是领导的桌子，他埋伏在黑色的眼镜后，短发好似刷子上浓密的毛一般。现在是下午两点，一束极亮的光线压在这些可怜人身上，他们弯曲着身体，同时被这第十层的办公室里令人绝望的完美对称切割成一个个剪影。

领导：又一个错误，曼努埃尔。

曼努埃尔：先生？

领导：您又做错了，曼努埃尔。

曼努埃尔：我很抱歉，先生。

领导：我也一样。（走向众员工）改好它。（一分钟的沉默）

领导：玛丽亚。

玛丽亚：先生？

领导：您又做错了，玛丽亚。

玛丽亚（靠近领导的写字台）：我很抱歉，先生。

领导：只要想到我得把这个扔过来，我也觉得很抱歉。去修改吧。

一分钟的沉默又一次出现。在此时大船的烟囱经过，而且能听到拖轮的笛声和船嘶哑的汽笛声。

所有的员工都自动地挺直后背，望着窗户。

领导（气愤地）：看还有谁会继续犯错！（停顿）

一号男职员（由于焦虑发出低沉的吼声）：哦不！这不可能。（所有人都转向他）

领导（不怀好意的温和）：先生，什么不可能？

曼努埃尔：不可能在这儿工作了。

领导：不可能在这儿工作？为什么不可能？（慢慢地）椅子上有跳蚤吗？墨水里有蟑螂吗？

曼努埃尔（站起来并吼叫）：怎样才能不犯错！在这儿有可能不犯错吗？您回答我，在这儿工作有可能不犯错吗？

领导：别对我失了分寸，曼努埃尔。您的资历还不足以让您对我说出那种话。您为什么激动？

曼努埃尔：我没有激动，先生。（指着窗户）让我们犯错的罪魁祸首是那些该死的船。

领导（惊讶地）：船？（停顿）那些船怎么了？

曼努埃尔：是的，就是那些船。它们进进出出，尖叫声钻进我们的耳朵，船开进了我们的眼睛，烟囱从我们的鼻子下经过。（瘫倒在椅子上）我不能再工作了。

会计员：堂·曼努埃尔说的有理。以前我们在地下室工作的时候就从不会犯错。

玛丽亚：是啊，我们从来没有犯过错。

一号女职员：那是七年前了。

一号男职员：已经过了七年了？

二号男职员：显然是有了。

会计员：领导，我认为，这些来来回回的大船，对账目计算有害。

领导：诸位都这么想？

曼努埃尔：我们所有人都这么想。难道我们不都是这样想的吗？

玛丽亚：我从来都没上过船，不过我是这样想的。

所有人：我们也都是这么想的。

二号女职员：领导，您上过船吗？

领导：一个办公室的领导为什么要上船？

玛丽亚：大家看到了吗？在这儿工作的人都没上过船。

二号女职员：没人曾经旅行过，这听起来就像假的。

二号男职员：您为什么没去旅行？

二号女职员：我是在等着结婚……

会计员：旅行这事，我从来都不缺愿望。

二号男职员：我也是。旅行就是享受。

三号女职员：我们在这四面墙里就好像是在监狱里。

曼努埃尔：我们怎么会不犯错。我们在这儿算啊算，窗外经过的就只有驶向其他陆地的船，（停顿）我们从没见过的其他陆地。当我们还年轻的时候，都考虑过旅行。

领导（气愤地）：够了！别再聊天了！工作！

曼努埃尔：我不能工作了。

领导：不能？您为什么不能工作，堂·曼努埃尔？

曼努埃尔：不，我不能。那港口让我忧愁。

领导：让您忧愁。（嘲讽地）原来这让您忧愁。（压着怒火）继续，继续您的工作。

曼努埃尔：我不能。

领导：我们来看看总经理怎么说。（气急败坏地离开）

曼努埃尔：四十年的办公室生涯。逝去的青春。

玛丽亚：四十年！那么现在……

曼努埃尔：诸位为何想跟我说这些？

三号女职员：现在他们会把您赶走……

曼努埃尔：我不在意！四十年的“必须”和“一定”，还有“柜台”和“账目”，还有“亏损”和“盈利”。

二号女职员：您想要一片阿司匹林吗，堂·曼努埃尔？

曼努埃尔：谢谢您，小姐。这不是阿司匹林能摆平的。我年轻的时候就明白，将来我会受不了这样的人生。大船……召唤着我去冒险。以前我想成为一个森林保卫员，或者去看守灯塔……

会计员：想想一个人无所不能。

曼努埃尔：真是到了这样的地步……

会计员：但是必须得承认，我们在地下室的时候感觉好多了。糟糕的就是在地下工作一定得用电灯。

玛丽亚：如果没有电灯您要点什么来工作呢？

一号男职员：在那儿人们如此安静，就好像是在墓穴深处。

会计员：没错，那里就像个墓穴。好几次我对自己说：“就算是太阳下山了，我们在这里也感觉不到……”

曼努埃尔：突然间，我们冷不丁地被弄出了地下室然后被塞到这里，迎着强烈的光。为什么我们需要这么亮的光？你能告诉我为什么我们需要这么亮的光吗？

会计员：坦白说，我不知道……

二号女职员：领导必须用黑色的镜片……

二号男职员：在地下我都看不见东西了……

一号男职员：没错，但是我们好像在海底一般宁静。

会计员：我从地下带来了风湿。

低级职员西普里亚诺进来了，他身着桂皮色的制服，拿着一杯冰水。西普里亚诺是黑白混血人，单纯又复杂，优雅又野蛮。现在他的声音带着说服别人的语气。

黑白混血人：领导呢？

二号女职员：他不在。您没看到他不在吗？

三号女职员：他去经理室了……

黑白混血人（顺着窗户看）：今天进港的是“阿斯托利亚号”！我在蒙特维的亚造的船。

二号女职员（来到窗边）：看它的烟囱多大啊！

黑白混血人：它的排水量是四万三千吨……

一号男职员：现在乘客们下来了……

曼努埃尔：我们都想上船去。

黑白混血人：想想吧，我几乎登上过在全世界各码头跑的所有的船。

二号男职员：报纸上经常说这些船的事……

黑白混血人：我了解船体的吃水深度，这些船是在哪些造船厂造的，它们是哪天下水的。我，至少配做一个航海工程师。

二号男职员：你，航海工程师……你可别让我笑破了肚子。

黑白混血人：或者至少是个三桅船的船长。我曾经是见习水手、洗碗工、水手、帆船厨师、双桅帆机械师、舢板舵手和客轮水手长……

二号男职员：你去过哪些地方？行船是沿着蒂格雷线还是宪法线？

黑白混血人（不看打断自己说话的人）：我从七岁开始就周游世界，我发誓在我的一生中从来没见过自己身处如此微不足道的人群中，就跟有几次我必须得打交道的人一样微不足道……

玛丽亚（向一号女职员）：真是个明白人……

黑白混血人：我了解印度洋、加勒比海、波罗的海……我甚至都了解北冰洋。那些海豹躺在冰面上，看着你就好像看着无聊的女人，一动不动……

二号男职员：嘿，在那儿您就必须得做一个强壮的野蛮人！

二号女职员：说吧，西普里亚诺，继续说。不要管他。

黑白混血人（没有转身）：如果月亮去理会那些狂叫的狗，那它就错了。我曾经坐着舢板横渡恒河。诸位真该看看追着我们的那些鳄鱼啊……

玛丽亚：西普里亚诺，您可不要夸张。

黑白混血人：我向您发誓，小姐。

二号男职员：这家伙肯定没去过圣·费尔南多。

黑白混血人（暴躁地）：没有人把我当成谎话精，知道么？（暴怒的他脱下外套，然后脱下衬衫，露出了一件红色T恤，然后他继续脱。）

一号女职员：西普里亚诺，您要干什么？

二号女职员：您疯了吗？

三号女职员：当心啊，领导会进来。

黑白混血人：看，来看这些文身。你们说这些是不是蒂格雷线或者是宪法线那里的文身。你们看……

二号女职员：披着兽皮的女人！

黑白混血人：这个文身是在马达加斯加做的，他们用了鲨鱼的刺来文。

二号男职员：差劲的刺！

黑白混血人：你们看我肚脐上的玫瑰，看看这娇嫩的花瓣啊。这是澳大利亚土著的作品。

二号男职员：这难道不是贴上去的花样？

二号女职员：这怎么会是花样贴纸！这是个货真价实的文身。

黑白混血人：我向您保证，小姐，如果您见到我不穿裤子的样子，您会吓着的……

所有人：噢……啊！

黑白混血人（强调地）：不穿裤子的我是非同凡响的。

一号女职员：我想，您不会想脱的。

黑白混血人：为什么不会？

三号女职员：不，您可不要脱。

黑白混血人：我可不会因此而一丝不挂。大家来看我腿上的文身。

一号女职员：如果现在有人进来……

三号女职员：关门。（走到门边）

黑白混血人（脱下长裤后剩下一条带着白色斑点的红色短裤）：看看这些图案，这都是最纯正的马来西亚风格。各位觉得这个猴子剥香蕉皮的怎么样？（响起“噢”“啊”的窃窃私语声）无论如何我都配做个一岛之主。（拿起一张纸，扯成条状，然后围在自己的腰间）那些岛上的野人就是这样穿的。

一号女职员：那里的女人们也文身吗？

黑白混血人：当然。这文身啊！就好像让死人复活。

二号女职员：文身疼吗？

黑白混血人：不是很疼……文身的巫师首先会把人放在一棵树下……

二号女职员：天哪，好可怕。

黑白混血人：一点儿也不可怕。巫师抚摸着你，直到将你的皮肤催眠。这样人们就感觉不到一点疼。

一号男职员：这是当然……

黑白混血人：树下总是有好多男男女女在文身。最后人们都不知道自己是个人、一只老虎、一片云还是一条龙。

所有人：噢！谁会说这种话！确实像是谎言！

黑白混血人（用纸做了个王冠并戴上）：巫师们戴着这样的王冠，没有人能伤害他们。

一号女职员：这真是令人称奇。

二号女职员：旅行能学到很多事……

黑白混血人：那里没有法官，没有收税的，没有离婚，没有广场保安。每个男人都选自己喜欢的女人，每个女人也选自己喜欢的男人。所有人都赤身裸体地在鲜花丛里生活，脖子上挂着玫瑰花环成的项链，脚踝也装饰着鲜花。他们吃洋玉兰花沙拉，喝紫罗兰汤。

所有人：欸，欸……

二号女职员：欸！西普里亚诺，我们可不是小孩子了！

黑白混血人：我发誓，他们都吃洋玉兰花沙拉。

所有人：不可能。

黑白混血人：是真的。

二号混血儿：好多……好多……

黑白混血人：我说的是真的。而且树上满满地结着各种水果。

曼努埃尔：那些果子和集市上卖的不一样。

黑白混血人：那里都不卖。水果自由地挂在枝头，谁想吃，就吃；谁不想吃，就不吃……到了晚上，在那些大树中间，人们燃起篝火，然后男女之间就会做最自然的男女之事。

一号女职员：什么地方，那是什么地方？

黑白混血人：我觉得那样自由的生活方式是很健康的。第二天人们充满干劲地在稻田里干活，如果有人口渴（拿起水杯喝了起来）就砸开一只椰子，品尝它那美味而清凉的汁液。

曼努埃尔（狠命地将书摔到地上）：够了！

黑白混血人：什么够了？

二号女职员：您要去哪儿，堂·曼努埃尔？

曼努埃尔：去尽情奔跑，去享受生活。够了，办公室。够了，机器。够了，数字。够了，闹钟。够了，忍耐另一个浑蛋真的够了（指着领导的桌子）。

（停顿，所有人困惑）

一号男职员：另一个人是谁？

所有人：是谁？

曼努埃尔（困惑地）：另一个……另一个……另一个……是我。

三号女职员：是您！堂·曼努埃尔！

曼努埃尔：是的，是我。二十年前开始我就把流言蜚语转达给领导听。这么长的时间以来，这个秘密让我苦不堪言。但是当时我们在地下室工作，在那儿工作很多事情都感觉不到。

所有人：噢！……

一号男职员：这和地下室有什么关系？

曼努埃尔：我不知道。在那里感受不到生活，人们就好像是在水泥内部的一条孤独的蚯蚓。随着时间流逝，人们不知道何时是白天，何时是夜晚。神秘。（带着绝望）然而突然有一天他们带我们来到了第十层，天空、白云、远洋轮船的烟囱进入了我们的眼帘。但是在以前，天空存在吗？在以前，轮船存在吗？白云存在吗？为什么人们不旅行？因为恐惧，因为胆怯。大家看看我，身体衰老，体弱多病。我四十年的会计和告密生活有什么意义呢？

黑白混血人（强调地）：你们看看他高贵的内心吧，看看他认真的话吧，看看他单纯的愿望吧。惭愧吧，记录员们，流下墨水的眼泪吧。你们都会像令人作呕的老鼠一样，在这些该死的记录本中腐烂。有一天你们会遇见前来为你们作临终涂油礼的神父。当他在你的脚掌涂橄榄油的时候，你们会自言自语：我这一生做过什么事？把会计工作神化。野兽。

曼努埃尔：我想要在生命仅剩的一点儿岁月里住到一个荒岛上去。把我的茅舍建在椰枣树的影子里，不去想时间安排。

一号男职员：我们一起去，堂·曼努埃尔。

玛丽亚：我也去，不过为了实现这个愿望我必须把这些日子的工资拿到手，那是11729号法律规定的。

二号男职员：为了11729号法律能维护我们的权利，他们得把我们赶出去。

黑白混血人：诸位要好好利用你们的年轻。想想当有人向你的脚底涂橄榄油的时候就为时已晚了。

玛丽亚：可惜的是我得抛弃我的男朋友了。

二号男职员：你为什么不把他保存在泡菜罐里呢?

二号女职员：闭嘴吧，讨厌鬼。

黑白混血人：先生、小姐们，我们认真地来梳理一下。当堂·曼努埃尔承认自己爱说闲话时，一个全新的黎明仿佛向人类靠近。我们每个人都望着他，并说道："这里有一位诚实的男人；这里有一位忠实正直的男人；这里是一尊富有公民美德的雕塑。"（严肃地）堂·曼努埃尔，您已经不是堂·曼努埃尔了，您已经成了航海家辛巴达。

三号女职员：真是美妙！

曼努埃尔：现在，我们需要找一个荒岛。

会计员：现在还有荒岛吗？

黑白混血人：没错，有的，当然有。巨大的岛屿，上面有面包树，有香蕉，有五颜六色的鸟，有永不落的太阳。

二号男职员：那我们？

黑白混血人：什么我们？

二号女职员：当然了，我们还待在这里吗？

黑白混血人：大家也一起来。

所有人：这样……大家一起走。

黑白混血人：啊……我来告诉大家珊瑚沙滩的事。

一号女职员：说吧，西普里亚诺，说吧。

黑白混血人：小溪在荆棘丛中歌唱，也有黑色的溪水，它们在夜晚敲鼓。就是这样。

黑白混血人取下打字机的盖子，开始打着远古祖先的节奏，同时他像猴子般摇摆身体。随着节奏的指挥，所有人都逐渐进入了舞蹈。

黑白混血人（一边打鼓）：还有漂亮的裸女，从脚赤裸到头，戴着花环，她们吃洋玉兰花沙拉。还有英俊的裸男，他们在树下起舞，就好像现在在这儿跳着舞的我们……

香蕉树的叶子，
从绿色慢慢成熟，
谁穿着年轻人的衣服，
就有稳当的生活。

随着黑白混血人的话，大家越跳越起劲，老员工、男职员们和女职员们绕着桌子转，这就好像一个魔鬼做着手势，鼓声响起，黑色的罪人在说话。

起舞，起舞，在长满水果的树下。那香味……

所有男人都歇斯底里地开始脱外套，脱背心，解领带；女人们撩起裙子，扔了鞋子。黑白混血人疯狂地敲着打字机的盖子。这是伦巴的节奏。

香蕉树的叶子……

……

领导（突然和经理一起进来，发出雷鸣般的声音）：这里发生了什么？

玛丽亚（抖动了几下后）：先生……这该死的窗户和码头……大船……这些该死的船……

二号女职员：还有这个黑家伙。

经理：噢……我明白了……明白了。（向领导）让所有人都滚。叫人来给窗户装上不透明的玻璃。

谢幕。

张欣宜　译

罗伯托·阿尔特（Roberto Arlt，1900—1942），20世纪上半叶最重要的阿根廷作家之一，著有《七个疯子》等长篇小说和剧作《三亿》等。

脑膜炎及其影子

奥拉西奥·基罗加

我无法从惊讶中回过神来。富内斯的那封信，以及后来那位医生所说的，都是些什么鬼话？坦白地说，所有这些话，我一句也听不明白。

事情是这样的。四个钟头前，也就是在早晨七点钟时，我收到富内斯的一封请柬，内容如下：

尊敬的朋友：

若无不便，今晚务请移尊舍下。如有时间，我将先行趋府拜望。顺致亲切问候！

路易斯·玛丽亚·富内斯

这使我开始感到奇怪。据我所知，若没有重大原因，没有人会在早晨七点钟请人夜里去赴一次费人猜测的约会。富内斯要我去干什么呢？我和他只是泛泛之交，他的家我也只去过一次。他倒是确实有两个十分标致的妹妹。

所以，我极想了解富内斯其人。一小时过后，就在我出门的时候，阿耶斯塔赖因医生来了，他也是我上国立学校时的同学。总之，我和他的关系，跟与富内斯的关系同样疏远。

此君对我谈了些无关紧要的话，最后才说：

“听我说，杜兰，您一定很明白，我这时候来见您，绝不是来跟您说废话的，您说对不对？”

“看来是对的。”我只好这么回答他。

“明白了。既然如此，请允许我问个问题，只问一个。但有冒失之处，我将马上加以解释。您允许吗？”

“请便。”我坦然回答他，虽然我同时显得很警惕。

这时，阿耶斯塔赖因微笑着（如同他们那种人之间的相互微笑）问了我这么一个荒唐的问题：

“您对玛丽亚·埃尔维拉·富内斯有某种爱慕之情吗？”

哈哈！这才说到了关键问题！玛丽亚·埃尔维拉·富内斯是路易斯·玛丽亚·富内斯的妹妹，一切都出在玛丽亚身上！可是，我几乎不认识这个女子呀！ 因此毫不奇怪，我就像看一个疯子那样，看着这个医生。

“玛丽亚·埃尔维拉·富内斯？”我重复说，“丝毫没有爱慕之情。我几乎不认识她。而现在……”

“不，请允许我说下去。”他打断我的话，我向您保证，是一件相当严肃的事……您能不能坦率告诉我，你们两人之间有什么瓜葛吗？”

“您真是疯了！”我终于对他说，“什么瓜葛也没有，绝对没有！我差不多不认识她，我再次对您说，我不相信她会记得见过我。我跟她只说过一分钟，至多三分钟话，而且是在她家里，仅此而已。所以，我第十次对你说，我对她绝没有特殊的爱慕之心。”

“奇怪，太奇怪了……”此君喃喃低语，目不转睛地盯着我。

我开始讨厌这位医生了，尽管他很杰出（他确是如此），却闯进了与阿司匹林毫不相干的领域。

“我认为，现在我有权……”

可是，他又打断了我的话：

“对，您充分有权……您愿意等到今天晚上吗？也许三言两语您就能明白事情的全部，绝不是开玩笑……我们谈到的这位女子病得很重，都快死了……您明白点儿了吗？”他直盯着我的眼睛说完这句话。

我也盯着他看了一会儿。

“我一点儿也不明白。”我回答他。

“我也不明白。”他耸耸肩膀说，“所以我才对您说，这是件很严肃的事……今天晚上我们终究会知道点儿什么。您去吗？您是推不掉的。”

“我去。”我对他说，这次轮到我耸耸肩膀。

就因为这件事，我一整天都像个傻子那样问自己，富内斯的妹妹几乎不认识我，我也差不多不认识她，她生重病跟我能有什么关系。

我从富内斯家回来了。这是我生平所遇到的最出奇的一件事。轮回转生、招魂术、心灵感应，还有精神世界的其他荒唐事，比起这件将我牵扯进去的荒唐事来，都不算什么了。这是一桩小事，却让人发疯。请看事实。

我到了富内斯家，路易斯·玛丽亚带我到书房。我们都尽力像两个傻子那样说些不着边际的话——因为我们心里都明白，就这么着回避对方的目光。阿耶斯塔赖因终于进来了，路易斯·玛丽亚随即出去，出去时在桌上给我留下一包香烟，因为我带的烟已经抽完。于是，我的老同学便扼要地对我讲了如下的事：

“四五天前的夜里，玛丽亚·埃尔维拉在家会客之后感到不舒服（据她母亲的说法，问题出在当天下午她用很凉的水洗澡）。当天夜里她确实太累了，头疼得厉害。第二天早上，她的病加重，她发烧了。这天夜间，由一切症状看，她患了脑膜炎。尤其是谵妄的症状，不仅明显，而且持续的时间长。同时，病人感到痛苦、焦虑，无法平息。据说，她说胡话所反映的心理活动，从第一夜起就围绕着一件事，只是一件事，可是这件事耗费着她的全部生命。她在一种摆脱不了的烦恼中（阿耶斯塔赖因继续说），在单一的一种摆脱不了的烦恼中发烧到四十一摄氏度。病人不停地盯着房门，可是谁也不叫。她精神紧张，由于这种使她致命的无言焦虑而愈见衰弱，昨天起我和我的同事就想缓解这种症状……

“不能再这样下去了。您知道（他最后说），她在昏睡中叫的是谁的名字？”

“不知道……”我回答，同时觉得我的心突然改变了节律。

“叫的是您。”他对我说，同时向我要火点香烟。

我心里十分明白，我们沉默了片刻。

“您还不明白吗？”他终于说。

“我一点儿也不明白……”我茫然地喃喃低语，茫然得可能像个年轻人，在剧院出口处看见一流的女演员在半明不暗的汽车里，正为他打开车门……可是，我已经快三十岁了，便问医生，这种情况应当作何解释。

“解释？没有。没有丝毫可以解释的。这件事您还想知道什么？嗯，好吧……如果您一定要一种解释，那就请设想一下，在一片土地上，跟在任何地方一样，有一百万粒、两百万粒不同的种子，发生了地震，它像恶魔那样翻动那一整片土地，弄碎其余的东西，却有一粒种子（任何一粒）——不管是天上落下的还是在地底下的——发出芽来，长成一株挺秀的植物……您觉得这种解释够吗？我恐怕再多一句话都不能对您说了。您几乎不认识她，病人也差不多对您没有更多的认识，为什么恰好是您成为她神志不清的脑子里特别关注的种子呢？这一点您要知道什么呢？”

“无疑……”我看着他那始终充满疑问的目光答道。看到自己先是成为她脑海里胡思乱想的没来由的主体，然后又成为她的治疗剂，我不禁感到浑身发冷。

这时路易斯·玛丽亚进来了。

“家母请您去。”他对医生说，同时对我转过身来，面带勉强的微笑说：

“阿耶斯塔赖因把发生的事情告诉您了吗？……要是别人，这件事准会让人气疯的……”

这个别人，该有一个说法。富内斯一家，尤其是这个开始使我成为如此可笑的一部分的家庭，非常骄傲。我料想，这是由于有显赫的祖辈，也由于他们广有财富——我觉得这一点更加可能。正因如此，他们对美丽幼女的爱情幻想不是缠住随便哪个没有社会地位的人，而是寄托于我卡洛斯·杜兰工程师身上，勉强感到满意。因此，这位年轻的富贵中人对我优礼有加，我打心里感谢他。

“真是罕见……”路易斯·玛丽亚又开始说，同时不高兴地把桌上的火柴挪来挪去。过了片刻，他脸上又堆起勉强的微笑：

“陪我们一会儿，您没有什么不便吧？您都知道了，对吗？我想，是阿耶斯塔赖因回来了。”

果然这位老兄进来了。

“她又发作了……”他摇摇头，只看着路易斯·玛丽亚。这时，路易斯·玛丽亚面带当夜第三次强装的微笑，转身对我说：

“我们去看看，您愿意吗？”

“很愿意。”我对他说。我们便去了。

医生悄声地进去，路易斯·玛丽亚跟在他后面，最后进去的是我，我们都保持一些间隔。首先使我反感的是卧室里光线昏暗，尽管早该料到这种情况。路易斯·玛丽亚的母亲和另一个妹妹站在那儿，目不转睛地盯着我，同时对我的点头致意只是怯怯地点头作答，我认为我不应该走上前去。我觉得她们两人都很高。我看了看床上，看见冰袋下边有两只睁大的眼睛在看我。我看了看医生，心里犹豫不决，但是他对我使了一个难以觉察的眼色，我便走近那张床。

我跟所有的男人一样，在慢慢走近那双使我们相爱的眼睛时，对这双眼睛有了某种印象。我走近时，这双眼睛的目光渐渐充满幸福感，当我向这双眼睛俯下身去时，它们便发出炯炯的闪光——这在三十七摄氏度体温的正常人的爱情中，是永远也看不到的。

她结结巴巴说了几句话，但是由于嘴唇发干，说话十分困难，我什么也没听清。我认为，我准是像个傻子那样微笑着（但愿他们能告诉我，我该怎么办），那时她向我伸出手臂。她的意图很明确，是要我拉住她的手。

"请这儿坐。"她低声说。

路易斯·玛丽亚把椅子挪到床前，我坐下了。

你们看，有哪个人处于比现在这种更加奇怪和荒唐的境地。

我坐在最前边，因为我已经成为主角，握着一只发烧的和完全由于误会的爱情而发烫的手。医生站在对面。路易斯·玛丽亚坐在床尾。他的母亲和妹妹坐在后边，靠在椅背上。他们都没有说话，皱紧眉头看着我们。

要怎么办？要说什么？这个问题大家都需要考虑一下。至于病人，不时把目光从我身上移开，十分不安地逐个扫视在场的人的脸，她认不得他们，便又把视线投在我身上，流露出无比的幸福。

我们这样持续了多久？我不知道。也许有半小时，也许更长时间。我一度想把手抽回，可是病人却把我的手握得更紧了。

“还不要……”她低声说，同时想把头摆得更舒服些。大家走上前，拉了拉床单，把冰换过，她的眼睛再次坚定不移地盯着幸福。不过，她时而又把眼睛不安地移开，去扫视那些陌生的脸。有两三次，我特地看了看医生，医生却低下眼睑，示意我等着。最后证明他是对的，因为睡意似乎突然降临，病人闭上眼睛，很快就入睡了。

除了那另一个妹妹，大家都走出卧室，她坐到我坐过的那张椅子上。要说点儿什么很不容易——至少我是如此。

那位母亲终于悲伤而勉强地微笑着对我说：

“有更可怕的事儿吗，没有吧？真叫人难过！”

可怕啊，太可怕了！他们觉得可怕的不是那种病，而是那种处境。我已经看出，他们一家对我十分客气周到。首先是哥哥，其次是母亲……阿耶斯塔赖因离开我们片刻，回来时对病人的状况十分满意，她睡着了，睡得从未见过的那么安静。母亲看着另一边，我看着医生：我大概可以走了，当然可以，我就告辞了。

我睡得很不好，做了许多梦，梦中尽是与我平日生活毫无关系的事。睡眠不好的过错在于富内斯一家，其中有路易斯·玛丽亚、母亲、妹妹、医生以及他们的旁系亲戚。因为，如果把当时境况很具体地说说，那就是：

有个十九岁的姑娘，无疑长得很美，她几乎不认识我，我对她也完全无动于衷。这个姑娘就是玛丽亚·埃尔维拉。另外，有个年轻家伙（要是需要，他也是个工程师），他不记得曾经连续两次想到过那位有关的姑娘。所有这一切都是合情合理的、可以理解的和正常的。

可是，这位漂亮的姑娘正好病了，得的是脑膜炎或与之类似的病，在发烧的谵妄中，仅仅而且特别是在谵妄中受到爱情的折磨。她爱的是一个表兄弟，是一个他们朋友的兄弟，是一个她很熟悉的上流社会的年轻人吗？都不是，先生，她爱上了我。

这不是太愚蠢了吗？于是，我决定要把这个想法告知这个神圣家庭第一个来我家的人。

当然，当然！不出所料，那天中午阿耶斯塔赖因来访。我不禁向他问起病人及其脑膜炎的情况。

“是脑膜炎吗？”他对我说，“天晓得是不是！起初很像，昨晚也像……今天我们已经觉得，恐怕不是那么回事儿。”

“不过，”我提出不同看法，“毕竟是一种脑子的毛病……”

“还有脊椎，显然有……一点儿小损伤，谁知道伤在哪儿……您也懂点儿医学？”

“略知皮毛……”

“好吧，她有弛张热，我们不知道这病是怎么得的……这是一种会飞速向死亡发展的病症……现在她的热度在下降，像钟表一样，每秒钟都有发展……”

“那么，谵妄的症状一直存在吗？”我着重问道。

“当然！所有的症状都存在……对了，今天晚上我们等您。”

现在又轮到我按我的方式行医了。我对他说，前一天晚上，我这个特殊物质已经发挥了它的治疗作用，不想再去了。

阿耶斯塔赖因盯着我说：

“为什么？您出什么事啦？”

“没事，然而我真的认为没有必要去那儿……请告诉我：您认为这是一种丢人现眼的可笑境况，对不对？”

“不是这么回事儿……”

“是的，就是这么回事儿，我扮演的是个愚蠢的角色……您不明白就怪了！”

“我明白得很……不过，我觉得您这么说，好像是（您别生气）自尊心的问题。”

“说得太妙了！”我跳了起来，“自尊心！你们怎么没想到别的事！像个傻子那样坐在她眉头紧锁的全体亲人面前，让她整夜握住我的手，你们竟认为这是什么自尊心问题。你们自己对付去吧，我有别的事要办。”

看来，阿耶斯塔赖因明白我前面说的是实话，因为他不再坚持，直到辞别都没有再提及这件事。

这件事一切都很顺当。不十分顺当的是，十分钟前我刚刚收到医生的一封短简，其内容如下：

杜兰友：

您虽有一肚子怨气，今天晚上我们仍然需要您，请再当一次氯醛、巴比妥，这种催眠药会使她的神经少受刺激，务请光临。

我刚说过，糟糕的是上述这封短信。我是有理由的，因为从今天早上起，我就一直在等这封信……

连续七夜（从十一时到凌晨一时，是病人热度下降和谵妄症状减轻的时候），我一直守在玛丽亚·埃尔维拉·富内斯床边，我们挨得很近，好像真是一对恋人。她像头一夜那样，有时把手伸给我，有时又忧心忡忡地看着我，一字一字地呼唤我的名字。我确实知道，她在这种状态下深深地爱我。然而，我并不是不知道，她在神志清醒时，无论是现在还是将来，对我的存在都丝毫不会关心。这只能认为是一个罕见的心理病例，小说家也许能从中得到某种好处。至于我，只能说，这种双重的感情生活，强有力地打动了我的心。情况是这样的：也许我还没有说过，玛丽亚·埃尔维拉有一双世上最动人的眼睛。不错，头一夜我从她的眼神中，仅仅看到自己作为无害药物所起的可笑的反应。第二夜，我感到自己并非真正不起作用。第三夜，我没费什么事就觉得自己是个幸运者，而原先只是假装如是；而且，从此以后，因发烧而形成的这种活生生的如梦似幻的爱情，把她的心和我的心联结在一起了。

怎么办？我十分明白，整个这段爱情是短暂的；到了白天，她就不知道我是谁了；而我自己，见到她病体康复时，也许就不爱她了。但是，这些爱的梦想，虽然是在发烧四十摄氏度的症状下持续两小时，在白天却使我感到心满意足；我十分担心，世上是否有那么个女子，我在大白天爱上了，晚上也不会使我的爱情化为镜花水月……我爱的只是一个影子，我却痛苦地想到，有朝一日阿耶斯塔赖因会认为他的病人已脱离危险，因而不再需要我了。

对于热恋中的人（不管爱的是不是影子）来说，即使完全是出于热切的同情而做出这样的诊断，这也是冷酷无情的。

阿耶斯塔赖因刚刚出去。他对我说过，病人在继续见好，但愿他判断完全错误，不然这几天里总有一天我就用不着到玛丽亚·埃尔维拉跟前去了。

“是的，老同学，”他对我说，“您不用可笑地去守夜，不用进行精神恋爱，也不用皱眉头了……记住啦？”

我脸上大概没有显出十分高兴的神色，因为狡黠的医生哈哈大笑起来，接着说道：

“我们要换个方式给您补偿……这半个月来，富内斯一家过的是提心吊胆的日子，忘了许多事情，特别是忘了关于您的事儿，恐怕也是不奇怪的……咱们今天马上上他们家去吃晚饭。顺便说说，要是没有您这么个好心人和前一段日子所发生的爱情，我还真不知道这件事怎么了结……您说呢？”

“我说，”我回答他，“对于富内斯一家邀请我吃饭的盛情，我差不多正在考虑谢绝。”

阿耶斯塔赖因放声大笑起来。

“别逗我了！……我对您再说一遍，他们那时候真是无所适从……”

“可是，他们只是为了给小姐找到鸦片、吗啡之类的镇静剂，对不对？为了这一点，他们才没有忘记我！”

我的老同学正色地仔细看着我说：

“老同学，您知道我在想什么？”

“讲吧。”

“您可是世上最幸福的人了。”

“我，幸福？”

“或者说是最走运的人。现在明白了吧？”

说完他一直看着我。“咳！”我心里想，“或者说我是个傻子——这是最有可能的事；或者说，这个医生值得我拥抱，直到把他口袋里的体温计挤碎为止。这个不怀好意的家伙所知道的事，比表面看起来的要多，也许，也许……不过，我还是当个傻子更稳妥。”

“幸福？……”然而我又说，“是由于您用您的脑膜炎所制造出来的那种荒唐的爱情吗？”

阿耶斯塔赖因又盯着我看，不过，这次我却从眼里看出一丝模模糊糊的苦涩。

“就算是这么回事吧，你这个最了不起的傻子……”他低声说着，便挽起我的手臂出门。

在路上（我们去过阿吉拉酒店，去饮苦艾酒），他十分坦率地向我解释了三件事：第一件，由于病人在谵妄状态中极度激动，又十分虚弱，我守在她身边是绝对必要的；第二件，富内斯一家一下子就认准了，尽管这么做有偷偷摸摸之嫌，不很合适，但他们看得很清楚，这种爱情太不自然了；第三件，富内斯一家坦诚相信我的教养，是要让我知道（十分清楚地知道），我来到病人面前以及病人面对着我所具有的治疗意义。

“尤其是最后一件，是吗？”我像是发表评论似的补充说，“这一席谈话的目的无非是：我永远不要认为，玛丽亚·埃尔维拉对我会有一丝一毫真正的倾心。是这个意思吧？”

“当然！” 医生耸耸肩膀，“您要是处于他们的地位……”

这个好人说得有理。因为，唯一可能的是她……

昨天晚上我在富内斯家吃晚饭，这顿晚饭吃得很不愉快，虽然至少路易斯·玛丽亚待我十分诚恳。我想说，他母亲待我也一样，可是，尽管她极力要让我吃得愉快，显然她只不过把我看作是她女儿有时万分喜爱的外人而已。她心存疑忌，我们不应该责怪她。此外，她和她女儿还要轮流去看护病人。病人今天平平安安过了一天，十五天来她第一次过得这么好。晚上她的热度没有大幅度上升。应阿耶斯塔赖因之请，我一直待到午夜一点钟，虽然如此，我却没能看上病人一眼就回家了。明白吗？整整一天没有见到她！唉！要是上帝赐福，今天夜里她该发烧到四十摄氏度，八十摄氏度，一百二十摄氏度，发烧到随便多少度……

果然如此！好人阿耶斯塔赖因写来了这么一行字：

“又发谵妄。请即来。”

无论多么谨慎的人，上述一切情况就足以使之失去理智。现在请看事实：

昨夜，当我进卧室时，玛丽亚·埃尔维拉又像第一次那样把手臂伸给我。她左面颊朝下很舒服地躺着，两眼盯着我。我不知道她的眼睛在向我说什么，可能是要把她沉浸在无限幸福中的生命和心灵，全部交给我。她的嘴在对我说些什么，我不得不俯身去听。

“我很幸福。”她说着笑了。

过了片刻，她的眼睛又在叫我，我又俯下身去。

“以后……”她吃力地低声说，同时慢慢闭上眼睛。我认为，她的脑海里有一个念头一闪即逝。但是，她眼睛里又充满了那种光——那种使目光在幸福的闪光中显得迷惘的呆滞的光。这次我听得很清楚，清清楚楚听见她当着我的面问我：

“等我病好了，也不再说胡话了……你还喜欢我吗？”

真是正中下怀的疯话！以后！等我不再说胡话了！要么是房子里的人都疯了，要么是我自己内心深处对以后有过不间断的思虑，因而从心里发出了回响。她怎么可能说这种话呢？她是否患过脑膜炎？她是否说过胡话？过一会儿我的玛丽亚·埃尔维拉……

我不知道我都回答了什么，我料想，不管我说了什么，她家的人如果听见了，都会全家震惊。幸而我只是低声回答了几句，她也只是微笑着低声说了几句……就进入了梦乡。

回到家里，我觉得自己心潮起伏，一时冲动得狂蹦乱跳，还发出幸福的呼喊。我们之中有谁能发誓说不曾有过同感呢？为了弄个明白，事情应该这样提出：这个谵妄中的病人由于某种心理失常，仅仅在谵妄中爱上某君，这是一个方面。另一方面，不幸的是这位某君没有尽力使自己仅仅局限于起药物作用。这个病人在身患脑膜炎和神志不清（确凿的神志不清）的状况下，低声对我们的朋友说：

“等我不再说胡话了……你还爱我吗？”

这种情况，我把它叫作一个微不足道的疯癫病例，这是明确无误的。昨夜回到家里，我一度以为已经找到了答案，这个答案可能是：玛丽亚·埃尔维拉在发烧时幻想自己是清醒的。谁在梦中会认为自己是在做梦呢？显然，没有比这种解释更简单的了。

可是，在这虚假的爱情场景中看到两只大大的眼睛时，我们充满了幸福感，那两只眼睛也充满了不可能是骗人的爱情；当这双眼睛冷漠而又惊奇地扫过家人的脸，最终怀着欣喜若狂的幸福感落到你身上时，尽管她处于谵妄状态中，处于没完没了的谵妄状态中，你就有权通宵渴望那份爱情——或者我们说得更明确些，那就是：渴望玛丽亚·埃尔维拉·富内斯的那份爱情。

做梦，做梦，做梦！过去两个月了，有时我觉得还在做梦。当发烧使她对家里最亲近的人的面孔都反感时，感谢上帝，她把手和裸露到肘部的手臂对之伸去的那个人是不是我呢？在长时间的无数分分秒秒中，使玛丽亚·埃尔维拉受爱情困扰的目光平静下来的人是不是我呢？

是的，就是我。但是，这件事儿已经成为过去，已经结束，已经终结，已经死亡，已经不复存在，似乎从来没有发生过。然而……

过了二十天，我又见到了她。她已经康复，我同他们一家一起吃晚饭。晚饭开始时，一家人显然都尽力试探着提到病人在谵妄中说过的那些情意绵绵的话，我尽可能给予合作，因为在过去二十天里，想到我在这头一次会面中讲话应该谨慎小心，总不免有些担心。

但是，一切都尽如人意。

“我们让您受累了，您休息过来了吗？”母亲笑着对我说。

“啊，小事一桩！……”我也笑着说，“我还愿意再受一次累呢……”

玛丽亚·埃尔维拉这次也笑了。

“您愿意，我可不愿意，我向您保证！”

母亲忧愁不安地看着她说：

“我可怜的闺女！一想起你说过的那些胡话……总算结束了。”她转过身子，亲切地对我说：“您现在可以说是我们家的人了，我向您保证，路易斯·玛丽亚会十分敬重您。”

路易斯·玛丽亚把手放在我的肩上，还递给我一支烟。

“抽烟，抽烟，请别介意。”

“可是，路易斯·玛丽亚，”母亲半真半假地责备他说，“听你的话，谁都会认为我们在欺骗杜兰！”

“不会的，妈妈，你刚才说的话非常对。不过，杜兰理解我。”

我理解路易斯·玛丽亚之所以说这番话，是想打断这种有点儿乏味的表面亲切的谈话。可是，我丝毫不想因此感谢他。

与此同时，只要有可能，我就不引人注意地把眼睛盯住玛丽亚·埃尔维拉，她终于在我面前，身体健康，十分健康。我热切地期待过这个时刻，但又极其害怕这一时刻的到来。我爱过的是一个影子，更确切地说，我爱过的是一双眼睛和三十厘米长的手臂，而其余的则是一块长长的白斑。而且从那样的昏暗中，如同从忧郁的花蕾中一样，站起一个使我感到陌生的清新、平淡而又快活的光彩照人的人。她看我有如在看他们家的一个朋友，当这个朋友说到什么，或者评论一个绝妙的警句时，她必定会注视他片刻。不过，仅此而已。既没有往事的丝毫痕迹，也没有假装不理睬我的意思，我曾把这种情况当作我的一副牌中的最后王牌。我是她完全陌生的家伙——我们不说家伙，而说人。我看见她时，便想到那次使我记忆犹新的恩宠，那天夜里同样是现已变得毫无意义的那双眼睛，离我很近地看着我的眼睛，曾经对我说：

“等我病好了……你还爱我吗？”

为什么要寻找那星星点点的火光，寻找用火封存在装得满满的小盒子似的发烧的脑子里的那些早已消逝的幸福鬼火啊！忘了她吧……尽管我有这样的愿望，却恰恰难以做到。

后来在客厅里，我找到用路易斯·玛丽亚来隔开的办法，那就是让他站在玛丽亚·埃尔维拉和我中间，这样我就可以借与路易斯·玛丽亚交谈的机会，把视线自然而然地投向更远的地方，从而不受谴责地注视她。她的身姿何等超凡脱俗，从头顶的秀发直到鞋后跟，都令人充满了强烈的欲望。她穿过客厅向内室走去时，她的裙子拍打着鞋子的漆皮面，每一下都把我的心像纸片那样给卷走了。

她笑吟吟地回来了，蹭过我身边，我勉强微笑着；在她已经走过去时，我还像个傻子似的继续做着美梦，梦想她会突然停在我身旁，不仅用一只手，而是双手抱住我的两鬓说：

“好啦，现在你已经看见我康复了，你还爱我吗？”

咳！我沮丧得要命地告辞了，匆匆握了握她那冰凉而又亲切的手。

不过，有一件事是绝对真实的，那就是玛丽亚·埃尔维拉可能不记得她在发烧的那些日子里的感受了。我承认这一点。不过，从事后的追述里，她对发生过的事情该是一清二楚的。因此，她对我绝不可能毫无兴趣。如果说的是走火入魔（上帝饶恕！），那她爱怎样都可以，可是说的是兴趣，说的是她连续想望了二十个夜晚的人，那就不对了。所以，她对我完全无动于衷是没有道理的。证实这一点对我有什么好处呢？能给我带来什么模糊不清的幸福的可能性呢？依我看，什么也没有。玛丽亚·埃尔维拉这样表示，正是提防我对此提出可能的要求，这就是一切。

这件事是没有道理的。让她死去活来地爱我，那完全可以。可是，让我去要求兑现记载在脑膜炎病历上的爱情诺言，见鬼去吧，那是不行的。

上午九点钟。绝对不是正当的就寝时间，今天却是这么睡下了。我从罗德里格斯·佩尼亚家跳完舞，就去了巴勒莫，然后到酒吧去，完全是独自一人。现在，我躺在床上。

不过，在睡意到来之前，我得准备抽光这盒香烟。原因在于：昨晚我同玛丽亚·埃尔维拉跳舞了。跳舞之后，我们进行了这样的交谈。

“眼珠子上的这些小点，”她对我说，我们面对面坐在一张放小吃的桌旁，“还没有消退，我不知道是什么……我生病前没有什么小点。”

刚刚使她注意到这一细节的，正好是我们桌上邻座的一位女客。因此，她的眼睛显得更明亮了。

我刚一开口回答，就发现事情不妙，可是，已经迟了……

“是呀，”我注视着她的眼睛对她说，“我记得以前您没有这些小点……”

说着我便朝一旁看去。可是，玛丽亚·埃尔维拉却放声大笑说：

“对呀，您应该比谁都更清楚。”

啊！我只觉得一块倒下的大石板终于压到我的胸口上！终于可以谈这件事了！

“这一点我相信。”我回答，“比谁都更清楚，我可不知道……可也对，在说到的那个时候，我比谁都更清楚，那是有把握的！”

我又停了停，我开始把声音压得很低。

“啊，对！”玛丽亚·埃尔维拉笑了。她正色地把眼睛移开，抬眼看着那一对对经过我们身边的舞伴。

过了一会儿，我料想她早已完全忘了我们说过的事情，而我却感到深深的痛苦。可是她没有低下眼睛，仿佛使她感兴趣的永远是那些放电影般不停地一晃而过的面孔。过了一会儿，她侧身说：

“您好像曾经是我的恋人。”

“您说得非常对。”我对她说，“好像是您的恋人。”

于是，她正视着我。

“不……”

她不作声了。

“不……不什么？把话说完啊。”

“为什么？是句蠢话。”

“没关系，说完它。”

她放声笑起来说：

“为什么？总之……您没想到这不是什么好像吗？”

“这是没来由的侮辱。”我回答她，“当我好像是……您的恋人时，我是第一个证实这件事的真实性的人。”

“得了……”她低声说。可我呢，她那句讽刺性的“得了”说出之后，疯狂的魔鬼使我提出一个也许永远不该提出的问题：

“玛丽亚·埃尔维拉，请告诉我，”我俯身说，“您什么都想不起来了吗？对那段可笑的经历，真的什么都想不起来了吗？”

她十分严肃地看着我，似乎有意透着高傲，同时还很专注，好像我们当时正准备倾听无论如何都会使我们感到不快的事情。

“是什么经历？”她说。

“是我生活在您身旁时的那段经历……”我十分明白地向她指明。

“想不起来了……什么都想不起来了。”

“这样吧，您看我一眼……”

“就是看您一眼，也想不起来！……”她哈哈大笑。

“不，不是那件事！……在我不知道为什么之前，您早已看够我了……我想对您说的是：您想不起来曾经对我说过什么……两三句话，就这些……在您发烧的最后一夜。”

玛丽亚·埃尔维拉皱了好一会儿眉头，然后把眉毛挑得比正常的更高。她注视着我，摇摇头。

“不，想不起来……”

“唉！”我不作声了。

过了片刻。我斜瞥一眼，看见她仍在看我。

“什么？”她喃喃低语。

“什么……什么？”我重复说。

“我对您说什么了？”

“我也记不起来了……”

“不，您记得……我对您说什么了？”

“我不知道，我向您保证……”

“您一定记得……我对您说什么了？”

“算了！”我又挪近她，“如果您什么都想不起来了，既然一切都是发烧造成的幻觉，那么在谵妄状态中对我说没说过什么，跟您有什么关系呢？”

这个打击是沉重的。但是，玛丽亚·埃尔维拉不想回答这件事，只满足于多看我一会儿，然后稍稍耸了耸肩膀就把视线移开了。

“咱们去吧。”她突然对我说，“我想跳这一曲圆舞。”

“巧了，”我站起来说，“我们跳圆舞的那个梦，一点儿意思都没有。”

她没有回答我。我们向大厅走去时，她似乎在用眼睛寻找一位平日跳圆舞的伙伴。

“使您感到不快的是跳圆舞的那个梦？”她突然对我说，目光仍在扫视大厅。

“是一种谵妄的圆舞……与这个毫无关系。”这次是我耸了耸肩膀。

我认为，那天晚上我们不可能再谈下去了。不过，虽然玛丽亚·埃尔维拉一句话也没有回答，似乎也没找到她想找的理想伙伴。因此，她踌躇着面带勉强的微笑（这种无可回避的勉强的微笑，突出了整个那次经历）对我说：

“您要愿意，那就和您的恋人……跳这一曲圆舞吧。”

“……跟好像的恋人跳。我不再多说一个字。”我边说边伸手搂她的腰。

又过了一个月。现在我觉得，那位母亲、安赫莉卡和路易斯·玛丽亚都充满了诗一般的神秘感！那位母亲当然是玛丽亚·埃尔维拉与之尔汝相称并且可以亲密地亲吻的人；她的妹妹见过她赤身裸体。至于路易斯·玛丽亚，他走进屋里，当玛丽亚·埃尔维拉背对他坐着时，可以伸手抚摸她的下巴。这三个人显然都很幸福，然而他们却不珍惜他们所拥有的这种幸福。

至于我，坐卧不宁，不断把香烟送到嘴边，心里问：她爱我吗？她不爱我吗？

参加过佩尼亚家的舞会以后，我与她有过多次交往——当然是每周三在她家里。

她交往的仍是那些朋友，她对他们全都笑脸相迎，凡是他们要与她笑闹，她都巧妙周旋。不过，她总是想方设法使我不离开她的视野，当她和别人在一起时总是这样。可是，当她和我在一起时，她的目光总是盯着别人。

这种情况合乎情理吗？不，不合情理。因此，一个月来我如鲠在喉，像患了重喉炎般难受。

但是，昨夜我得到片刻安宁，那是星期三。阿耶斯塔赖因与我正在交谈，玛丽亚·埃尔维拉越过围着她说笑的人们的肩膀，向我们投来一瞥，这一瞥把她的光辉形象带进了我们的谈话。我们谈起她，还短暂地提到那段旧事。过了一会儿，玛丽亚·埃尔维拉来到我们面前。

“你们在谈什么呀？”

“谈了许多事情，首先谈到您。”医生回答。

“啊，我早已想到了……”她挪过一把罗马式扶手椅坐下，跷起二郎腿，上身前倾，把脸托在手上。

“说下去，我听着。”

“我对杜兰说，”阿耶斯塔赖因说，“像您生病时发生的那种情况，虽很罕见，但还是有过一些。一位英国作家（我记不得是谁了）提到过一个例子，只是它比您的例子要幸福得多。”

“幸福得多？为什么？”

“因为那个人没有发烧，两个人是在梦中相爱。然而在这个病例中，您是唯一在恋爱的人……”

我已经说过，我觉得阿耶斯塔赖因在说到我的时候，总是那么拐弯抹角。即使我没有说到这一点，我当时一定是急切地使他感觉到了，而且不仅仅是用眼神。不过，他准是从我的眼神中悟出某种急切之情，于是他笑着站起来说：

"我走了，你们在这儿讲和吧。"

"该死的家伙！"他走开时我低声说。

"为什么？他对您怎么啦？"

"告诉我，玛丽亚·埃尔维拉，"我大声说，"他曾经爱过您吗？"

"谁，是阿耶斯塔赖因吗？"

"对，是他。"

起初，她犹犹豫豫地看着我；后来，严肃地正眼看着我答道：

"爱过。"

"嗯，我早料到了！……至少他很走运……"我低声说，感到十分痛苦。

"为什么？"她问我。

我没有回答她，使劲耸了耸肩膀，便朝一旁看去。她随着我也朝一旁看去，就这样过了一会儿。

"为什么？"她执着地问，这是一个女人完完全全爱上一个男人才会有的过分执着和漫不经心。现在就在这短暂的时间里，她一条腿继续站着，另一条腿跪在扶手椅上，嘴里嚼着一片纸（我永远不知道这片纸是哪里来的），而且看着我，两道眉毛难以觉察地上下挑动。

"为什么？"我终于回答，"因为他很走运，至少不用在别人床边充当可笑的傀儡，而且可以正经地谈话，用不着看别人好像听不懂我说的话似的上下挑动眉毛……您现在明白了吧？"

玛丽·埃尔维拉沉思着看了我好一会儿，然后摇摇头，嘴里仍在嚼她那片纸。

“对不对？”我固执地问，不过心脏却在狂跳不已。

她又摇摇头说：

“不，不对……”

“玛丽亚·埃尔维拉！”安赫莉卡在远处叫她。

大家知道，兄弟姐妹的叫声往往十分不合时宜。不过，从来还没有一种兄弟姐妹的叫声像这次这么不合时宜，如同兜头泼来的一瓢冰水。

玛丽亚·埃尔维拉扔掉纸片，把跪着的那条腿放下来。

“我走了。”她笑着对我说，她的笑容是我在面对她与人笑闹时早已熟悉了的。

“等一会儿！”我对她说。

“一会儿也不等！”她一边回答，一边走开，还摇着手。

我还有什么可干的？没有。除非我咽下那张湿漉漉的小纸片，或者把嘴埋在她的膝盖压出的坑里，并把那把扶手椅往墙上撞，还有就是由于愚蠢而让自己往一面镜子上撞去。尤其是我大生自己的气，弄得我痛苦不堪。这是男子汉的直觉！这是受屈辱的男人的心理！这个头号妖精的膝盖印还留在那儿，满不在乎地嘲笑这一切。

我再也忍受不下去了。我爱她爱得发狂，却不知道（这是更痛苦的事）她是不是真的也爱我。此外，我还做梦，做了许多梦，还想着如下的一类事情：我们挽着手走过一个大厅，她穿一身白衣服，我像一团模糊的黑影跟在她身旁。大厅里全是上了岁数的人，都坐在那里看着我们走过去。但是，那是个舞厅。他们都在说我们是脑膜炎及其影子。我惊醒过来，接着又做起梦来：那是个每天死于时疫的人常来的舞厅。玛丽亚·埃尔维拉的那件白衣服是一块裹尸布，我仍是前面说过的那个影子，不过现在头上却多了一支体温计。我们永远是脑膜炎及其影子。

对这一类幻梦我该怎么办？我再也忍受不下去了。我要到欧洲去，到北美去，到可以忘掉她的任何地方去。

为什么留下来呢？是为了重新开始以往的经历，像个小丑那样独自折磨自己；或者是为了我们感到相亲相近时，每次都要彼此背离？啊，不！让我们结束这种状态吧。我不知道，我这种感情上背离的计划，对她能有什么好处（确是感情上的！虽然我并不情愿）。但是，留下来将是可笑和愚蠢的，再也没有什么可以让玛丽亚·埃尔维拉感到愉快的了。

我本可以在这里写下一些与我刚刚记述的多少有点儿不同的事情，然而，我宁愿简述一下最近一天我见到玛丽亚·埃尔维拉所经历的事情。

是为了逞能，还是为了向自己挑战，或者谁知道是为了自杀者的什么毫无生机的希望，我在动身的前一天下午去向富内斯一家辞行。船票在我口袋里已经揣了十多天——由此可见，我很缺乏自信。

当时玛丽亚·埃尔维拉身体不适，虽然只是嗓子疼或偏头痛之类的小毛病，症状却很明显。我到前厅去了一会儿，去问候她。她见到我时有点儿吃惊，虽然她有时间对着镜子飞快地斜瞥了一眼。她神色萎靡，嘴唇苍白，眼窝深陷，但是，因为我失去了她，倒觉得她一如往常，甚至更美了。

我简单地告诉她我要走了，并且多多祝愿她幸福。

起初她没明白我的话。

“您要走？去哪儿？”

“去北美……我刚对您说过。”

“啊！”她低声说，两片嘴唇十分明显地收缩了。但是，立刻不安地看着我。

“您病了？”

“哪儿啊！……不全对……我不舒服。”

“啊！”她又低声说。她眼睛大睁，透过玻璃窗望着窗外，好像陷入了沉思。

此外，外边在下雨，前厅不明亮。

她朝我转过身来。

“您为什么要走？”她问我。

“嗯！”我笑了，“说来话长，太长了……总之，我要走了。”

玛丽亚·埃尔维拉的眼睛仍然盯着我，她那关切、专注的神情变得忧伤了。我们了结了吧，我心中暗想。我上前对她说：

“好了，玛丽亚·埃尔维拉……”

她缓缓把手伸给我，那是一只因偏头痛而变得又凉又湿的手。

“走之前，”她对我说，“您不愿意告诉我为什么要走吗？”

她的嗓音已经降低了调门。我的心狂跳不已，而她就像那天晚上那样，闪电似的从我面前笑哈哈地走开去，还摇着手说："不，我已经满足了。"……啊，不，我也满足了！那次事情让我受够了！

"我之所以要走，"我明明白白地对她说，"是因为我在这儿自己感到痛苦、可笑和羞耻！您现在满意啦？"

我仍然握着她的手。她把手抽回，慢慢转过身去，从谱架上抽出乐谱，把它放到钢琴上，全部动作都显得缓慢、有分寸，而且又面带勉强和痛苦的笑意看着我说：

"如果我……求您别走呢？"

"可是，求上帝赐福！"我大声说，"难道您没有发现，这些事情一直在折磨得我死去活来吗？我受够了痛苦，也诅咒够了自己的幸福！从这些事情里我们得到了什么，您又得到了什么？没有，够了！"我上前一步又说，"您知道您在生病的最后一夜对我说的话吗？您要我说出来吗？要不要？"

她一动不动，两眼大睁。

"要，您说吧……"

"那好！在那个该死的夜里，我听见您清清楚楚地对我说的话是这样的：等——我——不——再——说——胡——话——了，你——还——爱——我——吗？我知道，您还在说胡话……可是，您现在要我怎么办？就因为我像傻子似的爱上您，您就要我留在这里，留在您身边，用您的方式把我活活整死？……这也是明摆的事，对不对？唉，我向您肯定地说，我过的不是人的生活！是的，那简直不是生活！"

我把前额贴在玻璃窗上，全身无力，觉得说完以上说过的话以后，我的生命也就永远崩溃了。

可是，是该有个结局了，我便转过身去。她就在我身边，在她眼里（这次像是在一道幸福的闪光中），在她眸子里，我看到原以为早已熄灭了的满含幸福的光芒，它们正在熠熠生辉，正在陶醉，正在抽泣。

"玛丽亚·埃尔维拉！"我大声说。我觉得我是在呼喊：

"我亲爱的恋人！我的心肝宝贝！"

得胜的、专心致志的、幸福的她，落下了痛苦结束后静默无声的泪水，终于将她的头舒适地靠在我的胸口上。

再没有什么可说的了。难道有比这一切更简单的事情吗？我遭受过痛苦，很可能还痛苦得哭泣过、怒吼过，我应当相信这一点，因为我就是这么写的。然而，这一切都已是很久远的事情了！而且，更加久远的是因为（这是我们这段经历中最有趣的事）她就在这儿，就在我身边，把头支在铅笔上，正在读我写的东西。当然，她对我的许多看法提出异议。然而，为了尊重我这部无拘无束的、悉心创作的文学作品，她作为通情达理的好妻子，表示了容忍。此外，她和我一样，认为分几次创作的这部故事，相当准确地反映了我们当时共同感受过和经历过的生活。可以说，这部出自一个工程师之手的作品，并非一无是处。

这时玛丽亚·埃尔维拉打断我，对我说最后一行写得不真实，她认为我的故事不仅写得好，而且是非常好。作为无可辩驳的论据，她用手臂搂住我的脖子，看着我，我不知道我们相距是否越过五厘米。

"是吗？"她低声说，更确切地说她是在柔声地说。

"可以把'柔声地说'写上吗？"我问她。

“写上，我是在柔声地说，是在柔声地说！”说着给了我一个吻。

我还能补充什么呢？

林光　译

奥拉西奥·基罗加（Horacio Quiroga，1878—1937），乌拉圭作家，被誉为“拉丁美洲短篇小说之王”。一生热爱冒险，1937年在布宜诺斯艾利斯的医院中自杀。主要作品有《爱情、疯狂和死亡的故事》《大森林的故事》等。

利娜的眼睛

克莱门特·帕尔玛

英国海军的希姆上尉是我们的朋友。他进入英国船舶公司的时候，我们每月都看见他，并且和他一起在欢乐的宴席上度过一两个夜晚。希姆在挪威度过了大部分青春岁月，是一位有名的威士忌和苦艾酒的酒鬼。在这两种烧酒的刺激下，他常常情不自禁地用洪亮的声音唱起美妙的斯堪的纳维亚歌谣，然后解释给我们听。一天下午我们到他的客舱里去为他送行，因为第二天轮船要起锚到旧金山去。鉴于海军的纪律，希姆不能像往常那样在他的铺上放声歌唱，我们便决定采用讲述我们生活中经历的故事和冒险的方式度过这个夜晚，并且一巡巡地饮着烧酒，以增加讲述的兴味。我们这些希姆的客人讲完我们的故事的时候，已经是凌晨两点钟。只有希姆还没有讲，我们要求他讲他的故事。希姆舒服地坐在一张沙发上，把一小瓶苦艾酒和一只过滤海水的器具放在身边的一张小桌上，点上一支雪茄烟，开始讲他的故事：

我不像上几次那样给诸位解释北方的民歌或传说。今天讲一个真实的故事，讲一个我结婚前的逸事。诸位已经知道，直到两年以前，我住在挪威。按照我母亲的血统，我是挪威人，但是我父亲却让我做了英国公民。我在挪威结的婚。我妻子叫阿塞利娜，或者像我称呼的那样，叫她利娜。倘若诸位有机会到克里斯蒂亚尼亚远足，请到我家做客，我妻子会非常高兴地欢迎你们的。

我开始讲我的故事吧。利娜有一双世界上最古怪不过的眼睛。她十六岁，我爱她爱得发疯，但是我却对她的眼睛怀着一个男子心中所能容纳的最强烈的憎恨。利娜拿眼睛注视我的眼睛时，我觉得沮丧、不安、神经抽动，好像有人把一盒钢针倒进我的脑海，然后顺着脊柱滑落下去似的；好像一阵难忍的寒气沿着我的脉管奔流，毛骨悚然；好像人们从冰冷的浴池里爬出来；像许多人摸到一只毛茸茸的水果，看到锋利的匕首，用指甲触到天鹅绒，听到丝绸的簌簌声，或者探望一座深渊。看到利娜的眼睛时产生的感觉就是如此。关于这个现象，我询问过好几个医生，没有一位医生给我解释，他们只是微笑，要我不必为此担心，说我神经过敏，只会胡思乱想。可是，我特别爱她，爱得发疯，尽管她的眼睛使我产生不快的印象。这种印象不单单使我的神经系统产生冰冷的感觉，而且还有一种奇妙的现象。这就是：当利娜有什么忧虑或心理活动，或生理上不舒服的时候，我从她的眼瞳里看到她的思想像带小小光点的迅速即逝的小片阴影似的模模糊糊地闪过。是的，先生们，是她的思想。这类非物质的、无形的东西，我们大家，几乎大家都有，因为有不少人头脑里没有思想。这些思想以难以表达的形式从利娜的眼瞳里掠过。我所以说是阴影，因为它比较接近。它们从巩膜后面出来，穿过眼瞳，到达视网膜后闪闪发光。于是我便觉得在我的脑海深处相应地产生了一阵细胞的痛苦的振动，一种思想也在我的心里出现了。

我忽然想到要把利娜的眼睛同我客舱的天窗玻璃相比较。傍晚的时候，我看到许多鱼受到我的灯光的惊吓，把它们那古怪的头撞在了坚硬的玻璃上。由于玻璃很厚，又是凸面，鱼的影子看上去模糊不清、奇形怪状。每当我在利娜的眼睛里看到这些思想，我便对自己说："瞧！ 鱼又在经过啦！"只不过这些鱼是以神秘的方式穿过我爱人的眼瞳，在我脑海阴暗的深处构筑了它们的洞穴。

可是，嗨！我是一个说话没有条理的人。我对你们说明这种现象的时候没有描绘我的利娜的眼睛和美貌，利娜的肤色是黝黑而憔悴的。她波浪形的头发优美可爱地立在后脑上，从没有哪个女人的美貌像利娜的颈背从她黑亮的头发底下露出来的时候那样迷人。由于自幼上唇上翘而几乎总是微微张开的双唇非常红，好像经常吃草莓、喝血，或者储存着鲜红的血似的。大概这最后一点是对的，因为她面颊发红的时候，双唇便苍白了；在这样的双唇之间，有两排洁白的小牙，一道光线照射在牙齿上时，整个脸部都亮闪闪的。对我来说，看见她吃樱桃简直是一种快乐；倘不是嘴上方的那一双邪恶的眼睛，我真愿意让那张甜蜜的小嘴咬一口。那一双眼睛啊！我再说一遍，利娜的肤色是黝黑的，头发、眉毛和睫毛是乌黑的。你们倘若偶尔看见她在睡觉，我会这样问你们，你们说，利娜的眼睛是什么颜色的？根据她的头发、眉毛和睫毛的颜色判断，你们肯定会回答说是黑的。完全错了！因为，不是黑的，先生们，她的眼睛有颜色，一点儿不错。但是世界上所有的眼科大夫，或者所有的画家，都不能准确地确定或复制这种颜色。她的眼睛仿佛是一刀旋成的，又圆又大；眼睛下面有一条蓝道，形成了眼底黑晕，好像是她那长长睫毛的淡薄的阴影。到此为止，诸位看到，并没有任何异常之处。利娜的眼睛在闭着或半闭半开的时候，就是这个样子。但是，一旦它们张大、眼瞳闪光的时候，我就感到惶恐不安了。谁也不能不让我想，梅菲斯托费莱斯[1]在那些眼瞳后面设立了它的活动处。她的眼瞳的颜色是介于一切颜色中的一种颜色，是一切颜色的最复杂的结合。有时候我觉得它们像两块被光灿灿的红宝石从后面照射的翡翠，它们发射出的绿色和淡红色的光芒逐渐化为彩虹，像肥皂泡，光彩夺目；然后出现一种难以确定的但是单一的颜色，把一切颜色覆盖住。中间闪动着一个光点，从它具有的稀奇古怪的色调来看，它是最令人感到不快的。利娜血液的沸腾、神经的紧张、她的激怒、她的欢乐、她的精神的表现和活动，都透过这个神秘光点的颜色显露出来。

随着我跟利娜的继续接触，我在她眼睛的多重的光芒中

[1] 歌德作品《浮士德》中的魔鬼形象。

发现了这样一点：她的浪漫少女的伤感情绪是绿色的，她的欢乐是紫色的，她的妒忌是黄色的，她的热情女性的热望是红色的[1]。她的眼睛给我的印象是痛苦的，令我产生一种可怕的压力。我觉得我男子的尊严由于这种神秘的压力而受到了凌辱。这是她的一双眼睛强加于我的，我像憎恨人一样憎恨它们，我想抗拒是徒劳的；利娜的眼睛控制着我，我觉得我的心灵在被挖出来捣碎，仿佛一块炭放在魔鬼眼睛似的两团火中间焚烧。最后我不得不怀着爱与憎的火热的心闭上眼睛，因为我觉得我的紧张的机体令人心碎地弯折了，我的脑汁在我的头颅里跳动，仿佛一只被关在一座烘炉里的大黄蜂。利娜没有发现她的眼睛对我产生的痛苦感觉。整个克里斯蒂亚尼亚都赞美她的眼睛美丽，但是对谁也没有产生像对我这样可怕的印象：只有我做了它们的受害者。我不能再忍受了。有时我想，利娜在对我滥用权力，通过侮辱我开心。于是我男子的自尊心发出报复的呼声，要求应有的权利。我也用虐待我爱人来取乐，要求她做出牺牲，竭力折磨她，直至惹她哭泣。实际上，我有一个意图在试图悄悄实现。是的，在针对她那双眼瞳所做的反抗中，掩盖着我的怯懦：我惹她哭，是要她闭上眼睛，她闭上眼后，我便觉得摆脱了我的枷锁。但是可怜的利娜并不知道她针对我的可怕武器；天真纯朴的好姑娘有一颗可贵的心，她爱我，听我的话。最奇怪的是，我憎恨她的一双眼睛，又为她的眼睛而爱她。即使

[1] 意思是说，她的不同的感情用眼睛的不同的颜色反映出来。

我总是失败，还是不放弃反对那一双可怕的眼瞳的斗争，希望取胜。有多少次爱情的红色光芒像百发炮弹射向我的神经啊！由于自尊心作怪，我不愿意把我忍受的痛苦告诉利娜。

我们的爱情总该像别人那样有个结果——要么跟利娜结婚，要么一刀两断。一刀两断是不可能的，后来我不得不跟她结婚。婚后的生活中使我可怕的是，那一双眼睛将永远伴随着我，将可怕地照耀到我的老年。当我应该向她父亲——一个有钱的船主，把女儿许给我的日期临近的时候，她那双眼睛的魅力是令人难以容忍的。夜晚，我看见它们像火炭似的在我房间的黑暗中闪光；我望望屋顶，它们便可怕而固执地在那里闪光；我看看墙壁，它们便在那里镶嵌着；我闭上眼睛，我便看见它们贴在我的眼睑上，贴得那么牢固而明亮，它们的闪光都照彻了视网膜上粗粗细细的血脉网。最后，我疲倦地睡着了，利娜的目光像罗网一般紧紧地包围着我的梦，绞杀着我的心灵。怎么办呢？我拟订了我的计划；但是我不知道是因为骄傲、爱情还是因为深深地印在我心中的责任感，我一点儿也不曾想到抛弃她。

我向她求婚的那天，利娜高兴极了。啊，她的眼睛是怎样地闪光哟！它们是多么古怪哟！我异常爱怜地把她紧紧地抱在怀里；在吻她血红、温热的嘴唇时，我不得不几乎昏昏沉沉地合上眼睛。

“闭上眼睛，我的利娜，我恳求你！”

利娜吃惊地更加睁大了眼睛。她看见我脸色苍白，怒容满面，便抓住我的手，恐惧地问我：

“你怎么啦，希姆？……说呀。上帝啊！……你病了吗？告诉我。”

“不……请原谅；没什么，我没什么……”我回答她说，没有看她。

“你说谎，你一定有事……”

“是一阵头晕，利娜……马上会好的……”

“你干吗叫我闭上眼睛呢？你不愿意我看你吗，亲爱的？”

我没有回答，恐惧地看了看她。啊，那一双可怕的眼睛就在面前，正喷射着惊异、爱情和不安的、不可忍受的火焰。发现我的不安的沉默后，利娜更加惊慌了。她坐在我的膝上，把我的头抱在她的手里，急切地对我说：

“不，希姆，你骗我，一个时期以来你心里就有什么古怪的东西：你是干了什么坏事，因为心里有什么东西压着才不敢正面看人。我会从眼睛里看出来的，你看看我，看看我。”

我闭上眼睛，吻了她的额角。

“不要吻我，你看我，看我。”

“啊，看在上帝面上，利娜，别这样！……”

“你为什么不看我？”她追问着，几乎哭出来了。

我为折磨她深感不安，把我的想法告诉她又深感羞愧：“我不看你，是因为你的眼睛使我感到痛苦，因为我非常怕它，既不知为什么，也不能够克制。”我不再说话，等利娜哭着离开房间后，我回自己家了。

第二天，我又看见她的时候，她让我进了她的房间。利娜早晨起来的时候，喉咙疼痛起来。她躺在床上，房间几乎在黑暗中。这使我多么高兴啊！我坐在床边，兴致勃勃地对她谈起我未来的计划。夜里我已经想过，要使我们幸福，最好是把我可笑的痛苦告诉她。也许我们会意见一致……佩戴一副墨镜……把我的痛苦告诉她后，她沉默了一会儿。

“唉，你多蠢啊！”她仅仅这样回答。

有二十天时间，利娜没有下床。医生吩咐，不许我到她的房里去。利娜起来的那天，她把我唤了去。距离我们的婚礼只有几天了，她已经收到亲戚朋友赠送的许多礼品。利娜叫我去，是为了让我看绣着柠檬花的衣服，那是她病的时候人们送她的，还有其他礼物。房间里半明半暗，利娜的模样依稀可见，她坐在半开的窗前一张靠背沙发上。开始把手镯、戒指、项链、衣服、一对雪花石膏的鸽子、项饰、耳环，不知多少首饰，拿给我看。她父亲（一位老船主）的礼物也摆在这里—— 一只小游艇。当然，不能把游艇搬来，只是一份游艇证明书；我的礼品也在这里；利娜送给我的礼品也在这里，是一只小玻璃匣，外面套着红色长毛绒套。

利娜笑嘻嘻地把礼品递给我，我以情人的礼仪吻了她的手。最后，她颤抖着把小玻璃匣捧给了我。

“拿到光线下去看吧，”她对我说，“里面是宝石，它们的光辉是值得高度评价的。”

她打开一扇窗子。我打开匣子，我毛骨悚然了：我的面色一定苍白得可怕。我恐惧地抬起头，看见利娜正用她那一双玻璃的、一动不动的黑眼睛注视着我。一丝既温柔又滑稽的笑容挂在我爱人那仿佛用野草莓汁描抹的嘴角上。我急忙跃到她面前，使劲抓住利娜的手：

“你怎么这样做呢，可怜的人儿？”

“这是我的结婚礼物！”她平静地回答。

利娜的眼睛瞎了。一双玻璃眼睛像恐惧的客人似的躲在眼窝里。她的眼睛，利娜的眼睛，曾经那么折磨我的古怪的眼睛，仍然用往常那样奇异的目光从红色玻璃匣的底部逼人地、嘲讽地望着我。

希姆讲完故事的时候，大家非常激动，一声不响。故事真是太可怕了。希姆端起一杯苦艾酒，一饮而尽，然后带着哀伤的表情看了看我们。我的朋友们沉思地望着——有的望着客舱的天窗，有的望着随船只摆动的吊灯。突然，希姆滑稽地大笑了一声，笑声像一只巨大的铃铛落在我们的沉思中。

“天啊！诸位相信世上有什么女人能够像我对大家讲的这样做出这么大的牺牲吗？要是一个女人的眼睛使你觉得不快，你们知道她会怎么办吗？一个办法就是把你们自己的眼睛毁掉，免得看见她的。不，我的朋友们，我对诸位讲了一个不可思议的故事，我很荣幸地把这个故事讲给诸位听。”

接着他抓起他的那瓶苦艾酒，在大家的面前高兴地举了起来，那瓶酒仿佛是翡翠溶成的液汁。

朱景冬　译

克莱门特·帕尔玛（Clemente Palma，1872—1946），《秘鲁传说》的作者里卡多·帕尔玛之子，秘鲁现代主义作家。主要作品有由乌纳穆诺作序的短篇小说集《恶意的故事》、长篇小说《XYZ》等。

鲁文·达里奥

卢贡内斯

奥拉西奥·基罗加

马查多·德·阿西斯

胡安娜·伊内斯·德·拉·克鲁斯

米斯特拉尔

德尔米拉·阿古斯蒂妮

塞萨尔·巴列霍

何塞·马蒂

端坐着的姑娘

塞尔修·马加尼亚

听到天空中那一声巨响，没有人去想从黎明时起，天空中就已不停地轰鸣，也没有人去想，由于是星期天，穿着衬衫的男人们就着长长的爆竹点烟，孩子们把大钟敲响。每年十月十日的情况都是如此。其实，从九日就开始了，人们挤完奶以后就下山来，有些人还买点儿中国彩纸，用来装饰自己的屋子。

对这个村子的神灵来说，有那么多东西使他喜欢：声声爆竹、教堂里新去的姑娘们、教堂外的杂役，还有在过节的三天里用发蜡把头发抹得光溜溜的孕妇们。纪念圣灵的节日活动进行三天，谁也不应该在更长的时间里进行。

趁这几天工夫，安娜·华莱士就要和安德列斯·库埃斯卡结婚了。琼娜·马代欧斯在几只盛染料的小锅旁忙碌着，她的儿子费利西亚诺往锅里添颜料粉，她用小棍蘸一点儿，往填满香水、灰渣或泥土的蛋壳上涂颜料。

有一只猫在筐子旁边蹭着痒痒。琼娜·马代欧斯很欣赏儿子费利西亚诺一口洁白的牙齿，他开口笑了，因为当下面的乐队开始演奏时，屋子里有块灰皮掉了下来。乐队正在教堂的院子里演奏，他们从这里可以听得清清楚楚。

“妈，乐队已经来了。”他说。

他们眼睛盯着门框和大街，听了一会儿音乐。

“喂，你可快点儿呀。”

费利西亚诺把香薄荷浸到深红色的染料里。他认为安娜·华莱士是最漂亮的姑娘，可现在要嫁给安德列斯·库埃斯卡。好吧，他更快地给蛋壳涂上颜色，并慢慢地搅动着筐子里的锯末。

他母亲琼娜说：

“从前天起就开始杀鸡了。会熬出很好的鸡汤来。我看到有三只黄母鸡，可真肥。新郎官正在给姑娘买东西哪。他都那么老了。”

库埃斯卡是老了，很老了。费利西亚诺碰见过他，他身穿一套黑衣服，骑在一匹黑马上，小伙子很羡慕。当然，是羡慕这个人。

“他骑着马显得很帅，真看不出他有那么大岁数，娘的！”

琼娜·马代欧斯望着儿子费利西亚诺，他很年轻，高高大大，结结实实。

“可能看不出他那么大岁数，孩子。（街门外面不断有脚步声，有人影掠过）这些人是等待圣礼的，然后去狂欢，去吃喝。”

琼娜和费利西亚诺真想去看看那位姑娘，她一定非常好看，既漂亮又聪明。费利西亚诺真想到集市上花掉自己收在陶罐里的钱，连包在手绢里的马尔夏诺·莱耶斯的那枚银比索也花掉。

琼娜坐在板凳上说：

“那老头原先不是她的未婚夫，而是她的教父。他总不断地给她买连衣裙。”她好像在想着什么，就闭上了嘴。“是一条轻纱的，是吗？还有一双绣花缎子鞋，镶着玻璃珠子。”

费利西亚诺正在往筐里撒着彩色碎纸末，筐里装着涂成三种颜色的鸡蛋，他耳朵听着乐曲，听着人们的脚步声，惦记着安娜。

“妈，我有一天和她玩过。”

“你呀，那是从前的事了。”她说着，腰弯得更低，以便从那里更清楚地看到大街，“孩子，我就是说了你也不信，我看见帕琦达了，她穿着浆过的裙子，正要朝这边走来呢。”

当裙子挡住门口时，屋子变暗了，帕琦达站在门口摇着手掌说：

“大家都该去看看哪。”

琼娜拨了拨炉火，炉子上正烧着熨斗，她拿起儿子一件已经洗过的衣服，往上面喷水。

“这种喷水声我听不惯，妈。那个马尔夏诺有一件粉红的衬衫，还有一条带道道的裤子。”

帕琦达又说了：

“待一会儿你们就什么也看不着了。”

乐声停止了，只听见人们在铺着石子的街上的非常急促的脚步声，简直像奔跑一样。帕琦达根本不肯进来，她只是摇晃着一只手掌：

“你们去看看吧，安娜·华莱士坐在那边呢。”

门外，女人们迈着小碎步，因此，一个印第安小伙子是能超过她们，飞快地跑上大街，首先到达教堂门前的小渠边的。钟突然不响了，只有人们急促的脚步声。“安娜·华莱士在那儿坐着呢。”那里，就是指那一大片玉米地，人们朝那里奔跑。

那天，村子里的所有人，是的，连乐师都算上，全都跑了起来。女人、男人、老头子和老太婆，一个个如梦初醒。谁也不愿意止步，全朝玉米地那边跑。他们已经不像开头那样迈着小碎步了，个个惊恐万状，摇着头，瞪着眼，脚步声很响，街上扬起一片白色的尘埃；鞋钉、鞋跟或粗皮凉鞋底发出整齐的巨大的撞击声。摆摊的女小贩们把娃娃往背上一背，把她们那一小堆水果或粗织土布往地上一扔，就和别人一道朝着青山那边，朝着那姑娘坐着的方向跑去。谁也不肯停下来，大家气喘吁吁，推搡着，踏着泥土，扬起一片尘埃。不一会儿，山头上就挤满了上来的人：五颜六色的衣衫，一只只臂膀，男人戴的宽边草帽，还有狗和孩子们。从山口到山坡都是黑压压的人头，有的成群结队，有的孤身只影。广场上空荡荡的，已经没有人，只有一个瞎子，还在那里点爆竹。

不一会儿人们就翻过了青山，再往前就是长着玉米的那一片平地了，还有通向泉眼的那一条黄土路。攒动的人头很快就聚到了山顶，大家从四面八方朝山下走去，甩着胳膊、帽子、披巾和别的东西。谁也没见过村子里有过这么多人，还没算上牲口哪，有些老奶奶是骑着毛驴来的。她们小心翼翼地下山，免得被金龟树上的芒刺扎着。大家都沉默不语，眼睛只是望着山下那块玉米地中间安娜·华莱士坐着的地方。

帕琦达提着裙子，有三枚爆竹在空中炸响。连人们喘气的声音都听得清清楚楚，谁也不说一句话，听不到叫嚷声或大声的叹息。大家的嘴都闭得紧紧的，眼睛瞪得圆圆的，他们移动着脚步，朝下走去，朝下走去。然后大家紧紧地贴着庄稼地的边沿走着，一直走到路口被玉米地包围着的那块饲草地里。到了那里，他们非常肃穆地停下来，一动不动，于是，万籁无声，一片寂静。

费利西亚诺不敢相信这是真的，他不敢相信，大家也不敢相信。可是他们的确看到她在自己的面前：端端正正地坐在那里，穿着薄纱连衣裙，头略略歪向一边，微黑的手安详地交叉着，眉毛向下弯着，就像小相框里的照片那样，小嘴在微笑。后来，琼娜·马代欧斯注意到那双缎子绣花鞋，费利西亚诺看见她嘴角叼着一小截香烟。谁也不能不目不转睛地看着她，正如此，大家都愿意看。他们便轮流着观看，屏住呼吸，免得发出响声。

天空不再发出轰鸣，一股安详的风吹过玉米地和那一片花穗。

时间就这样过去，而他们却浑然不觉，他们肃穆地站在那里，看着安娜·华莱士端庄的姿势，她的脸歪向一边。

“妈，我不知道她还吸烟呢。”费利西亚诺说。

马尔夏诺·莱耶斯已经等待了好一会儿，他等着太阳出来，好把老母鸡轰出去，去挤牛奶，打开牲口栏，并去瞭望那条黄土路。由于牲口栏很高，在山顶上，所以他喜欢爬到栅栏门上，观赏那蓝色的山峦、山谷，和艳丽多姿的蓝花楹的树冠，然后望望那座绿色的小山，那里的小牲畜惹人喜爱。可今天是星期六，星期日就赶集了，在星期二以前，要想去玩一玩可不是那么容易的。马尔夏诺摘下帽子，望着那条黄土路。

从某种意义上讲，牛栏占的这块高地的位置是最好的，何况还有那棵枝繁叶茂的番荔枝和那木屋顶。主要是从这儿可以看清蜿蜒向下的黄土路。

望着这条路，他想到许多事情，因为以前他从来没见过路上有这么多东西，他还以为路是专给他走的呢。他从紧贴着悬崖的峡谷里爬上来。过了峡谷，不一会儿就到了山头分岔的地方，就像头发被木梳分了一道缝一样。当他察看时，路上的情况便一目了然。为了证实眼睛看到的景色是真的，他不时挺一下身躯。的确，要不是他让路，费利西亚诺休想从此经过。他要经过此地，马尔夏诺便跟他要钱，要一枚银比索，或者五公升牛奶，要么就是一瓶花露水。因为马尔夏诺曾给费利西亚诺出过主意，叫他拿这五公升牛奶到村子里去卖，卖一个比索，就能到集上买一瓶花露水，这样，马尔夏诺估计，起码在星期天和星期一，自己可以用它来抹头发了。可是直到如今也没见他拿来那些牛奶，因此，马尔夏诺对琼娜·马代欧斯的儿子没有什么好印象。马尔夏诺用他那大手戴好草帽，揉了揉眼皮，说了几句除了对自己，与任何人都不相干的话。他就在那里待了一阵子，张望着那条黄土路。到了下午五点，变天了，他的屁股都坐疼了。

那时，悬崖下边出现了一个蚊子般的小白点。小白点在山后边消失了，又看得见了，就这样反复了三次。他以为再也看不到它了，可后来小白点又在一堆木板旁边移动着。那不是费利西亚诺，而离得这么远，他一下子也说不清是怎么回事和那会是谁。后来那个小白点逐渐爬了上来，先是露出了黑色的头发，然后是肩膀，胸衣内两个结实的乳房，还有身体的其他部分，原来是安娜·华莱士。她无精打采地走来，用脚随意地踢着土块，因而每走一步，裙子就裹在她的两腿中间。此时此刻她在那条黄土路上走着，再走上一会儿，她就会看见骑在栅栏门上的马尔夏诺·莱耶斯。他打算转过身，钻到屋里去。明天安娜·华莱士就要和安德列斯·库埃斯卡结婚了，马尔夏诺不打算向她提起自己在这儿干什么，也不告诉她自己正守在路上等着那瓶花露水。

她站住了，拣起一根干树杈，仍然用一只脚踢着石头子儿，好像那儿就只有她一个人似的，尽管她已经看见坐在栅栏门上的小伙子动了动身躯。她慢慢朝前走去，用树杈尖在地上画出一道又一道。她已经到了跟前，只要一抬头就可以轻而易举地看到牛栏、木房顶和其他东西。所谓其他东西就是指从上面看着她的何塞·莱耶斯的儿子，他正使劲地朝她探着身子，简直就要栽下来了。安娜·华莱士不想让他觉得自己在看他。她拖着那根树杈，眼睛望着路边一棵茴香树的枝丫对他说：

“你呀，要是掉下来会摔坏的。”

“这是你的看法。”

他牢牢地抓紧坐着的地方，想方设法要问一问安娜·华莱士，为什么不待在家里洗澡，为明天做准备，跑到水渠这边来干什么。她明白了他的意思，便说：

“我八点钟去洗澡。然后，我教父安德列斯·库埃斯卡就不会让我出来了。”

她开始编自己的辫子，不再吭声，手指在乌亮的青丝里绕着。马尔夏诺望着她的手指，望了好一会儿，还有她的双肘。

“要是你下来，就可以看见我这只戒指了，这是我明天结婚的戒指。”

“好吧。”他说。他想跟她说点儿什么，好叫她抬起头来。这样，马尔夏诺就可以在空中保持好平衡，从胸衣的皱褶中朝下看一看。姑娘们对这类事向来都是想不到的，甚至想不到在和那个老库埃斯卡结婚之前，他还想最后再看看自己的面庞。“喂，那个费利西亚诺说什么要在教堂安上个喇叭，老远就能听见。我要去看看。”

她根本不理会他的花言巧语，只是一个劲地盯着地面。

“都这么说呢，可是，我得走了。”

“那只戒指，成色不错吧。”

马尔夏诺和安娜·华莱士互相看了一会儿，然后就不互相看了，他们似乎在打量着那些山峦。

“你罗莎姑妈在吗？”她说。

“我想她不在吧。” 他说，“这里的人全都走了，过完节才回来呢。”

“哎，行了，我得走了。”她理顺了头发，转过身去，背对着太阳，迈着轻快的步伐。

马尔夏诺望着她远去，在天空的映照下，她的颜色变幻着。然后他跳下栅栏门，取下草帽，顺着番荔枝繁密枝条的方向朝那一溜蓝花楹走去。他的胃下边有什么东西在隐隐作痛，嘴里有一股汗味。他把皮带又勒紧了一个扣眼，来到黄土路上，蹲在那里，屁股顶着脚后跟，用一只大手掌撑在地上，好听清各种声音。

终于，从路的另一端传来了土块滚动的声音，有人在小声地哼着歌，渐渐走近了。接着，安娜·华莱士出现了。“啦啦啦，啦啦啦。”她只是默不作声地朝后退退，好像不情愿又看到他这么稳稳当当地停在半路上。风把裙裾吹到她的两腿中间，太阳映红了她的面庞。他们就静静地站在那里，直到长长的阴影投到路上。马尔夏诺朝前走了几步，眼睛盯着自己的手、手指、宽大的手掌，盯着那些老茧，皲裂成一道道深深的口子。安娜·华莱士听着他的喘息声，喘息中带着一股汗味。

“你也下来了？”

“费利西亚诺说的那件事可是确确实实的。”她说。他们谈起教堂和广播喇叭。

“是的。”她说。

他们很快就明白，光是说安喇叭的事，用不着这样互相对视，因此他又盯着自己的手，手很大，有一条横纹从手心穿过。她很了解他，尽管他在那儿望着自己的手掌，同时却用眼角的余光扫着她胸衣里的什么东西，还扫着她的面庞。

“你那戒指不怎么样吧？”

“成色不错。”她说。然后她晃动着胳膊，转过身去。

虽然马尔夏诺仔细地打量着，却一点儿也看不出她在做什么，只能看到她抬到肩上的一只胳膊和黝黑的肘部。安娜从胸衣中间取出一枚用细绳系着的戒指。这时候马尔夏诺等在她身后。刮着小风，可他却在冒着汗，他略佝偻着身子，眼睛盯着不停抖动的连衣裙，裙裾一会儿飘起，一会儿又在臂部皱成一团。八点钟的时候，安娜·华莱士将去洗澡，他从来没见过谁穿着衣服洗澡。

安娜把那枚金黄色的小小戒指递给他看。

“谁知道它成色好不好呢？”

可他连碰都不愿意碰它，还是让它用一根细绳穿着挂在安德列斯·库埃斯卡的新娘的脖子上吧。她又把戒指裹好，放回原来的地方。

“它的成色再好也不能使那家伙变年轻呀。”他说。

那家伙是指老库埃斯卡，他大概正在什么地方为她买衣服吧，他总是骑着那匹黑马，朝地上吐着唾沫。

“我的薄纱连衣裙可真不错，还有镶有珠子的缎子鞋，你信不信？我爸爸卢西奥也去了。”

马尔夏诺想靠得更近一点儿，就一点儿，更近一点儿，直到能够用他那布满青筋的强健的胳膊碰到她。

“是要用热水给你洗澡了吗？给别人可是要用热水洗澡的啊。”

“是，”太阳正在下山，她觉得小伙子的胳膊紧挨着自己的裙子，“可是我得走了。”

他们又一语不发了。那布满青筋的强健的胳膊慢慢靠近了她的衣服，他从背后向她靠近。

“那一回我们出门时，我爸爸卢西奥给了我这根棍子。他把这根榅桲树枝截短了，原来它挺长的呢。”

马尔夏诺喘着粗气，他不想戳穿她的谎言，因为安娜·华莱士还很小，和他一样，也就有十六岁吧。

“我爸爸卢西奥和老库埃斯卡走了，他们买东西去了。我教父的耳朵上有一块刀疤。”

“这也吓不倒我。”他说。

她咬紧了嘴唇，默默地打量着草长得多高，并看着地面的颜色。

“我根本就不爱他，你信不信？我爸爸卢西奥对我说，女人就是要嫁人的。”

她还想就这点再做些解释，这时候那只宽大的手突然摸到她的腰部，腰带松开了。

“放开我，你要明白，要是有人看到我们就不好了。”

“现在谁也不会来的。”

他睁大眼睛，倾听着四野的动静。

“好吧，”马尔夏诺觉得血液涨满了他的头脑，两条腿一阵颤抖，“那些奶牛是我的。有四头。”

“别！”她头也不回地说，“我教父会不乐意的。”

“我还有木柴。”

“别。”

“不行吗？”

“你不用想了，我得走了。”

但是她脱不开身。马尔夏诺·莱耶斯从背后掀起她的裙子，紧紧地搂着她，把她拖到路旁，拖到有石头和野草的一边。然后他们两人开始往山上爬。太阳红艳艳的，他们一个劲地喘气，很少说话，生怕声音被人听见。

“要是有人看见我们就不好了。”她说。

“你先到那棵番荔枝树后面去，我随后就来。”他说。

安娜·华莱士想回去，想跑掉，但是他的喘气声从下面传上来，促使她迈着步子。当她来到番荔枝树下时，还可以听得见后面的喘息声。她独自一人在那棵树下蜷缩着身子，从那儿望着半轮残阳正发出火焰般的光芒，她真希望太阳不要从山后消失，生怕那脚步爬上来，爬上来。风刮来了这个男人的气味，他来了，几乎一点儿声音都没有。

他们停下来，静了静心，隔着一定距离，眼睛朝下，只是盯着自己的双脚，而不是看着面庞。他说：“啊，来吧。”他望着她，取下了皮带和草帽。安娜对着他说不出话来，只是紧贴着树干，收缩着身躯。他慢慢弯下腰来，她揪着裙裾，抵御着，但是并不太用力，因为马尔夏诺·莱耶斯用他那只大手在她的胸衣下摸着，使劲地压着她。这时，太阳下山了，也许还没有下山，可是她看不见太阳了，因为他那沉重的躯体压在她身上。

然后，马尔夏诺·莱耶斯躺在那棵树下，安娜·华莱士像轻轻的石子滚下山坡，草尖不时划在她身上。天空星光闪烁，蟋蟀在脚下为她唱歌，热带地区的萤火虫在她眼前飞舞，此时此刻，她觉得这些萤火虫变得更多、更明亮、更大了。

自她回到黄土路时，又回目顾盼那棵番荔枝的轮廓，但却什么也没看清，只见那件衬衫一晃，小伙子进屋去了，一切都很遥远了。她只觉得一股热血从大腿上流下来，流到膝盖，她心里有点儿慌，弯下腰来，抓起一把黄土，塞到裙子下面，然后继续赶路，翻过山头，看到苍穹下村子里的灯光在闪烁。

聂维斯对她说：

“姑娘来了！”

她把半个身子探到门外，正等着姑娘哪。她替姑娘掸去粘在裙子上的野豌豆壳。

聂维斯是她姑妈。进了家门，在泥土夯实的院子里，她碰到了祖母，祖母一手端着一盏油灯，另一只手里拿着一块肥皂。厨房里传来女人们说话的声音和碾压玉米的声音。祖母笑了起来。

“她吓坏了，就跑呀，跑呀。你快脱了衣裳吧，你得先洗洗头发。”她帮着孙女，拿来了布单和干净衣服。安娜·华莱士用肥皂洗着头发。

洗完澡就把姑娘带到那个房间里，屋子里有一股垃圾气味，二十把椅子都贴墙摆着。她叫姑娘坐在一把椅子上。

“给我一点儿亮儿，这儿太黑了。”

祖母又笑了，又给她收拾收拾。她走进厨房，只是对女人们说，安娜·华莱士吓坏了。她们就更起劲地说着话，笑着，直到听见了马蹄声，祖母便出门去看，她看到老库埃斯卡和卢西奥·华莱士回来了，正在卸下马鞍。他们把装着礼物的一个方盒子和用棕榈叶子包好的两瓶酒交给老太太，他们自己留下一瓶。

卢西奥说：

“给她洗过澡了吗？”

祖母很恭敬地望着那位穿黑色衣服的高个子男人，此人就是安德列斯·库埃斯卡，在灯光照耀下，那棕黑色的脸上布满皱纹，他总是那么严肃，因为谁也不记得他什么时候笑过。

“我让她坐在一把椅子上了。我去把灯拿来吧。”

两个人进屋坐了下来。安娜坐在那把黑椅子上，听他们说东道西。教父悠然自得地卷着一支香烟，趁着划亮火柴的当儿把目光停在姑娘身上。姑娘低下了头。火柴烧完了，可是在黑暗中教父仍用那两只小小的、目光锐利的眼睛看着姑娘。

“她们给你洗澡了吧？”

吸烟的时候，他把房间里的肥皂气味也吸进去了。

祖母端来一盏大煤油灯，已经点燃了灯芯，她把灯放在一只角柜上便走开了。于是，他们打开那瓶酒，开始慢慢地喝起来，喝了很长时间。

“卢西奥，最好让祖母给她准备准备。老太太们懂得怎样把事情向姑娘们说清楚。”

卢西奥·华莱士说：“好吧。”他看见女儿正低着头，头发披在肩上。

“过来。”

女儿不动。

“我叫你，站起来。”

她终于抬起头来，但眼睛还是一动不动地盯着黑黑的门框。

“您要是允许的话，我就走了。”

安德列斯·库埃斯卡说：

“你让她安静吧，明天我们就在一起过了，就是夫妻了。”

“你教父给你买了那件连衣裙，你会看到他们给你拿来的。”他期待着女儿有什么动静，“这要花钱的。”

“最好别，爸爸。”

父亲伸手捏了一点儿盐，放在手心，送进嘴里。教父摇了摇头。

“你看，镀上去的金是不会掉的，姑娘。”

安娜·华莱士眨巴着眼睛，把身子在椅子上又往下陷了陷。她只说了这么一句话：

“您最好收着吧。”

两个男子汉面面相觑，又看了看她。房间安静下来，只听见厨房里女人们的笑声和祖母的说话声。

“也许她不喜欢这件衣服吧，卢西奥。”

“她喜欢，这我知道。”

安娜·华莱士等安德列斯·库埃斯卡朝地上吐完痰，又一次对他说她不要这件连衣裙。

“不管怎么说，我可不跟教父过。今天就更不行了。”

老头子在椅子上转过身来，透过香烟的烟雾看着她。

“我早就说过，别人也可以和她结婚嘛，卢西奥。”

“没有别人，这我知道。”

“有的。”安娜·华莱士虽然明明知道他们在等待，想听她说些什么，她就是不肯抬起头来，也不肯摆摆手，“爸爸，我正想告诉您哪，马尔夏诺·莱耶斯要和我一起生活，我可以跟他。从前还不行，可是今天行了。我正想把这件事情告诉您哪。”

她不说话了，喘了一口气。三个人谁都没有变换姿势。他们继续听着。

“最好是什么也不必说，可这关系到我已经做过的事情。从前还没有什么，可是今天我做了。明天，我教父不会愿意把我带走的。马尔夏诺·莱耶斯把我带到那棵番荔枝树底下。后来，她们才给我洗澡。”

喊叫声和其他声音又传到屋子里。听着那笑声，安德列斯·库埃斯卡的脸上也开始绽开了笑容。

“这是瞎说呢。”卢西奥说。

安娜说：

“不是瞎说。”

接下来便是：两个男人相互看着。

安德列斯·库埃斯卡说话了。

“很遗憾，”他谈到某种交易，说，“没有办法啦，因为我的水渠从你的地里流过，对吧？谈过的那笔成交六头牛犊的生意也不用提了。”

卢西奥·华莱士思忖着这些话。

“好吧。总而言之，今年有这渠水从我地里流过，这对我是很有好处的，安德列斯·库埃斯卡。”他们相互望着，眼皮都不眨一下，“你看还能不能商量商量，看看能不能找出个办法来。”

老头子的眼睛盯着煤油灯芯，他也在思忖着那些话。

“有办法，有。”他缓缓地吸着烟，“条件就是要伸张正义，卢西奥·华莱士。”

卢西奥扭过头去看着蜷缩着身子的姑娘，他又捏了点儿盐，等着盐味在嘴里化开，他不动嘴皮地说道：

“好吧，库埃斯卡，不能叫人家说这儿不主持公道。”

教父哈哈大笑，痛快地给自己斟酒。

“叫她穿上这件连衣裙，总而言之，这衣服是她的。”

又待了一会儿，两个男人站了起来，姑娘看见两人的身影从墙上升起，一直延伸到屋顶。她觉得自己听到他们出去了，可是卢西奥·华莱士又返回来，正往腰带上别矛头和砍刀。

“孩子，”他的声音很平静，好像充满悲痛，“咱们最好别耽搁了。听着，你快梳好头，穿上明天用的这件连衣裙。我们等着你。”

她想回答说不干。

“我说了算，孩子，你祖母会帮你的忙。我们等着你。”

他转过身便走了。门外，安德列斯·库埃斯卡拖着马鞍。然后听到从街上传来的马嘶声，祖母进来了。

“姑娘，我来给你穿衣裳。”

安娜问：

“他们上哪儿去了？”

“他们是男人，我一个女人家怎么会知道呢？明天你就要结婚了，库埃斯卡想叫你穿上这连衣裙。我跟你说，过来。”

凌晨两点钟，安娜·华莱士又坐在椅子上等着。她打扮得非常漂亮，肩上披着披巾，轻纱裙子在身体周围披散开来，一直盖到脚面，双脚穿着镶了玻璃珠子的缎子绣花鞋，显得小巧玲珑。

女人们都离去了，家里一点儿声音也没有，只听见院子里蟋蟀在鸣叫。一切如故，煤油灯的火光偶尔在玻璃罩下闪一闪。

然后，他们来了。安娜·华莱士早就听到了他们的声音。听着他们的坐骑越走越近了，还听到犬吠声。她计算着时间。他们终于在院子的土地上下了马。她听出父亲卢西奥的脚步声，然后是他的身子，挡住了门口。

“出来呀。”他说。

安娜·华莱士没有回答，但是她系好披巾，提起裙裾。父亲闪在一边，她低着头，从他面前走过。

安德列斯·库埃斯卡在外面等着，穿着黑衣骑着马，二者浑然一体。

卢西奥·华莱士把母马牵过来。

“上去吧，孩子，我骑在马屁股上。”

她困惑不解地望着他。

“好的，卢西奥爸爸。您最好告诉我，这么晚了，咱们上哪儿去呀？”

他说：

“走你的吧，不会有什么坏事。我们已经找过马尔夏诺了。”

他们开始沿着街巷慢慢朝上走去，想让马轻松一些，因为马刚刚走了一趟，所以还在出汗，在急促地喘着气。安德列斯·库埃斯卡在后面跟着，保持着一定距离，也保持着他那神气十足的姿势。他们这样走着。

走到村口时，马蹄声就听不见了。能听到大家的喘息声，但听不到安娜·华莱士的呼吸，因为她觉得嘴里没有空气，有的只是一股潮气。

翻过绿色的山冈，他们沿着水渠走着，渠水是那样平静，星星和萤火虫都倒映在水中。然后，又是一片田地，就来到黄土路口了。

“咱们最好下马吧。”安德列斯·库埃斯卡说。

他们勒住马，下了鞍。

“孩子，把手给我。咱们走着吧。”

她听从了，但是想知道究竟是怎么回事。

“你应当告诉我咱们上哪儿去。”

“是你说的，是马尔夏诺·莱耶斯。”

“我说的是他。他说，只要您给操办一下，我们就可以结婚。”

父亲想把事情说明白一点儿：

“行了，你放明白点儿吧，他结不成了。”

从他的话中，姑娘听出了歹意，便站住了。

“我要回家。”

可是安德列斯·库埃斯卡攥着她的一条胳膊。

“卢西奥，你的话太多了。抓住她的另一条胳膊！”

夹在两人当中，安娜胡乱地迈着步子。他们的步子很大，与她的步子不一致，她不肯走了。

“爸爸，放开我。”

从那儿到玉米田的空地那里，离他们停住的地方没多远了。库埃斯卡弯着腰说：

“这里蛮好。”

安娜听到了。她知道他们要对她干点儿什么，但不清楚做什么，怎么做，这时她看见教父用砍刀把一根木桩砍出一个尖头来。他把木桩埋进地里，细心地让长长的尖头指向天空。安娜回过头对父亲说：

“爸爸，您可别帮他干这事呀。”

她挣脱了那条胳膊，跑了几步，但没跑多远，两个人很快就把她拖回木桩那里。卢西奥撩起她的裙子。

“爸爸，饶恕我吧。”

“孩子，我的孩子，要知道这是伸张正义。”

她叫喊起来，他们很快地干着。

“也许还够不到她。”

“够得到了。”安德列斯·库埃斯卡说。“我让桩子的四分之三留在地面上了。”

在这个过程中，安娜·华莱士一直哀求着、挣扎着，可是安德列斯趁着卢西奥解开裙子的当儿就把她举了起来。

“大概行了，就在这儿。”

“行了，放下她。”

他们把她戳在木桩上，安德列斯按着她的肩膀慢慢往下压，只听得体内撕裂的声音，也听得见她的叫喊声，因为一开头她还在大喊大叫，但是后来便不叫了。她渐渐安静下来，终于不动了，支撑在地面上了，不是直立，而是蹲着。

老家伙点燃一支香烟，两个汉子在她对面待了很长时间。然后安德列斯·库埃斯卡用披巾给她整容，又把那披巾扎在她头上，把她的一双小手交叉放好，把纱裙的裙裾在身躯周围铺开。

“咱们最好走吧。”卢西奥说。

于是，他们走了。

“我把我的香烟留给她了。”老家伙说。

然而卢西奥没有听见他的话。节日的第一批爆竹已在空中炸响，然后可以听到有马匹奔跑在黑蒙蒙的平原上。

正是为此，费利西亚诺才加入了那些人的行列，他们在这里看着她。谁也不能相信这件事。阳光下，安娜·华莱士端坐着，小脸蛋偏向一侧，纱裙的裙裾舒展在身体周围。她那双小手交叉着，嘴巴非常安详地微笑着。女人们跪下来，男人们非常严肃，他们只想屏住呼吸，不要发出声音来。神圣的钟声开始敲响，宁静又渐渐笼罩在众人的头上。

段若川　译

塞尔修·马加尼亚（Sergio Magaña，1924—1990），墨西哥作家。

痨病女

哈维尔·德·比亚那

我很爱那高乔姑娘，我的小公主。她的面庞呈浅褐色，一双黑色忧郁的眼睛，红色的嘴唇有如憔悴的野樱桃。

她的脸小小的、尖尖的，像古斯科种小狗的脸一样。她的个头很小，瘦骨嶙峋，她那纤细小巧的少女的身体裹在宽大的棉布衫里，几乎看不出线条来：这是个贫血姑娘的可怜躯体。那双脚，虽然穿着粗制麻鞋，也显得秀丽俊俏，双手蜷缩在过长过大的粗纺棉布衬衫的袖子里。

有时候，她要在寒冷的清晨起来挤牛奶。她咳嗽着，特别是当无法把已经长大的、正吮着乳汁的小牛从母牛的乳房边赶开时，她一生气，便咳嗽起来，是结核病纠缠着她那没有抵抗力的小小肺叶。她还算不上结核病患者，作为医生，我曾这样断言。

她很少讲话，嗓音异常甜美。短工们是不理睬她的，除非是骂她，或是用粗话来羞辱她。主人们，虽然为人不错，也不太尊重她，把她看作是没多少油水的机器般的动物。

大家都把她看作“痨病女”。

她很美，但是她的病态美并不具备女人特有的吸引力，激不起人们的欲望。大概由于这个原因，庄园里那些粗鲁的人恨她。这就好像雅利瓦草或铁兰似的，结出的果实也没法吃。

她知道人们恨她，但并不生气，而是用一罐牛奶来报答最残酷地伤害过她的人。对侮辱和谩骂她的人，她总是报以忧郁的眼光。她的眼睛大大的，发蓝的眼白为眼睛镶上一道秀丽的边框，乌黑的瞳仁在里面游动，这双看上去总是在哭的眼睛里从来没有一滴眼泪。

哪怕会被庄园女主人骂一顿，她也要把锅子从火上挪开，为刚从地里回来的短工热上一壶苦苦的马黛茶，或是从烤肉的火堆里抽出几块红火炭，让短工烤嫩玉米，可短工们还是不喜欢她！

“痨病女比蝎子还歹毒！”我曾经听一个人说。

有个短工用斗篷裹着她偷偷递给他的一块面包，却这么说道：“痨病女像只变色龙，虽然体形很小，但却十分危险。”除了这些人对她的不公正外，命运的乖谬，也使这可怜的小姑娘的生活更加痛苦。出于好心，她收养了一些被孩子们捣坏了泥巢的小鸟，其中有“本德贝沃”鸟、“碧灵雀”和“奥尔内沃”鸟。她利用不多的闲暇，以教徒般的耐心照料着小鸟，但不知该归咎于什么妖术，这些小鸟陆续都死了。

她照看的高乔羊羔，长得又肥又壮，看上去非常健康，但是不定会在哪天早上死去，肚子膨胀，四肢发僵。

有一天我看到这样一个场面：

天黑了，很晚才宰完牛。人们忙着在一堆硬是不冒火苗的火堆上烤牛肉。一个短工走过来。

“给腾个地方，让我放上小锅！”

“你没见不冒火苗吗？”

“就一小块地方。”

“好吧，拿来吧，哪怕回头女主人要骂我一大通呢！”

她抽出几根燃着的柴。马黛壶里的水开始沸腾。痨病女被青柴熏得直咳嗽，她弯下腰去端那壶。那位短工拦住她。

“我说过，”他说，“你别上前来。”

“我不能上前去？……为什么，塞巴斯蒂安？”可怜的姑娘眼泪汪汪地嘟哝着。

“因为……我可不想惹你生气……可是……你一上前来我就害怕！”

“你害怕我？”

“比天上打闪时还害怕……”

短工拿着小锅，头也不回地走了。这时候我走进去，看到小姑娘更加忙碌地照看着烤肉，脸上的表情毫无变化，面颊仍是那么苍白，那双大眼睛仍然那么忧伤，然而没有一滴眼泪，没有一点儿平时脸上的那种痛苦表情。

“他们使你很痛苦，是吗？我的小公主？”我这么说只是为了搭个话，也是为了掩饰我的愤怒。

她笑了，淡淡地一笑，冷冷地一笑，恶意地一笑，虽然她尽量想让那笑意显得善良。

“不，先生，他们就是这样的，但他们是好人。对我来说，一切都……”

一阵咳嗽打断了她的话。

我再也不能控制住自己，跑过去扶住她。她那小小的身躯在我的怀抱里颤抖着，她那干涩忧郁的黑色眼睛映在我的眼中，带着一种奇异的神情，既无感激之情，也没有善意的表示，这目光使我全然不知所措，使我想起了过去我面对面地碰到一条十字花蛇的情景，那蛇的目光令我终生难忘。

我吓得直冒冷汗，松开了胳膊。我并没有为自己的怯懦感到后悔，我好像看到痨病女失去了我的搀扶倒了下去。然而，我看到她非常坚强，非常自信，镇静地把炭火拨到烤肉跟前。她总是那么苍白，总是那么镇静，在那忧郁的黑色眸子的深处藏着无可奈何的、永久的悲伤。

我非常茫然，不知如何是好，不知该说些什么。我离开了厨房，走到院子里。在那里，我碰到那位端着锅的短工，他很尊敬地对我说：

“大夫，您得当心啊！我害怕蛇，但是在迫不得已的情况下，我宁可和一条十字花蛇睡在一起，也不愿与痨病女共睡一床。”

我既感到愤怒，又有些迷惘，抓住他的一条胳膊，猛烈地摇晃着：

“你说些什么？”

“我没说什么，我只是说，谁也弄不清楚是怎么回事。”

“但你这样说是不应该的。”我怒气冲冲地回答，“这可怜的小姑娘干了些什么，叫你们这样对待她？你们猜她会干坏事，可她是那么善良；你们每天都辱骂她，她却以善报恶。”

“听我说，先生……要讲痨病女到底是怎么回事，我说不清楚。我不能断定变色龙会咬死人，因为我没见它咬过什么人……但有这种可能性，所以我害怕它……痨病女也是这样……因此我有点儿害怕，大家都害怕……大夫，你瞧，蝎子、毒蝇这类虫豸，不能不使人害怕……”

那乡下人不吭声了，我也无言以对。

几天后我离开了庄园。四五个月以后，在一份报纸上我看到这样一条电讯：在×庄园，由于食用投放了砒霜的馅饼，农场主××先生、他的妻子、女儿、工头，以及所有的仆人都中毒身亡，只有一个绰号叫“痨病女”的女佣得以幸免。

段若川　译

哈维尔·德·比亚那（Javier de Viana，1868—1926），乌拉圭作家，晚年在贫病交迫中死于首都蒙得维的亚郊区。作品多以乡村生活为题材，著有《高乔姑娘》《印第安孩子》，短篇小说集《田野》等。

死去的人

奥拉西奥·基罗加

那个汉子用砍刀刚刚清除了香蕉园里的十五行地段。还有两行没干完；不过，这两行长满了油腺巴豆和野生锦葵，比起前边的活儿来省事多了。因此，那汉子向已经清除的灌木丛投去满意的一瞥，跨过铁丝网，要在雀稗地上躺一会儿。

可是，当他压低有刺的铁丝网把身子跨过去时，他的左脚在一块从木桩上掉下的树皮上滑了一下，便失手弄掉了砍刀。那汉子摔倒时产生摔得很远的感觉，没看见砍刀正好就落在他摔倒的那块地上。

他已经躺到雀稗草上，右侧身体着地，他正好希望这样躺着。他刚才还大张的嘴，也马上闭拢了。他的膝关节弯起，右手压在胸口，这正合他的心意。只是在他直接压在腰下的前臂后面，从他的衬衫里露出砍刀的刀把儿和一半刀身，砍刀的其余部分看不见。

那汉子试图挪动自己的头，可是白费力气。他斜看了刀把儿一眼，刀把儿因他的手汗仍是湿乎乎的。他心里估计出砍刀插入他腹部的宽度和深度，更冷静、准确、无情地肯定，他生命的大限马上就到了。

死亡。在生命的流逝中，人们时常会想到，经过无数预备性的年、月、星期和日子，总有一天轮到我们走到死亡的门槛。这是必须接受的和可以预见到的不可避免的法则。我们过于经常地让自己愉快地想象到那个时刻，其中尤其是想象到咽下最后一口气的那个时刻。

不过，在现在和咽气之间这段时间里，在我们还活着的时候，我们可能会有什么样的梦想、心神不宁、希望和不幸事件！在从人生舞台上消失之前，我们还要如何保存这个生机勃勃的生命！我们离开死亡和许多意外事故是如此遥远，我们仍然要活下去！这就是在谈到死亡话题时，我们还能感到安慰、快乐和振振有词的缘故！

还……还没过两秒钟，太阳恰好还在同一高度，影子连一毫米也没有挪动。突然，就在谈到死亡话题的这一长段时间里，决定了躺着的那个汉子的命运：他正在死去。

死亡。可以认为，他是躺得很舒服地死去。

不过，那个汉子睁开眼睛，看了看。过了多少时间啦？世界又发生了什么灾变？什么可怕事件使大自然一片混乱？

他快要死了。他正在冷漠地、不幸地和不可避免地死去。

那个汉子抗拒着——这可怕的事太意外了！他想：这是一场噩梦，确是一场噩梦！有什么变化吗？什么变化也没有。他放眼望去，难道那个香蕉园不是他的香蕉园吗？难道他没有每天早上来清理香蕉园吗？谁认得这就是他？香蕉园他看得非常清楚，园里十分稀疏，那些宽宽的叶子显露在阳光下。叶子就在那里，很近，都被风吹破了。可是现在却一动不动……这是中午的宁静，马上就该十二点了。

透过香蕉树，在那边高处，那个汉子从坚硬的地上看见了他家的红屋顶。在左边，他隐约看到树林和新开的桂皮树种植地。他再也看不见什么了，不过他很清楚，他的背是躺在通往新港的路上，在他头部方向的下方，巴拉那河宽得像湖一样静静地流过山谷。一切，一切确实都跟往常一样。骄阳似火，颤动的空气显得无比荒凉，香蕉树凝然不动，张在又粗又高的木桩上的铁丝网马上就要挪动了。

死亡！但是这有可能吗？那么多天都在黎明时分手持砍刀从他家出来的，不就是这个汉子吗？他的那匹马——他的马拉卡拉，不就在离他四米远的那个地方，小心翼翼地闻着有刺的铁丝网吗？

是的！有人在吹口哨……他不能看见，因为他仰卧在路上，可是他听得见马蹄在小桥上发出的响声……这是那个小伙子，他每天上午十一时半都到新港去。他总在吹口哨。从几乎碰上他靴子的那根剥了皮的木桩，到把香蕉园和路分开的那道活树篱，有十五米远。这一点他十分清楚，因为在安铁丝网时量过这段距离。

那么，出什么事啦？在米西奥内斯，在他的树林里，在他的牧场上，在他稀疏的香蕉园里，在许许多多中午中这是不是一个平常的中午？当然是！矮矮的雀稗草、蚁垤、直晒的太阳……

没有，什么也没有改变，只有他不同了。连续五个月他亲自锄过的牧场，他独自用双手清理过的香蕉园，在两分钟前就跟他，跟他这个活人没有任何关系了，跟他的家庭也没有关系了。由于一块滑溜的树皮和一把插进腹部的砍刀所造成的后果，他突然地（也是必然地）被迫离开了。两分钟前，他在死去。

那个汉子感到十分疲乏，身体躺在雀稗草上，面对所见到的平常而又单调的面孔，始终抗拒接受一种意义重大的现象。他很清楚，时间是中午十一点……那个小伙子每天都在这时刚刚从桥上走过。

可是他竟会滑倒，这是不可能的……他的砍刀把儿（它已经有点儿损坏，很快就该变成别的东西了）正好压在他左手和有刺的铁丝网之间。在森林里居住了十年，他已熟知怎样使用森林砍刀。那天上午他只不过干活干得太累了，像平常那样休息片刻。

证据？不过，他亲手种在相距一米的几块地里的雀稗草，现在正伸进他的嘴角！那是他的香蕉园，那是他的马拉卡拉，正在有刺铁丝网前小心翼翼地喘粗气！他很真切地看见了那匹马，知道它不敢从铁丝网的角上拐过去，因为他就躺在那根木桩脚下。那根木桩他看得十分清晰，他还看见从马肩隆和臀部流下的一道道黑色的汗水。太阳直晒下来，宁静极了，香蕉树上连一根花穗都不动。每天都跟那天一样，看见的是同样的事物。

……他疲倦极了，可他只是在休息。准是已经过了好几分钟……就在十一点四十五分的时候，从上边那间红屋顶农舍那儿，他的妻子和两个儿女正动身去香蕉园找他吃午饭。在听见别的声音之前，他总是先听见喜欢挣脱母亲的手的小儿子叫喊“亲爸爸，好爸爸”的声音。

那不是吗？……当然，他听见了！ 时间到了。他果然听见了小儿子的喊声……

多可怕的噩梦……不过，这当然是许许多多日子之一，跟所有的日子一样平常！光线太亮，有许多发黄的影子，像是烤肉炉里那静悄悄的热气，使站在禁止通行的香蕉园前那匹一动不动的马拉卡拉浑身流汗。

……非常乏，太疲倦了，不过仅此而已。他有多少次像现在这样，在中午穿过那片牧场回家，这是他来到时新开垦的，以前本是原始丛林！他还是非常疲倦，这时左手提着砍刀，迈着缓慢的步子走回家去。

要是愿意，他还可以从思想上让自己离开；要是愿意，他可以立刻抛弃自己的身体，从他建造的分水角上观赏永远是平平常常的景色：长满粗硬雀稗草的满是火山岩的地方；香蕉园及园里的红沙；隐约出现在斜坡上的铁丝网，朝那条路弯成直角。在更远的地方，还能看见他亲手开辟的牧场。在一根剥了皮的木桩脚下，他正好跟往日一样身体右侧躺在地上，腿蜷着，看得见自己像放在雀稗地上晾晒的一小堆东西，在那里歇着，因为他累了……

但是，那匹马汗流如注，站在铁丝网拐角上谨慎地一动不动，它也看见了躺在地上的那个汉子，虽然很想走进香蕉园，却不敢。随着一阵阵“亲爸爸”的叫声越来越近，它把一动不动的耳朵长久地转向那一小堆东西；它终于放心了，决定从那根木桩和那个躺在地上的人（他已经安息了）之间走过去。

林光 译

圣诞子夜弥撒

马查多·德·阿西斯

我始终未能理解多年前自己与一位女士的一场谈话。当时我十七岁，她三十岁。谈话发生在圣诞夜，我因和邻居约好同去参加圣诞子夜弥撒而不打算睡觉，准备等到十二点去叫他。

当时我住在书记员梅内西斯家里，于数月前从曼加拉蒂巴来到里约热内卢读预科。梅内西斯的第一任妻子是我的一个表姐。他的第二任妻子贡赛桑及她母亲友好地接待了我。在位于参议院大道的两层小楼里，日子过得很平静，我以阅读来打发时间，鲜少参与交际，偶尔出去转转。家里人不多，只有书记员、他的妻子、岳母以及两个女奴——旧时陋习。晚上十点，所有人回房间，十点半便全部睡下。我从未去过剧院，不止一次在听到梅内西斯说要去剧院时，求他带上我。每每至此，他的岳母都会朝我做个鬼脸，两个女奴也假装微笑，书记员则沉默不语，穿戴整齐地离开，第二天早上才回来。后来我才知道，“去剧院”是个委婉说法，梅内西斯有情人，一位离异女士。他每周抽一天在外面过夜。起初贡赛桑为此感到痛苦，但终究还是选择忍受、适应，最后竟觉得丈夫做得很对。

美好的贡赛桑！人们称她为“圣人”，她名副其实，如此轻易就容忍了丈夫的漠视。贡赛桑脾气温和，没有极端情绪，不会大哭，亦不会大笑。在我讲述的这件事里，她就像个伊斯兰教徒，能够平静地面对丈夫的其他女人。若我认为她哪里有不妥，请上帝宽恕我。贡赛桑是个既温柔又被动的女人，长相普通，不美不丑。她是我们口中的“老好人”，不说任何人坏话，包容一切，不知恨为何物，甚至可能也不懂爱。

在那个圣诞夜，书记员又去了剧院。时值1861年或1862年，我本该趁放假回到曼加拉蒂巴，却因为想看“宫廷式圣诞子夜弥撒”而留在里约。到了十点，所有人照常回屋休息。我穿好衣服，待在前厅，做好出门的准备。穿过走廊就是正门，从那里离开可以不吵醒任何人。门上通常挂着三把钥匙：书记员拿走一把，我离开时也会拿走一把，剩下一把留在家里。

“诺格拉先生，你要做什么来打发等待的时间啊？”贡赛桑的母亲问我。

“阅读。伊娜西亚夫人。”

我拿出一本《三个火枪手》，应该是曾刊登于《商贸报》的老版翻译。全家人都睡了，我坐在前厅中央的桌子边上，在煤油灯的微光中再次跨上达达尼昂的瘦马，开启冒险之旅，很快就完全沉醉于大仲马的文学世界。等待通常令人感觉时间停滞不前，那一晚却正相反，每一分钟都飞逝而过。我几乎没注意到时钟敲响了十一下。然而，从里屋发出的轻微响动却将我从阅读中唤醒。脚步声在客厅到饭厅的走廊间响起。我抬起头，不久便看到贡赛桑的身影出现在门边。

“你还没去？”她问。

“没呢，好像还没到十二点。”

“真有耐心！”

贡赛桑走进房间，脚上穿着卧室拖鞋，白色睡袍松垮地系在腰间。她身材消瘦，有种浪漫气质，与我的冒险之旅并不相冲。我合上书，看她在对面的椅子上坐下，旁边则是沙发。像是听到我询问她是否被我吵醒似的，贡赛桑突然说：

“没有没有！我就是醒了。”

我盯着她看了一会儿，质疑这一说法。那双眼睛看起来不像刚睡醒，倒像还没睡。我很快将自己的观察抛到脑后，不曾想过也许她的确是被吵醒了，为免我自责而没有说实话。我都说了她是个好人，是个大好人。

“是快到时间了。”我说。

“你一个人醒着干等，邻居却在睡觉！真是有耐心！你不怕鬼吗？我还担心刚才进来的时候吓着你。”

“刚听见脚步声的时候，我觉得有点儿奇怪，不过您很快就出现了。”

“你在读什么？不用说，我已经知道了，是《三个火枪手》。”

“对，很精彩的小说。”

“你喜欢小说？”

“喜欢。”

“读过《混血女孩》吗？”

“马塞多博士写的？我有一本在曼加拉蒂巴。”

“我很喜欢小说，但读得少，没有时间。你读过哪些？”

我说出一些作品，贡赛桑把头靠在椅背上，眼睛半睁着，视线始终落在我身上。她偶尔用舌尖润湿嘴唇。待我说完，她不言语，我们沉默了几秒。接着，她抬起头，双肘撑在椅子扶手上，两手交叉托着下巴，整个过程都未曾移开视线。

也许她无聊了，我心想，赶忙说道：

“贡赛桑夫人，我看就快到时间了，我……”

“不，不，还早呢。我刚看了表，现在十一点半，还有时间。你夜里不睡觉，白天能坚持住吗？”

“我以前也熬过夜。”

“我就不行，夜里不睡的话，到白天肯定得睡，哪怕只睡半小时。我是老了啊。”

“您可一点儿都不老，贡赛桑夫人。”

我的话令她露出笑容。向来安静且动作舒缓的贡赛桑突然快速起身，走到房间另一侧，在窗户与书记员办公室的门之间踱步。她这一随性的举动给我留下深刻印象。贡赛桑身材苗条，但行走时却微微左右摇晃，像在努力挪动身体一样。在那晚之前，我从未觉得她这一姿态如此之独特。书记员的妻子偶尔停下来，摸摸窗帘或是把柜子上的物品摆正。最终她走到我对面停下，我们之间隔着桌子。她的话题圈子很窄，又绕回原点，再次对我醒着等待午夜到来表示惊讶。我重复一遍她已经知道的事实：我从未看过首都的圣诞子夜弥撒，不想错过这次机会。

“就和乡下的弥撒一样，所有弥撒都差不多。”

“我相信您说得对，但这里的弥撒应该更奢华，有更多人参加。圣周的庆祝就比乡下要隆重。圣洗约翰日就不好说了，还有圣安多尼日……”

贡赛桑慢慢将手肘支在大理石桌面上，把脸埋进手掌。没有系扣的袖子自然滑落，露出十分白皙的小臂，并非我预料的那么纤细。

那景象于我而言虽不常见，却也并非初次，然而，那是最令我难以忘怀的一次。虽然灯光昏暗，但从我所坐的位置依旧能数出那些过于明显的青色血管。贡赛桑的存在比书更让人清醒，我不停说着对城里弥撒和乡下弥撒的看法，说出所有涌到嘴边的话，莫名地边说边改口，拓展话题或是重提旧话，用笑声引出她的笑容，欣赏她洁白整齐的牙齿。她的双眸颜色偏深，但并非黑色，鼻梁直挺，鼻尖形成恰到好处的弧线，使整张脸看上去像是带着疑问。每当我提高声音，她马上阻止：

“小点儿声！会吵醒妈妈。”

贡赛桑始终保持她的姿势，我们的脸离得很近，这使我满心欢喜。其实无须提高声音就能听清：我俩窃窃私语，我比她说得多。她偶尔显得很严肃，皱起眉头。最终，她累了，更改表情和位置，绕过桌子坐到我旁边的沙发上。我转过身，无意中瞥她的鞋尖，只有一瞬间，她坐下后脚便被睡袍遮住。我记得那双拖鞋是黑色的。贡赛桑低声说：

“虽然妈妈离得远，但她睡眠很浅，这么早被吵醒的话，很难再入睡。”

“我也是这样。”

“什么？”她为听清楚而向我靠近。

我坐到离沙发更近的椅子上，重复之前的话。她笑这一巧合，她也睡不熟，我们是三个浅眠的人。

“我有时会像妈妈一样，醒了之后怎么也睡不着，在床上翻来覆去，起来点上蜡烛，在屋里走走再回到床上，还是睡不着。”

“今天就是这样吧。”

“不，不是。”她马上回答。

我不懂她为何否认。她自己可能也不懂，转而抓起腰间带子的两端往膝盖上甩，我的意思是，直接打在膝盖上，因为她跷起腿，双膝便从睡袍中露出来。接着她讲起关于梦的故事，说她只在童年做过一次噩梦，还问我是否曾做过噩梦。谈话就这样缓慢地延伸，我忘了时间，也忘了弥撒。每当我讲完一件事或回答完一个问题，贡赛桑就提出新问题或是抛出新话题，于是我得再一次开口。她不时地提醒我：

“小点儿声，小点儿声……”

偶尔也有暂停。有两次我以为她睡着了，但闭上的双眼在下一刻猛然睁开，不带任何疲惫或困倦，仿佛闭眼只为让视线更加清晰。其中一次使我为她着迷：她在睁眼之后又一次闭上，记不清是迅速合上双眼还是缓慢落下眼皮。那一晚给我留下的印象，零碎且混乱。自相矛盾，令我困惑。但有一点我记得很清楚，在某一刻，贡赛桑在我眼中不再只是友善，而是变得美丽，无比美丽。她从沙发上起身站着，双臂交叉。我出于尊敬也赶忙站起来，却被她阻止住。一只手放在我肩上，示意我坐下。本以为她要说什么，但贡赛桑只是仿佛感觉寒冷一般颤抖一下，转而坐到我之前看书时所坐的椅子上。接着，她抬头望着沙发上方的镜子，说起挂在墙上的两幅画。

“这些画已经旧了。我让西格尼奥去买新的。”

西格尼奥是指她丈夫。从这些画就能看出书记员是个怎样的男人。一幅是“埃及艳后克里奥帕特拉”，另一幅我忘了具体内容，但画的也是女人。两幅都很庸俗。我当时倒不觉得丑。

“挺好看。”我说。

“是好看，可是已经有污渍了。说实话，我更愿意挂两幅圣徒像。这两张画更适合挂在男人的房间或是男人修面的地方。”

“修面的地方？夫人应该从没去过吧。”

“没去过，但我想象顾客们在等待之余肯定会聊起女人。老板为取悦顾客，自然会摆出美女画像。摆在家里就不合适了。我是这样想的，我确实有不少奇怪的想法。不管怎么说，我就是不喜欢这两幅。我有一个无染原罪圣母像，她是我的主保圣人，不过是尊雕像，不能挂在墙上，我也不想挂，就摆在神龛里。”

说到神龛，我记起了弥撒，想到也许已经迟了。我想告诉贡赛桑，但话到嘴边又被咽了回去，因为我更想继续听她低语，甜美的声音中夹带着一丝慵懒，使我的灵魂也变得懒散，无力顾及弥撒和教堂。她诉说着年少时的祷告，舞会上的奇闻趣事、旅游经历，对帕克塔岛的朦胧回忆，不间断地全部混杂在一起。说腻了过去，她转而开始聊当下的生活，聊家务事，坦言在结婚前听说家庭琐事令人疲惫，但婚后觉得并非如此。她没告诉我，但我知道她结婚时是27岁。

贡赛桑不再变换位置，表情也没有变化。双眼漫无目的地在墙壁上游走。

“该换墙纸了。”她仿佛自言自语。

我附和着表示同意，实则只为动动嘴保持清醒，强烈的困意麻痹了我的舌头及感官。我想结束谈话，又不想结束。出于尊敬，我努力把双眼移开，不盯着她看，但这也许会被看作是不耐烦的表现，于是我再次看向贡赛桑。语言逐渐枯竭。窗外的街道已然寂静无声。

我们陷入绝对沉默，不知过了多久。从书记员办公室里传出老鼠啃食东西的声音，只有它令我保持清醒。我想以此开启新话题，却不知该怎么说。贡赛桑似乎在神游。突然，外面有人拍着窗户喊道：“圣诞子夜弥撒！圣诞子夜弥撒！”

“你的朋友到了。”她边说边起身，“真有意思。本来是你要去叫他起床，结果他倒来叫你了。去吧，应该到时间了。再见。”

“已经十二点了？”我问。

“自然是到了。”

“圣诞子夜弥撒！”喊声伴着敲窗户的声音重复响起。

“快去吧，去吧，别让他等了，怪我没注意时间，明天见。”

贡赛桑向里屋走去，步伐轻柔，依旧微微左右摇晃。我到街上和邻居碰头，一起去了教堂。弥撒过程中，贡赛桑的容貌再次浮现，隔在我与神父之间，就归咎于我的17岁吧。第二天午饭时，我说起弥撒以及在教堂遇见的人们，但那并未激起贡赛桑的好奇。那一整天，她像往常一样友善、得体，没有任何表现能让人联想到前一晚。新年的时候，我回到曼加拉蒂巴，三月再次返回里约时，书记员已经因中风去世了。贡赛桑住在新因热尼奥区，我没去看望她，之后也没遇见过。后来听说，她嫁给了亡夫手下的一位抄写员。

马琳　译

马查多·德·阿西斯（Joaquim Maria Machado de Assis，1839—1908），巴西最著名的作家，擅长写作一切文学体裁，注重描写人物心理，开创了巴西的现实主义文学与城市文学。他还是巴西文学院的创建者与首任院长。

一只母鸡

克拉丽丝·李斯佩克朵

这只鸡属于星期天。她还活着，因为上午九点还没到。

她看起来很平静。从星期六开始，她便蜷缩在厨房的一个角落里。她谁也不看，谁也不看她。即便人们挑中了她，无情地用手拨弄着她的内心，却依然不知道她是肥是瘦。人们从来猜不出她也有渴望。

因此，当人们看到她张开翅膀短暂地飞翔，不由得惊呆了，她胸膛鼓着气，两三下之后，便到达了露台的边界。有一刻她迟疑了——正是此时，厨娘发出了尖叫——瞬间，她踏上了邻居家的露台，又从那里，经过又一场笨拙的飞行，到达了屋顶。她停在那里，宛如错位的装饰物，有时用一只脚，有时用另一只脚，迟疑地立着。全家人被紧急叫出，惊愕地看着午餐紧挨着烟囱。一家之主想起了偶尔做做运动与准备午餐的双重需要，他喜气洋洋地穿上一件浴袍，决定追随母鸡的路线：他小心谨慎地跳上了屋顶，而这只迟疑而颤抖的母鸡情急之下正选择另一条路。追捕变得更为紧张。从屋顶到屋顶奔波于街上一整圈的房子上。对于这场生命中最为残酷的斗争，母鸡并无准备，她不得不独自一人决定前行之路，她的同族帮不上忙。然而那男人是沉睡的猎手。无论这场抓捕多么微不足道，征服的呼喊声终于响了起来。

这只母鸡无父无母，孑然于世，她奔跑、喘息、沉默、专注。有时，逃逸之中，她气喘吁吁地悬在檐瓦之上，而男人正困难重重地攀上另一些檐瓦，这时，她得到了暂时重整旗鼓的时间。这样，她看起来很自由。

愚蠢、羞涩、自由。她不像逃逸中的公鸡那样趾高气扬。她的脏腑之中到底有什么让她成了一种存在？母鸡是一种存在。不能指望她做任何事。她自己都不能指望自己，就像公鸡相信自己的肉冠。她唯一的优势在于有太多的母鸡，一只母鸡死去，同一刻会出现另一只一模一样的母鸡，仿佛还是那一只。

终于，一次她正停下来享受自己的逃逸，男人接近了她。一时叫声沸腾，羽毛扑簌，她被捕获了。随即，她被人凯旋地拎着一只翅膀，穿瓦越檐，重重地抛在厨房的地上。她依然愚蠢，略微颤抖了几下，沙哑而迟疑地咯咯叫着。

这就是发生的一切。纯粹的匆忙之间，母鸡生下一枚蛋。她惊愕而疲惫。也许太早了一点儿。不过，她生来就是为了成就母爱，随后她仿佛是一位习以为常的老妈妈，她坐在蛋上，就这样一动不动，呼气，吸气，合上又睁开双眼。

她的心，放在盘子上是小小的一枚，抬起羽毛，又让它下降，她把温热灌注给那个东西，它不过是一枚蛋而已。只有女孩凑近，惊恐地目睹了一切。她豁然惊醒，从地上一跃而起，出来喊着：

“妈妈，妈妈，别杀这只鸡，她生了一只蛋！她是为了我们好！”

所有人再一次跑进厨房，沉默地围在那年轻的产妇身旁。这只鸡正焐热自己的孩子，她既不温柔也不烈性，既不快乐，也不悲伤，她什么都不是，她是一只母鸡。这不会唤起任何特别的情感。父亲、母亲与女儿看了好一会儿，什么想法都没有。从来没有人会抚摸母鸡的头。终于，父亲略带粗暴地下了决定：

“要是你让人杀了这只鸡，我这辈子就再也不吃鸡了。”

“我也不吃！”女孩焦急地发誓。

母亲累极了，耸了耸肩膀。

母鸡全然不知自己被给予了生命，从此与这家人住下来。女孩从学校回来，一边远远地丢下书包，一边毫不耽搁地朝厨房跑来。有时，父亲记得这事说：“是我强迫她这样跑的！”母鸡变成了家中的女王。所有人都知道，除了她自己。她在厨房与露台之间流连，运用着她的两种能力：冷漠与跳跃。

但，当家中所有人平静下来，仿佛忘却了她的时候，她鼓起小小的勇气，这是那场伟大逃逸的痕迹，在地板上逡巡，她的身躯跟着头颅向前移动，仿佛在田野上一般悠然自得，然而头颅背叛了她：它快速而且颤巍巍地摇动，犹自带有独属这一物种的恐惧，那是古老的而今机械化了的恐惧。

母鸡会偶尔地、越来越稀少地回忆起那一刻，她在屋檐上迎风独立，准备宣告。这些时刻，她的肺部充满了厨房中的不洁之气，如果可以让雌性打鸣，她不会打鸣，但她会更高兴。尽管在这些时刻，她空洞的头颅的表达丝毫没有改变。在逃逸中、在休憩中，当她下蛋时，或当她啄玉米粒时——这始终是一颗母鸡的头颅，世界伊始便被画下的同一颗头颅。

直到有一天他们杀了她，吃了她，很多年过去了。

闵雪飞　译

克拉丽丝·李斯佩克朵（Clarice Lispector，1920—1977），巴西当代经典作家，著有《黑暗中的苹果》《星辰时刻》等。

俳谐

何塞·胡安·塔布拉达

蜻蜓的固执
要把它透明的十字架
挂在赤裸颤动的枝……

孔雀，悠长的辉映，
你踱过民主的鸡笼
宛然一场游行……

还给赤裸的枝条吧，

夜间的蝴蝶，[1]
你双翼的枯叶！

小猴子看着我……
要说给我听
它已经忘记的事情！

花园里满是干枯的叶子；
从没见过树上有这么多
绿叶，在春天的时候。

范晔　译

何塞·胡安·塔布拉达（José Juan Tablada，1871—1945），墨西哥诗人。他将日本的俳句引入西班牙语诗歌，是拉丁美洲诗坛由现代主义向先锋派过渡的重要人物。著有《李白和其他诗歌》《生命市集》等。

[1] “夜间的蝴蝶”即飞蛾。

李白（节选）

何塞·胡安·塔布拉达

他认定
那月亮
倒影　是
一盏　白
玉杯黄金
酒　便拾起
啜饮　那
一　夜
河上　舟
溺亡
李白

一千一
百年前　熏香之烟
雾升腾　萦 绕 天 空
云的香气　一千一百年前
在中国回响　双重的哀声
为这大悲痛　在那
不朽的　水晶锣
圆　月！

范晔　译

悲剧

文森特·维多夫罗

玛丽亚·奥尔加是个迷人的姑娘，特别是叫作奥尔加的那部分。

她嫁给了一位高大壮实的小伙子，他有点儿笨拙，头脑里满是光明正大的思想，好像行道树似的一板一眼。

可她嫁人的只是叫作玛丽亚的部分。奥尔加依然独身，并有一位活在她爱情里的情人。她不明白为什么丈夫会生气，指责她不贞。玛丽亚很忠贞。奥尔加和他有什么相干呢?

她不明白他为什么会不明白。玛丽亚尽着她的义务，奥尔加爱着她的情人。

有一个双重的名字以及随之而来的后果都是她的过

错么?

就这样，当丈夫抄起左轮手枪的时候，她睁圆了大大的眼睛，不是出于恐惧，而是充满了惊奇，难以理解这样荒唐的举动。

可其实丈夫错了，他杀的是玛丽亚，不是奥尔加。奥尔加还活在情人的怀抱里，我相信她依然幸福，非常幸福，只是变成了左撇子有点儿不习惯。

范晔　译

文森特·维多夫罗（Vicente Huidobro，1893—1948），智利诗人。被誉为现代拉丁美洲的第一位大诗人。

否定之否定（节选）

塞萨尔·巴列霍

我认识一个男人，他总是枕着胳膊睡觉。

一天有人把他截了肢，从此他就永远醒着。

水发人冥想。土地引人行动。冥想属于水文，行动属于地理。

冥想来，行动去。后者趋于向心，前者趋于离心。

舞蹈一重复，就定型，变成俗套。每一次舞都应该是即兴而生，转瞬而逝。黑人就是这样跳舞的。

范晔 译

塞萨尔·巴列霍（César Vallejo，1892—1938），秘鲁诗人。父亲是西班牙人，母亲是印第安人。1923年后流亡欧洲，西班牙内战期间两次赴西，诗集《西班牙，为我移开这苦杯》（1937）即写于这一时期。1938年4月15日贫病交加死于巴黎。死后出版了诗集《人类诗篇》。

帕科·荣格

塞萨尔·巴列霍

帕科·荣格跟着妈妈来到学校门口的时候，学校里的孩子们正在操场上玩耍。妈妈把他留下就走了。帕科两手抱着书本和铅笔，怯生生地朝操场走去。他显得局促不安，因为这是第一次上学，他还从来没看到过这么多的孩子在一起玩。

几个跟帕科年龄一样的孩子朝他走过来，他越发的胆怯了。帕科紧靠着墙，脸都涨红了。这些孩子多活泼，他们好像在自己家里一样无拘无束地喊呀、跑呀、跳呀、笑呀，追逐打闹，既淘气又可爱。

帕科被惊呆了，他在乡下哪里听到过这么多人喧嚷吵闹的声音。在乡下老家，总是一个人说完话，另一个人再说，然后一个个接着说。有时也能听见四五个人在一块儿说话，那是爸爸、妈妈、唐何塞、瘸子安塞尔莫和托马萨，但那已经不像是人说话的声音，而是另外一种迥然不同的声音了。

一个金黄头发、穿件白色上衣的胖墩墩的孩子在和帕科说话，还有比这个年龄更小点儿的孩子，穿件蓝衬衫，嗓子有点儿沙哑，也凑过来。不同班级的孩子都好奇地跑过来，把帕科团团围住，并向他提出好多问题。但是，声音太嘈杂了，帕科一句也没听清。这时，有个长着一头黄发、圆脸、穿着一件窄小的绿上衣的孩子，一把拽住帕科的胳膊，想把他拉走，帕科挣扎着，那孩子就更用力地抓他、拽他，帕科使劲靠着墙，脸涨得更红了。

正在这时，上课铃响了，孩子们一窝蜂似的拥进教室。

苏米加弟兄两个一人拉着帕科的一只手，领着他往一年级教室走。起初帕科不想跟他们走，但后来还是顺从了，因为他看见大家都在往教室走。进了教室，他就更紧张了，脸色顿时变得煞白。教室里鸦雀无声，这种寂静更使帕科不安。突然，苏米加弟兄俩松开帕科的手，丢下他跑开了。

是老师进来了。孩子们起立，静悄悄地站得笔直举起右手行礼。

帕科两手仍抱着书本和铅笔，站在第一排课桌和老师的讲桌之间。他的脑子乱了，孩子们、黄色墙壁、喧闹声、安静、那么多的椅子、老师，就自己一个人站在这儿……他真想哭。老师拉起他的手，把他安排在前排的一张课桌上，跟一个和他年龄相仿的孩子坐在一起。老师问他：

“你叫什么名字？”

帕科胆怯地小声回答：

“帕科。”

“你姓什么？说说你的全名。”

“帕科·荣格。”

“很好。”

老师走到讲台上，严肃地环视一下全班的学生，然后用一种军人的语调说：

“坐下！”

一阵桌椅碰撞的响声之后，学生们都坐好了。

老师也坐下来，在几本册子上写了一会儿什么。这时，帕科还抱着书本和铅笔不放，同桌的孩子告诉他：

“你把东西放下吧，像我这样放在桌上。”

帕科·荣格依旧紧张得不知该怎么办才好，同桌孩子的话他理也不理。于是那孩子把书本和铅笔从他手里拿过去放在桌上，并兴冲冲地跟帕科说：

“我也叫帕科，帕科·法里尼亚。你别害怕，咱们一块儿下棋，棋子里有黑炮，是我姨妈苏萨娜给我买的。你家在哪儿住？”

帕科·荣格没有回答。他觉得这个帕科太烦人了。别的孩子们也肯定都像这个帕科一样：那么高兴，话那么多，他们不觉得学校可怕。可是，他呢？帕科·荣格怎么那么胆小？他偷偷看一眼老师，看看讲台和老师身后的墙壁，又看看天花板。他还斜着眼从窗户那儿瞅瞅操场，这会儿的操场上一个人也没有，显得安谧、宁静。和煦的阳光照着校园，不时地传来其他教室学生的读书声和街上过往车子的噪声。学校里的事情多新鲜啊！帕科·荣格开始从紧张、慌乱之中解脱出来。他想家，想妈妈了。他问帕科·法里尼亚：

“咱们几点钟才能回家？”

“十一点。你家在哪儿？”

“在那边。”

“远吗？”

“远……嗯……不远……”

其实，荣格自己也不知道他家住在哪条街上，几天前他才被人从乡下带到城里来，城里的事情他还一点儿都不懂呢。

从教室外面传来一阵跑步声。接着，温贝托出现在门口。他是多里安·格列维的儿子，格列维先生是英国人，秘鲁国有铁路公司经理兼本镇镇长，还是荣格家的主人。是他把帕科·荣格从乡下带进城里，让他陪温贝托上学和玩耍——因为他们俩年龄相仿，温贝托惯于晚到校。然而今天情况有点儿不同，帕科是头一天上学，所以格列维太太对帕科的母亲说：

“你把帕科先送到学校去吧，他是第一天上学，迟到了不好。从明天起，你等着温贝托起床后，再把他俩一起送去。”

看到温贝托·格列维，老师便问道：

“今天怎么又迟到了？”

温贝托满不在乎地说：

“我没醒。”

“好吧，”老师说，“希望这是最后一次，进来坐下吧。”

温贝托·格列维的目光在寻找帕科·荣格，当他发现荣格后，便过去蛮横地说：

“过来跟我坐！”

法里尼亚说：

“不行，老师让他跟我坐在一起。”

“关你屁事！”格列维蛮不讲理地骂道，使劲拽住荣格的胳膊朝自己的座位上拖。

“老师！”法里尼亚叫起来，“格列维要把帕科·荣格拉到他那儿去。”

老师停下笔大声问道：

“怎么回事？”

法里尼亚又说：

“格列维把荣格拉到他的位子上去了。”

这时温贝托把荣格捺到他的位子上坐下，并跟老师说：

“荣格是我的人，他得跟我坐在一起。”

这一点，老师知道得很清楚，他对温贝托·格列维说：

“噢，是这么回事。不过，为了让他能听懂课堂上的讲解，我安排他跟法里尼亚坐在一起了，让他回自己的座位上去吧。”

学生们默不作声地望着老师、温贝托·格列维和帕科·荣格。

法里尼亚走过去拉起帕科的手，要他回到原来的座位上去，可是格列维抱住帕科的胳膊不放。

老师又说：

“格列维，你是怎么了！”

格列维脸都气红了：

“我不嘛，老师，我要让荣格跟我坐嘛。”

“我已经说了，你放开他。”

“就不放。”

“什么？”

“我就不放开他。”

老师被激怒了，威胁性地连声喊道：

“格列维！格列维！”

格列维连眼皮都不抬，一个劲拉住荣格不放。荣格手足无措，任凭法里尼亚和格列维像撕扯布似的拉来拽去。这会儿，他怕温贝托·格列维甚于怕老师，甚于怕所有的孩子和整个学校。帕科·荣格怎么那样怕温贝托·格列维，而格列维又为什么老打帕科·荣格呢？

老师走过去把荣格领回法里尼亚的座位上去，格列维便一屁股坐在椅子上，跺着脚号啕大哭起来。

这时，从教室外面又传来一阵脚步声，接着，泥瓦匠的儿子安东尼奥·赫斯德列斯出现在教室门口。老师问他：

“你为什么迟到？”

“我买早点去了。”

“为什么不早一点儿去买？”

“我还得照顾弟弟。我妈妈病着，爸爸上班去了。”

“行了，行了，”老师十分严厉地说，“站到那边去……除此之外，还得关你一小时禁闭。”

说着，老师指了指靠近黑板的那个墙角。

这时，法里尼亚站起来说：“老师，格列维也迟到了。”

“老师，他胡说。”格列维急了，“我没迟到。”

全班同学都嚷嚷起来：

“就是的，老师，格列维就是迟到了！”

“嘘！安静！”老师没好气地说。学生们不说话了。

老师踱步思索着。

法里尼亚悄悄地跟荣格说：

“哼，格列维他爸爸有钱，所以他迟到了可以不受罚。他天天都迟到，你住在他家吗？你真是他的人吗？”

荣格说：

“我跟我妈妈住在一起……”

“住在温贝托·格列维家吗？”

“他家可阔了，有男主人、女主人，我妈妈也在那儿。我跟妈妈住在一起。”

坐在另一排座位上的温贝托·格列维气得两眼瞪着荣格，还朝他挥着拳头，因为荣格到底让人家把他拉走了。

帕科·荣格不知如何是好，他没跟温贝托坐在一起，等到放学的时候，温贝托一定又要拳打脚踢他了。温贝托坏极了，不管什么时候都打荣格，不论在马路上，还是在走廊、楼梯上，他都打过荣格，甚至在厨房里当着荣格妈妈和老板娘的面打过他。这会儿，温贝托又朝他炫耀自己的拳头，他又想打荣格了。

荣格跟法里尼亚说：

“我过去跟温贝托坐吧。”

“别去，别那么傻，老师要训你的。”法里尼亚回头看看格列维，格列维也朝他比示一下拳头，嘴里还咕哝着什么。

“老师！”法里尼亚叫起来，“格列维朝我挥拳头呢。”

“嘘！嘘！安静！”老师说，“今天我们来谈谈鱼。然后大家在练习本上做一个书面作业，做完后交给我。谁做得好，谁就是一年级的优秀生，这个学生的名字就可以上学校的光荣榜。听清楚了吗？跟上周的做法完全一样，大家要把课堂上讲的弄明白，要用心抄我写在黑板上的练习题。明白了吗？”

“明白了！” 学生们齐声回答。

“好，”老师说，“那我们现在就开始。”好几个学生要求发言，老师叫起苏米加弟兄俩中的一个。

“老师，”苏米加说，“海滩上有好多好多沙子。有一天，我们在那儿看见一条快要死的鱼，就把它带回家，可是它在半路上就死了……”

温贝托·格列维说：

“老师，我抓了好多鱼带回家，放在我家的客厅里，它们都活着。”

老师问：

“不过……你是把鱼放在盛着水的家什里的吗？”

“不是，我把鱼放在客厅的家具上。”

全班同学哄堂大笑。

一个又瘦又小、脸色苍白的孩子说：

“老师，他胡说，鱼一离开水，马上就会死。”

“死不了，”格列维说，“鱼在我家客厅里就死不了。我们家的客厅特别漂亮，爸爸让我把鱼带回家放在家具上。”

法里尼亚的肚皮都要笑破了。苏米加弟兄俩也笑得前仰后合。那个金黄色头发的、胖胖的、穿白上衣的孩子，还有那个圆脸、穿绿上衣的孩子都放声大笑起来。这个格列维真是太可笑了！把鱼放在他家客厅里！放在家具上！像小鸟一样！真是大谎话！孩子们吵吵着，笑个不停：

“哈哈哈！哈哈哈！胡说八道！哈哈哈！哈哈哈！ 胡说八道！”

大家都不相信格列维的话，把他气得鼓鼓的。教室里一片笑声。格列维想起他曾抓了两条鱼带回家，放在客厅里好多天。他摸摸鱼，鱼还都活着。但他又不能肯定这两条鱼是活了很多天，还是当天就死了。无论如何，格列维想让大家相信他说的是真的。

格列维在一片笑声中跟苏米加弟兄俩中的一个说：

“当然了！我爸爸有好多钱，他说过，要把海里的鱼都抓回家，让我高兴，让我在客厅玩鱼。”

老师大声地说：

“好了！好了！安静了！格列维肯定记错了，因为鱼会死的，它们……”

“……一离开水……”孩子们接着说。

“对了。”老师说。

那个瘦小、苍白的孩子说：

“因为水里有它们的妈妈，它们一离开水就没妈妈了。”

“不对，不对，”老师说，“鱼离开水就会死，因为它们不能呼吸了。鱼呼吸水里的空气，而离开水以后，它们就呼吸不成外界的空气了。”

“因为它们都半死不活了。”一个孩子接着说。

温贝托·格列维说：

“我爸爸在我们家可以给它们空气，爸爸有的是钱，什么东西都能买回来。”

穿绿上衣的孩子说：

“我爸爸也有钱。”

“我爸也有。”另一个孩子也说道。

孩子们七嘴八舌，都说自己的爸爸有钱，只有帕科·荣格一声不吭。他在想，鱼离开水就会死。

法里尼亚问帕科·荣格：

“你呢，你爸爸没钱吗？”

荣格想了想，他想起有一天看见妈妈手里有几个贝塞大[1]，于是就跟法里尼亚说：

“我妈妈也有好多钱。”

“多少？”法里尼亚问。

“好像是四个贝塞大。”

法里尼亚便大声告诉老师：

“帕科·荣格说他妈妈也有好多钱。”

“骗人！”温贝托·格列维说，“帕科·荣格骗人，他妈是我妈妈的用人，她什么都没有。”

老师拿起粉笔，转过身去继续在黑板上写起来。

趁老师背对着大家的工夫，温贝托·格列维跳上前去把荣格的头发揪了一把，然后又迅速地跑回座位上去。荣格疼得哭了起来。

“怎么了？”老师转身望着大家问。

[1] 贝塞大：西班牙钱币单位。

帕科·法里尼亚说：

“老师，格列维揪他的头发。”

“老师，我没揪，”格列维说，“我没揪他，我根本没离开我的座位。”

“好了，好了！”老师说，“安静点儿！帕科·荣格，别哭了！安静！”

老师继续在黑板上写，随后又问格列维：

“如果把鱼从水里捞出来，鱼会怎么样呢？”

“在我家的客厅里活下去。”格列维回答。

孩子们又大笑起来。这个格列维什么都不懂，他除了想到他家、他家的客厅、他爸爸和钱以外，什么都不知道了，总说蠢话。

“好，帕科·荣格，你来说说，如果把鱼从水里捞出来，会怎么样？”老师问。

帕科·荣格的头发被格列维揪疼了，他抽抽搭搭地重复了一遍老师说过的话：

“鱼离开了水就会死，因为它们没有空气了。”

“对了，回答得很好。”老师说。

说着他又转身在黑板上写字。

趁这会儿工夫，温贝托·格列维照着法里尼亚脸上打了一拳，随后又迅速跑回座位上去。法里尼亚没有像荣格那样哭，他大声嚷嚷着给老师告状：

“老师，温贝托·格列维刚才打我！”

“就是的，老师，就是的！”所有的孩子同时叫起来。

教室里顿时一片喧闹声。

老师狠狠地在讲桌上砸了一拳：

“安静！”

教室里立刻鸦雀无声，全班同学都严肃地挺直了身体坐着，并忐忑不安地望着老师。哼，温贝托·格列维干的好事！由于他的无知和恶作剧，老师要训斥全班同学！看气红了脸的老师要怎么收拾大家，都怪温贝托·格列维！

“怎么这样乱？”老师问帕科·法里尼亚。

帕科·法里尼亚眼睛闪着怒光：

“温贝托·格列维打我，我根本没惹他。”

“这是真的吗，格列维？”

“不是的，我没打他。”温贝托·格列维说。

老师看全班学生，不知该相信谁的话。他俩谁说的是真的呢？是帕科·法里尼亚，还是温贝托·格列维？

“谁看见他打你了？”老师问法里尼亚。

“大家都看见了，帕科·荣格也看见了。”

“帕科·法里尼亚说的是真的吗？”老师问荣格。

帕科·荣格看看温贝托·格列维，不敢吭气。如果他说了真话，放学时，温贝托就要打他。他低下头，默不作声。

法里尼亚说：

“老师，荣格不敢说，他怕温贝托打他。他是温贝托的人，又住在他们家里。”

老师又问其他学生：

“谁还能证明法里尼亚说的是真的？”

“老师，我！”“我看见了！”“我看见温贝托打法里尼亚了！”

老师又问格列维：

“这么说，你真的打法里尼亚了？”

“没有，我没打他！”

“格列维，撒谎可当心着点儿。像你这样有教养的孩子，是不应该撒谎的。”

“好了，我相信你说的。我知道你是从来不撒谎的。不过，以后还要多加注意。”

老师在讲台前踱着步，陷入了沉思。学生们依旧严肃地挺直身体坐着。

法里尼亚小声地嘟囔着，好像要哭了似的：

“哼，看他爸爸阔就不罚他。我要给我妈妈说去。”

听到这话，老师怒冲冲地走到法里尼亚面前大声问道：

“你说什么！温贝托·格列维是个好学生。他从来不撒谎，也不招惹任何人，所以我不罚他。在这里，不论是对有钱人家的孩子，还是对穷人家的孩子，我都一视同仁。即使是有钱人家的孩子，犯了错误我也要罚。你要是再敢说你刚才的那些话，我就关你两小时。听见没有？”

帕科·法里尼亚和帕科·荣格都低头不语，但他俩心里都清楚，是温贝托打了他们，温贝托是一个不诚实的孩子。

老师又在黑板上写起来。

“你为什么不对老师说温贝托·格列维打了我？”

“我说了，他要打我。”

“你不会告诉你妈妈？”

“我要是告诉妈妈，他还是要打我，而且女主人也要生气的。”

在老师往黑板上写字的这段时间里，温贝托·格列维把本子都画满了。

帕科·荣格在想妈妈，随后又想起了女主人和她的儿子温贝托。回家的时候，温贝托会打他吗？荣格看看其他孩子，他们既不打荣格，也不打法里尼亚或任何人。更不愿意像温贝托那样，硬把荣格拖到别的座位上去。为什么温贝托这样对待他呢？要是荣格现在把这件事告诉妈妈，温贝托就要打他，要是告诉老师，老师也不会把温贝托怎么样。于是他想把这些都告诉法里尼亚，他问：

"法里尼亚，温贝托也打你吗？"

"打我？他敢？我给他脸上来一拳，就叫他鼻子出血。你看着吧，他要是惹了我，你就瞧吧。我要告诉我妈妈。我爸爸会来揍格列维，揍他爸爸，揍他一家子！"

帕科·荣格惊愕地听着法里尼亚说的话。他真敢打温贝托？他爸爸也敢打格列维先生吗？荣格不大相信他的话，因为还没有一个人打过温贝托呢。如果法里尼亚打了他，格列维先生就会揍法里尼亚和他爸爸，就会揍所有的人。人们都怕格列维先生，因为他特别严肃，还总发号施令。到他家去的男男女女，都怕他和他的太太，在他俩面前永远是唯命是从的。反正，格列维先生比老师和所有的人都厉害。

帕科·荣格看看正在写字的老师。这个老师又是个什么样的人呢？为什么他那么严肃，又那么吓人？荣格一个劲盯着他。这老师既不像爸爸那样的人，也不像格列维先生那一类的人。说确切点儿，他倒很像经常去格列维先生家聊天的一类人。他长着红脖子，鼻子跟火鸡冠子一样。路走得长了，鞋子就会发出咕叽——咕叽——咕叽的响声。

荣格开始讨厌这个老师了，他什么时候才回家去呢？但是，一放学温贝托又要打他了。而那会儿，荣格的妈妈也只能对温贝托说："别打，孩子，你别打帕基托[1]，别这么淘气。"除此之外，再没别的话了。温贝托会把帕科的腿踢得红红的，而帕科也只能哭。因为谁也不敢把温贝托怎么着，格列维先生和太太十分溺爱他，帕科为经常挨温贝托的打而苦恼。所有的人，所有的人都怕温贝托和他的父母，所有的人——老师、厨子和她的女儿、帕科的妈妈、系着大围裙的贝南西奥和刷尿盆的玛利亚，都怕格列维一家子。玛利亚昨天还把个尿盆摔成了三大块。格列维先生和温贝托真可恨，帕科·荣格想哭。老师什么时候才能写完呢？

"好了！"老师终于停下笔来，"这是书面作业。现在大家把本子拿出来，把黑板上写的都一字不漏地抄下来。"

"抄在我们自己的本子上吗？"荣格胆怯地问。

"对了，抄在你们自己的本子上。"老师说，"你会写字吗？"

"会写。在乡下时，爸爸教过我。"

"好极了。那么，大家动手抄吧。别着急，一行一行地抄，不要抄错了。"老师说。

孩子们拿出本子抄作业。

温贝托问：

[1] 帕基托：帕科·荣格的爱称。

“老师，这是关于鱼的作业吗？”

“是的，快抄吧。”

教室里静下来，只听见铅笔在纸上沙沙的摩擦声。老师坐在讲桌旁，在几本册子上写起来。

温贝托不抄作业，他又在本子上画起来。本子里全部画满了鱼、小人和小方格。他还在最后一页纸上画了一幅画[1]。

过了一会儿，老师站起来问：

“抄完了吗？”

“抄完了。”大家齐声回答。

“好，再把自己的名字工工整整地写在作业的末尾。”

这时，下课铃响了。

校园里一片喧闹欢腾，孩子们冲出教室，奔向操场。

荣格整整齐齐地抄好作业后，拿起书、本和铅笔也到操场去玩。

---

[1] 这幅画是这样的：

作者为此画做了注解：左边第一个人，代表资产阶级权贵，他可以随意欺压比他地位低的人（如图示：揪耳朵）。

刚到操场，温贝托便过来一把抓住帕科·荣格的胳膊，怒冲冲地说：

“过来跟我玩跳马[1]。”

他又将荣格猛力一推，荣格的书、本和铅笔都掉到地下了。

荣格照温贝托说的去做，但是让别的孩子看着温贝托任意地摆布他，使他难堪、羞辱，他真想哭出声来。

帕科·法里尼亚、苏米加弟兄俩和另外一些孩子把温贝托·格列维和帕科·荣格团团围住。那个瘦小、苍白的孩子把荣格的书、本和铅笔捡起来，但却被温贝托·格列维一把夺过去，并骂骂咧咧地说：

“你给我放下，少管闲事！帕科·荣格是我的人。”

温贝托·格列维把帕科·荣格的东西拿回教室，放在自己的桌子上，随后又跑到操场去玩。他把荣格的脖子往下一按，让荣格双手撑地撅起屁股。

“老实待着，我不说话不许你动。”他骄横地说。

温贝托·格列维退后一段距离，然后再从那儿跑过来，一下子跳到帕科·荣格身上，两手撑着他的背，两脚腾空，并狠狠地在荣格的屁股上踢了一脚。之后，再退回去，从那儿跑过来跳到帕科·荣格身上，踢他一脚。就这样重复着玩了好大一会儿，跳了二十多次，踢了荣格二十多脚。

突然，孩子们听到一阵荣格的哭声。温贝托使劲踢他，

[1] 跳马：是儿童们玩的游戏。

把他踢得疼极了。于是法里尼亚从孩子堆儿里走出来，站到温贝托·格列维面前说：

“不行，我不许你再往荣格身上跳！”

温贝托吓唬他说：

“你听着，帕科·法里尼亚！叫你尝尝我拳头的厉害！”

法里尼亚一动不动，挺直地站在温贝托面前说道：

“因为他是你的人，你就打他，往他身上跳，是不是？放开他，你等着瞧！”

苏米加弟兄俩搂住帕科·荣格安慰他，劝他不要再哭：

“你干吗让他往你身上跳，让他踢你？你不会揍他？你也往他身上跳！干吗要让着他？别哭了，别哭了，放学咱们一起回家。”

帕科·荣格一个劲哭，眼泪就像断线的珠子似的滚下来，泪水几乎要把他淹没了。

一群孩子围着帕科·荣格，另一群围着温贝托·格列维和帕科·法里尼亚。

格列维猛地一把将法里尼亚推倒在地。二年级的一个大孩子跑过来保护法里尼亚，上去给了格列维一脚。接着又跑来一个比他们年龄都大的三年级学生来帮格列维的，狠狠地给了二年级那个孩子一拳，几个孩子打得不可开交。

上课铃响了，孩子们都回到各自的教室。

苏米加弟兄俩拉着帕科·荣格的手进了教室。

一年级教室里，孩子们大声喧哗着。老师一进来，孩子们立刻安静了。

老师严肃地扫了全班学生一眼，然后像军人似的说道：

“坐下！”

一阵桌椅碰撞的响声之后，学生们都坐好了。

老师也在讲桌旁坐下来。他按顺序叫着学生的名字，收那篇关于鱼的作业。老师边收边看，同时又把各篇作业的成绩登在记分册上。

温贝托·格列维走到帕科·荣格的桌边，把书、本和铅笔还给他。然而在这之前，温贝托就已经把荣格本子上抄着作业的那页纸撕下来，并在上面写上了自己的名字。

当老师叫“温贝托·格列维”时，格列维走到老师那儿把帕科·荣格的作业交上去，就好像真是他自己的作业一样。

当老师叫到“帕科·荣格”时，荣格把本子翻遍了，也没找着那张写着作业的纸。

“你是丢了，还是没做？”老师问。

帕科·荣格怎么会知道那张纸飞到哪儿去了呢？他羞愧地低下头沉默不语。

“好吧。”老师说着便在小册子上记下帕科·荣格未交作业。学生们陆续交来他们的作业。老师看完了全部作业后，便离开教室到校长办公室去了。

师生们肃立着。校长好像生气似的扫了学生们一眼，又大声说道：

“坐下！”

校长问老师：

“你已经知道谁是年级优秀生了吧？你们是不是做完了

评定优秀生的每周作业了？”

“做完了，校长先生，”老师说，“刚做完。温贝托·格列维分数最高。”

“他的作业在哪儿？”

“在这儿，校长先生。”

说着，老师便从那一沓作业中抽出写着“温贝托·格列维”的那一页递给校长，校长拿着那页纸长时间地、仔细地看着。

“非常好。”校长高兴地说。

他走上讲台，神态严肃地环视一下学生们，然后用那有些沙哑但很有力的声音说：

“温贝托·格列维的作业是全部作业中最好的一份。他就要成为本周一年级的优秀生，他的名字要上光荣榜。温贝托·格列维，请你到这儿来。”

孩子们伸长了脖子看温贝托·格列维，格列维趾高气扬地走过来，笔直、骄傲地站在老师的讲台前面。校长跟他握着手说：

“好极了，温贝托·格列维，祝贺你。孩子们都应该是这样的。很好，很好。”

他又转向其他学生说：

“你们都应该像温贝托·格列维那样，刻苦学习，做个好孩子。如果你们都这样做了，到学年末每个人都可以得到奖品，你们的名字也会像温贝托·格列维的名字一样，登上学校的光荣榜。我们看下周能不能再出一个像温贝托·格列维这样的好学生，这是我所希望的。”

校长停顿片刻，孩子们都羡慕地望着温贝托·格列维。

格列维真来劲！他的作业做得多好！他真不愧是优秀生！他是所有的学生中最优秀的学生！他到校比别人都晚！他打同学！但是，大家也都看见了，他受到了校长的表扬，校长还跟他握手呢！温贝托·格列维，一年级最优秀的学生！

校长跟老师打个招呼，又向起立的学生示意，请他们坐下，便离开了教室。

老师又说了声：

“坐下！”

又是一阵桌椅碰撞的响声之后，孩子们都坐好了。

老师对格列维说：

“你也坐下去吧。”

温贝托·格列维洋洋得意地回到座位上，经过帕科·法里尼亚桌旁时，还朝他伸出舌头做鬼脸。

老师走上讲台，在几本册子上写着什么。

帕科·法里尼亚小声跟帕科·荣格说：

“你瞧，老师把你的名字记在册子上了。你没交作业，老师要罚你，关你禁闭，你回不成家了。你的本子怎么撕破了？你的本子在哪儿放着来？”

帕科·荣格只是低着头，一声不吭。

“你倒是快说呀！”帕科·法里尼亚转过身来，“你说呀！你为什么不回答？你把作业放到哪儿去了？”

帕科·法里尼亚弯下身看帕科·荣格，发现他在哭，就又安慰起他来：

“算了，别哭了！别哭了！别伤心！咱们一起下棋，棋子里有黑炮！别哭了！把我的棋送给你吧，别哭了。”

帕科·荣格还是低着头一个劲地哭。

吴黎明　译

亚韦比里河的通道

奥拉西奥·基罗加

在米西奥内斯有一条亚韦比里河，河里有很多魟鱼，因为“亚韦比里”正好就是“魟鱼之河”的意思。魟鱼多得连伸一只脚到河里，有时都有危险。我认识一个人，魟鱼扎了他的脚跟，他只能一瘸一拐地走半里路回家：这个人痛得直哭，还跌倒在地。这是人们能感受到最强烈的那种疼痛。

亚韦比里河里还有许多别的鱼，所以有些人就用炸弹捉鱼。他们投一颗炸弹到河里，就炸死许多鱼。所有的鱼都快要死了，虽然有的鱼有一所房子那么大。所有的小鱼也要死去，尽管他们一点儿用处也没有。

话说有一次，有一个住在那里的人，他不愿意投炸弹，因为他怜悯那些鱼。他不反对在河里捉鱼吃，但是他不愿意毫无用处地杀死那么多小鱼。投炸弹的人起初很生气，可是那个人虽然人很好，却很严厉，他们就到别处捉鱼去了，所有的鱼都很高兴。他们对拯救了鱼儿的朋友又满意又感激，他刚一走近岸边，他们就把他认出来了。他在河岸上边走边抽烟，这时魟鱼们都爬行在烂泥上跟着他，非常喜欢陪伴他们的朋友。他什么也不知道，却在那个地方生活得很幸福。

有一次出事了，一天下午有只狐狸跑到亚韦比里河，把爪子伸进水里叫喊道：

“嘿，魟鱼！赶快！你们的朋友受伤了，到这儿来了。”

两条魟鱼听见这些话，焦急地跑到岸边来。他们问狐狸：

“出什么事啦？那个人在哪儿？”

“他来这儿了！”狐狸又大声说，“他跟老虎搏斗了！老虎跑来了！那个人很可能要过河去岛上！你们让他通过吧，因为他是个好人！”

“当然！我们当然要让他通过！”魟鱼们回答，“但是如果是老虎，他可别想通过！”

“对他可得当心！”狐狸更大声地说，“你们别忘了，他是老虎！”

狐狸一纵身，又钻进山里去了。

狐狸刚做完这件事，那个人就拨开树枝出现了，他浑身是血，衬衣都破了。鲜血从他脸上和肩上流到裤子上，鲜血还顺着裤子的褶子流到沙滩上。他摇摇晃晃往前走到河边（因为他伤得很重），而且走进河里。不过，他的脚刚一踩进水里，挤在一起的一大群魟鱼就从他脚下散开来，那个人蹚过齐胸的河水，一直走到岛上，没有一条魟鱼来扎他。他一走到岛上，就晕倒在沙滩上了，因为他流了大量的血。

魟鱼们还分不出时间来全身心地同情他们垂危的朋友，这时候一声可怕的吼叫使他们在水里吓了一跳。

“老虎！是老虎！”大家叫道，同时箭似的冲向岸边。

果然，跟人搏斗过的那只老虎，正在追踪他，已经来到亚韦比里河河岸。那只野兽也伤得不轻，浑身在流血。一见那个人像死人似的躺在岛上，就发出一声怒吼，扑向河水，要去把他彻底咬死。

但是，他的爪子刚刚伸进水里，就觉得好像有十来根可怕的钉子扎进他的爪子，他便往后一跳。那是守卫着河流通道的魟鱼，用他们尾巴上的针，使出全身力气扎进老虎的爪子。

老虎痛得直吼叫，把爪子举在半空。一见岸边的河水一片浑浊，好像河底的烂泥都翻上来了，他马上明白，这是魟鱼不愿意让他过去。于是，他就生气地嚷道：

“哼，我可知道怎么回事了！是你们干的，该死的魟鱼！快从路上滚开！”

“我们不走开！”魟鱼回答。

“滚开！”

“我们就是不走开！他是好人！你没有权利杀害他！”

“他打伤我了！”

“你们两个都有伤！ 山上的事归你管！这儿可是我们的世界！……不许通过！”

“我要通过！”老虎吼了最后一声。

“也绝对不许！”魟鱼回答。

（他们说“也绝对不许”，这是因为他们跟米西奥内斯的瓜拉尼人一样这么说的。）

“咱们走着瞧！”老虎还在咆哮。说着往后退以便助跑，并且跳出一大步。

老虎知道魟鱼差不多总待在岸边，他想，要是能跳出大大的一步，魟鱼说不定再也不能在河心找到他，这一来他就能把那个快死的人给吃了。

但是，魟鱼早已猜到他的打算，全都跑到河心去，互相传话说：

“快离开河岸！”他们在水下叫喊，“往里去！到河床去！到河床去！”

只一会儿工夫，这支魟鱼大军就赶到河心一带，去捍卫通道，这时老虎跳出一大步，正好落在河心。落下时他心花怒放，因为一开头他就没有任何挨扎的感觉，以为魟鱼上当了，全都待在岸边了……

但是还没等他迈出一步，雨点般的一阵扎刺，匕首扎刺般的疼痛使他突然停下，这是因为魟鱼再次把他的脚扎得到处是伤。

但是，老虎还想往前走，然而疼痛太让他受不住了，他发出一声惨叫，便发疯似的跑着退到岸上。一到岸上他再也受不了啦，便侧身躺倒在沙滩上，肚子一上一下地动，像是累极了。

这情况说明，老虎中了魟鱼的毒。

魟鱼虽然战胜了老虎，但是他们不放心，因为他们担心那只老虎和其他老虎甚至更多的老虎会来……而他们再也不能捍卫那条通道。

果然，山上又传来一声吼叫，一只母老虎出现了，一看见那只侧身倒在沙滩上的老虎，就暴跳如雷。她还看见被魟鱼活动弄得浑浊的河水，就走近河边。她几乎用嘴碰到河水，大声说：

“魟鱼！我要过去！”

“不许过去！”魟鱼回答。

“你们要是不让过去，我就不让有一条魟鱼留下尾巴！”

母老虎吼着说。

“就算不让我们留下尾巴，也不许过去！”他们回答。

“说最后一次，我要过去！”

“也绝对不许！”魟鱼们大声说。

母老虎怒气冲天，她无意中已经把一只脚伸进河水里，一条魟鱼慢悠悠地游上前去，终于把整根刺扎进母老虎的脚趾。那只野兽痛得吼叫起来的时候，魟鱼们笑着回答：

“看样子我们还有尾巴！”

但是，母老虎想出一个主意，心里怀着这个鬼胎离开了那里，一句话不说就沿着河岸往上游走去。

这次魟鱼也明白敌人的意图是什么，敌人的意图是：从别的地方过河，在那儿魟鱼不知道应该怎样捍卫通道。魟鱼这时感到非常不安。

他们大声说：“她要往前走到上游去过河！咱们不让她杀死那个人！咱们一定要保护我们的朋友！”

她们恼火地在烂泥里翻滚，一直翻滚到把河水都搅浑了。

“可是，咱们怎么办！”他们说，“咱们游不快……没等那边的魟鱼知道必须不惜一切代价捍卫通道，那只母老虎早就过河去了！”

他们还是不知道怎么办。一直到后来，有一条绝顶聪明的魟鱼忽然说：

“有办法了！让多拉多鱼去！多拉多鱼是咱们的朋友！他们游得比谁都快！”

“就这么办！”他们都大声说，“让多拉多鱼去！”

这声音一下子就传出去，马上看见十来行多拉多鱼全速向上游游去，那真是一个多拉多鱼的大军，像鱼雷一样在水上留下一道道波纹。

无论如何，他们总算来得及发出对老虎封锁通道的命令；母老虎早已下水，而且快游到那个岛了。

但是，魟鱼已经赶到河的另一侧岸边，母老虎一踩到河底，魟鱼纷纷扑到她脚上，把她的脚扎得百孔千疮。气呼呼的母老虎疼得发疯，在水里又吼又跳，弄得一大片一大片的水花飞溅起来。可是，魟鱼们再接再厉地向她的脚上冲去，用这种办法封锁住她的通道；母老虎转过身，又游起来，并且冲向河岸，这时她的四只脚已经肿得吓人。她从这里也不能吃到那个人。

然而，魟鱼也很累了。更糟的事情是，那只老虎和那只母老虎终于站起身来，而且进山里去了。

他们要干什么呢？这事使魟鱼大感不安，他们开会开了很久。最后他们说：

“我们可知道他们想干的事了！他们要去找别的老虎，然后一起来。他们要让所有的老虎一起来，并且过河去！”

“也绝对不许！”更年轻和没有太多的阅历的魟鱼大声嚷嚷。

“会的，他们准会过河的，小朋友！”老些的魟鱼发愁地说，“要是他们很多，到底会过河去……咱们得去请教咱们的朋友。”

于是，他们都去看望那个人，因为他们为了捍卫河上的通道，还没有时间去看他。

那个人因为失血过多一直躺着，不过他已能说话并且稍稍活动。一会儿工夫魟鱼们就对他讲了他经历过的事，还对他讲了他们怎样捍卫那条通道，不让想来吃他的老虎通过。受伤的人深深为救了他的命的魟鱼的友谊所感动，满怀真挚地热情向离他最近的魟鱼伸出手去，同时说道：

“毫无办法！要是老虎很多，而且想过河，他们准会过来的……”

“决不让他们通过！”小魟鱼们说，“您是我们的朋友，决不让他们过河！”

“会的，他们准会过来的，小朋友！”那个人说。他还低声地补充说：“唯一的办法是派人到我家里去找来那支温彻斯特式连发枪和许多子弹……可是在这条河上，我除了鱼儿们没有任何朋友……而你们谁也不会在陆地上走。”

“那么，我们怎么办？”魟鱼们说，显得很焦急。

“让我想想，让我想想……”这时那个人一边说，一边用手拍拍脑门，好像想到了什么，“我有个朋友……一只生长在我家的、同我的孩子玩耍的水豚……有一天他曾经又到山里来过，我认为他一定住在这儿，住在亚韦比里河……可是我不知道他会在哪里……”

魟鱼们这时发出一声欢呼说：

“我们知道了！我们认识他！他的窝就在这个岛的岬角下！他有一回跟我们谈到过您！我们马上叫人去找他！”

说干就干：一条很大的多拉多鱼在河水下面飞也似的游去找那只水豚；这时候，那个人在手掌上化开一滴干血当墨水，用一根鱼骨做钢笔，在一片当作纸张的枯叶上写信。信的内容如下：“拜托小水豚把那支温彻斯特式连发枪和一整盒二十五发子弹带给我。”

那个人还没有写完信，整座山都被一声隐约传来的吼叫给弄得战抖起来——那是所有要来作战的老虎走近了，魟鱼用露出水面的头顶着那封信，使它不被弄湿，把它交给了水豚；水豚出来，带着信穿过长满针茅的地方向那个人的家里跑去。

已经到时候了，因为吼叫声虽然听来还很远，却正在迅速接近。魟鱼把正在待命的多拉多鱼召集在一起，对他们大声说：

“赶快，朋友们！你们赶快跑到河的所有地方去发警报！让整条河里的全体魟鱼做好准备！让他们都到这个岛周围来！咱们瞧瞧老虎们过不过得去！”

这支多拉多鱼大军立刻在河的上下游飞速游来游去，他们游动的速度在河上形成了一道道波纹。

整条亚韦比里河中，凡是接到命令的魟鱼，都会集到岛子四周的河岸边去了。魟鱼从四面八方，从石头之间，从烂泥里，从小河的河口，从整条亚韦比里河上赶来捍卫通道，抵抗老虎们。多拉多鱼在岛子前面全速来回游弋。

时候又到了。一大声吼叫，连岸边的河水都给震得抖动起来，老虎们已经拥到河岸上。

他们很多，米西奥内斯的老虎好像全部都到这里了。

但是，整条亚韦比里河到处是魟鱼，他们冲到南岸边，准备尽全力捍卫通道。

“我们老虎要过河！”

“不许过！”魟鱼回答。

“还是要过！”

“不许过！”

“要是不让过，魟鱼、魟鱼的儿子、魟鱼的孙子都别想活！”

“有可能！”魟鱼回答，“老虎、老虎的儿子、老虎的孙子、全世界的老虎都别想从这里通过！”

魟鱼们就这么回答了。这时老虎们最后一次吼道：

“我们要求过去！”

“也绝对不许！”

于是打起来了。老虎们大步一跳，冲进了水里。他们全都落在实实在在的一层魟鱼上。魟鱼把老虎的脚扎得百孔千疮，每个伤口都使老虎发出痛苦的吼叫。但是，老虎在水里发疯般乱抓乱踩，以进行自卫。跳到半空的魟鱼被老虎的利爪抓破了肚皮。

亚韦比里河仿佛成了一条血河。魟鱼成百条地死去……不过老虎也受了可怕的伤，肿得吓人，都退到河滩上，倒下直吼叫。被老虎用脚踩伤的那些魟鱼毫不退缩，不断地赶来捍卫通道。有些魟鱼跳到半空中又落入河里，便又急急去攻打老虎。

这场恶斗持续了半小时。半小时过后，老虎们又都来到河滩上，疲乏地坐下，痛得直吼叫，他们一只也过不了河。

然而，魟鱼们也累得浑身散了架。许多、非常多的魟鱼死了。他们活下来的都说：

“咱们受不了两次这样的进攻。快让多拉多鱼去找救兵！让亚韦比里河中所有的魟鱼马上来！”

多拉多鱼再次飞快地游到河的上下游去，他们游得十分轻捷，像鱼雷一样在水上留下一道道波纹。

魟鱼于是去看望那个人。

“我们再也承受不住了！”魟鱼伤心地对他说。有的魟鱼甚至都哭了，因为他们眼睁睁救不了自己的朋友。

“算了吧，魟鱼！”那个受伤的人回答，“让我一人待着吧！你们为我做得太多了！你们就让老虎通过吧！”

“也绝对不许！”魟鱼们齐声喊道，“亚韦比里河是我们的河，只要河里还有一条魟鱼活着，我们就要捍卫从前保护过我们的这位好人！”

那个受伤的人于是高兴地感叹道：

“魟鱼们！我已经快死了，而且快要说不出话来了，不过，我向你们保证，连发枪一到，我们就有时间松一口长气了。这一点，我敢向你们保证！”

“是呀，我们都知道！”热心的魟鱼们回答。

可是，话不能说完了，因为战斗又开始了。老虎们确实已经休息够了，突然站起来，摆出要跳跃的样子，弓起腰吼叫：

“说最后一次，也是孤注一掷的一次：滚开！”

“也绝对不许！”魟鱼们说着冲向岸边。可是老虎他们已经跳进水里，于是开始了一场恶战。现在，两岸中间的整条亚韦比里河都被鲜血染红，河滩的沙上也是血迹斑斑。受伤的魟鱼跳到半空，老虎也痛得直吼；可是谁都不后退一步。

老虎不但没有后退，还向前推进了。一大群多拉多鱼徒劳地全速跑遍河的上下游，去召集魟鱼：魟鱼们早就决定了，他们都已经在岛子前边作战，有一半已经牺牲。活下来的也都身上负伤和精疲力竭了。

这时候他们明白，他们连一分钟也坚持不下去了，而老虎准会通过。可怜的魟鱼们宁死也不出卖朋友，便最后一次冲向老虎。但是，一切都已无济于事。五只老虎已经游向岛子的岸边。魟鱼们恼火地喊道：

“到岛子那边去！咱们都到对岸去！”

可是，这么办也迟了：又有两只老虎游过去了，一会儿工夫所有的老虎都到了河心，只是满河里都是老虎的脑袋。

然而就在这时，还有一只小动物，一只有色的毛茸茸的可怜的小动物正在尽全力横渡亚韦比里河。那就是水豚，他为了不至于把连发枪和子弹弄湿，把这两样东西顶在头上，带往岛上。

那个人发出一声欢呼，因为他还有时间去保卫魟鱼。他求小水豚用头推他到河岸上，因为他一个人办不到；在那个阵地上，他以闪电般的速度给连发枪上了子弹。

恰好在这个时候，伤心至极的、被打垮的、浑身是血的魟鱼们，绝望地看着自己打了败仗，而且老虎就要把他们可怜的受伤的朋友吞下去，就在这个时候，他们听见轰的一声巨响，接着看见走在前头并且已经穿过沙滩的那只老虎，突然跳得老高，然后摔下死了，脑门上给枪打了一个洞。

“好呀，好呀！”魟鱼们乐疯了，大声喊叫，“那个人拿到温彻斯特式连发枪了。我们有救了！”

河水全被真诚的极度欢乐给搅浑了。但是，那个人仍然冷静地进行射击，每一枪都击毙一只老虎。每只倒下死去的老虎发出惨叫时，魟鱼们就使劲摇动尾巴来回答。

好像闪电落在老虎头上一般，他们一只接着一只被枪击毙。这一仗仅仅持续了两分钟。老虎一只跟着一只沉入河底，鲳鱼在那里吃他们。后来有几只漂起来，这时多拉多鱼陪着他们一直游到巴拉那河，边吃边高兴地把河水弄得四处飞溅。

不久，多子多孙的魟鱼，又跟从前一样变得数量众多了。那个人康复了，非常感激救过他的命的魟鱼，就住到那个岛上去了。在那里、在夏夜，他喜欢在月光下躺在河滩上抽烟，这时候魟鱼慢悠悠地说话，将他指给不认识他的鱼儿们看，向他们讲述那场恶战，那时魟鱼们曾经一度与这个人结为联盟，一起反抗老虎们。

林光　译

鬼魂

阿丰索・埃尔南德斯–卡塔

在熨衣室，松木衣柜里存放着洗净的衣物和一个散发香气的苹果，在衣柜顶上，一头狐狸和两只鹳鸟的标本赫然在目。

两只做摆设的鸟儿身体里填满了棉絮，狐狸就在其间一动不动地奔跑，它们见了它诡诈的神气和锋利的牙齿也不惊惧，因为已经置身于另一个领域，凌驾浮生之上，由完美的谐合统治。

女仆们只关注手上低下的工作，从不抬头向高处看；而小孩子，或许因为更贴近地面的缘故，总要把目光投向高处。不时有微风从小窗里吹进来，只在房间的高处流转，于是狐狸皮毛耸起，飞禽翎羽翕动，尖喙摇曳。孩子们立刻惊恐地跑了出去，大喊着有鬼、有鬼。

动物的灵魂要竭力重生它们的肉体，对于这样的想法大家都付之一笑。但其中那个最大的孩子——他已经开始在学校里上逻辑学，又很善于观察，他发现那是家中唯一的一个既没有蟑螂也没有鼠害的房间。

范晔　译

阿丰索·埃尔南德斯-卡塔（Alfonso Hernández-Catá，1885—1940），古巴作家。

圣诞谣

胡安娜·伊内斯·德·拉·克鲁斯

——我的神降生是为了受难，
让他醒来吧。
——他操心难眠是为了我，
让他睡吧。
——让他醒来吧，
在爱中的人
没有比不受苦更大的痛苦。
——让他睡吧，
睡着的人
在梦中演习死亡。
——安静，睡吧。
——当心，醒来吧。

——不要叫醒他，不要！
——叫醒他吧，叫醒他！
——让他醒来！
——让他睡吧！
——从天堂降在地下
上帝为我卑微，
若白天是劳作，让睡梦成为
甜美的休息吧。
让他睡吧！
——不要睡去，他本是哭泣着降生，
在睁大的一双“太阳”的光热中，
必能温柔地
止住悲声。
——让他醒来，
他的受苦成就我荣耀
他的不幸换来我幸福！
——让他睡吧，
上帝为我受苦
也让他为我而休息吧！
——让他醒来吧！
——让他睡吧！
——若梦的帘幕轻轻盖上
他的双眼
便看不见我的罪污，不愿
睁开双目，

让他睡吧！
——若他的痛苦换来所有人的荣耀
他不愿睡去
那为受难而生的
即使在梦中，也不肯偷安
让他醒来吧。
在爱中的人
没有比不受苦更大的痛苦！
——让他睡吧，
睡着的人
在梦中演习死亡！
——让他醒来吧！
——让他睡吧！
——若睡梦在世人是向生存
缴纳的贡品
他是神是王，这贡品
变为甜美的小憩。
让他睡吧！
——不要在夜间睡去，他来是为
拯救人类：
在王眼中，那曾肆虐者
今已成囚。
让他醒来吧，
他的受苦成就我荣耀
他的不幸换来我幸福！

——让他睡吧，
上帝为我受苦
也让他为我而休息吧！
——让他醒来吧！
——让他睡吧！
若那睡着的便是把自己交付死亡，
而上帝，以智慧
为我而睡，以妙爱
为我而死，
让他睡吧！
——他虽然睡去，却睁大双眼
他是犹大的狮子
那生而为王的
必不打盹合眼。
让他醒来吧，
在爱中的人
没有比不受苦更大的痛苦！
——让他睡吧，
睡着的人
在梦中演习死亡！
——让他醒来吧！
——让他睡吧！

范晔　译

修女胡安娜·伊内斯·德·拉·克鲁斯（Sor Juana Inés de la Cruz，1651—1695），殖民时期“新西班牙”（墨西哥）杰出的巴洛克诗人，被称为“第十位缪斯”。

雕像的夜曲

哈维尔·比利亚乌鲁蒂亚

梦，梦见夜，梦见街，楼梯
梦见雕像的喊叫在街角伸展。
向雕像跑过去只找到喊叫，
想触摸叫声只发现回声，
想抓住回声只碰到墙
向墙跑过去就摸到了镜子。
在镜子里遇见被杀的雕像，
从她阴影的血泊里拉出来，
一眨眼给她穿上衣裳，
爱抚她像一位意料之外的姐妹
拿她手指的筹码玩耍
在她耳边讲一百次一百个一百次

直到听见她说：“我已经被吓死。”

范晔 译

哈维尔·比利亚乌鲁蒂亚（Xavier Villaurrutia，1903—1950），墨西哥诗人、剧作家。著有《夜曲》《怀念死亡》等诗集，翻译过契科夫、布莱克、纪德等人的作品。在墨西哥设有以他命名的文学奖项“比利亚乌鲁蒂亚奖”。

梦的颜色

雷西格

昨晚她来了，身穿着天鹅绒；
伤口流着血，像火一样红；
一副死人的苍白的面孔，
两只溺水者的无神的眼睛……

一朵凋零、随葬的日光兰
放在裸露、枯萎的前额上。
一条狗在冷地上尖叫，
面向生着双角的朦胧的月亮……

嘴唇上安详的表情
像中了迷人妖术一样坚定，

由于受了她的哭声的惊动

我终于问起她的姓名，
她说：“孩子，连你都不认识我了，
我就是你遭受苦难的魂灵！……”

赵振江　译

雷西格（Julio Herrera y Reissig，1875—1910），乌拉圭现代主义晚期的诗人。作品有《时间的复活》《晚祷》《薄暮的琴声》等。

疲倦的动物

阿尔丰希娜·斯托尔妮

我想要一场有牙有爪的凶猛爱情
它会在光天化日之下背叛打劫
它会让我的高傲止歇，
这高傲相信自己无所不能。

我想要一场有牙有爪的凶猛爱情
它会让活生生的肌体涌出鲜血，
这样或可将我的忧郁了结
是它慢慢腐蚀我的魂灵。

我想要一场爱情就像一阵风暴
一切都摧毁一切又重造

因为有深沉的活力为它燃烧。

它会在那里激活我的泥浆，
我可怜的泥浆是疲倦的动物
总在老路上恹恹地游荡。

范晔　译

阿尔丰希娜·斯托尔妮（Alfonsina Storni，1892—1938），阿根廷诗人。生于瑞士，幼年随家人移居阿根廷。拉丁美洲最著名的女诗人之一，与智利的米斯特拉尔、乌拉圭的阿古斯蒂妮齐名，著有诗集《甜蜜的伤害》《七井世界》《面罩和三叶草》等。后跳海自杀。

白石头上的黑石头

塞萨尔·巴列霍

我将要死在暴雨的巴黎
对那一天我已经拥有记忆。
我将死在巴黎——我不逃避——
也许在星期四，就像今天，在秋季。

那会是星期四，因为今天星期四，我诌出
这几行诗，我穿戴好肱骨
很不乐意，在一路上，从没像今天，
我转过身去，看自己的孤独。

塞萨尔·巴列霍死了，每个人
都揍他，虽然他没得罪大家；

冷不防用棍子狠狠揍他

还用绳索；它们都是目击者：
所有的星期四，所有的肱骨，
孤独，暴雨，道路……

范晔　译

西班牙，要当心……！

塞萨尔·巴列霍

西班牙，要当心，当心你自己的西班牙！
当心没有锤子的镰刀，
当心没有镰刀的锤子！
当心受害者，哪怕他是受害者，
当心刽子手，哪怕他是刽子手，
当心无动于衷的人，哪怕他无动于衷！
要当心，在鸡叫之前，
三次不认你的人，

要当心，鸡叫之后，有人三次不认！[1]
当心没有胫骨的骷髅，
当心没有骷髅的胫骨！
当心新的权势！
当心吃掉你尸体的人，
当心他吞掉你的活人！
当心百分之百的忠心！
当心比空气更近的天国
当心比天国更远的空气！
当心爱你的人！
当心你的英雄！
当心你的死人！

---

[1] 在最后晚餐时，耶稣曾预言门徒彼得在鸡叫以前将三次不认他。参看《新约·路加福音》22章33—34、54—62节：“彼得说，主啊，我就是同你下监，同你受死，也是甘心。耶稣说，彼得，我告诉你，今日鸡还没有叫，你要三次说不认得我。……他们拿住耶稣，把他带到大祭司的宅里。彼得远远地跟着。他们在院子里生了火，一同坐着。彼得也坐在他们中间。有一个使女，看见彼得坐在火光里，就定睛看他，说，这个人素来也是同那人一伙的。彼得却不承认，说，女子，我不认得他。过了不多的时候，又有一个人看见他，说，你也是他们一党的。彼得说，你这个人，我不是。约过了一小时，又有一个人极力地说，他实在是同那人一伙的。因为他也是加利利人。彼得说，你这个人，我不晓得你说的是什么。正说话之间鸡就叫了。主转过身来，看彼得。彼得便想起主对他所说的话，今日鸡叫以前，你要三次不认我。他就出去痛哭。”亦见于《马太福音》《马可福音》《约翰福音》的相关章节。

当心共和国！

当心未来！……

范晔　译

相信望远镜，不相信眼睛

塞萨尔·巴列霍

相信望远镜，不相信眼睛；
相信楼梯，从不相信台阶；
相信翼，不相信鸟
还相信你，相信你，只相信你。

相信恶意，不相信恶人；
相信酒杯，但从不相信烧酒；
相信尸体，不相信人
还相信你，相信你，只相信你。

相信许多人，但不再相信一个人；
相信河床，从不相信河流；

相信裤子，不相信腿
还相信你，相信你，只相信你。

相信窗，不相信门；
相信母亲，但不相信九个月；
相信命运，不相信黄金的色子
还相信你，相信你，只相信你。

范晔　译

祈求

卡夫列拉·米斯特拉尔

上帝啊，你知道我在怎样向你祈求，
为了陌生人，我的热情都像火一样，
可现在是为了我的心上人，
他是我清凉的酒杯，可口的香糖。

我骨骼中的钙质，工作中美好的目的，
衣裙上的丝带，耳旁的细语。
毫不相干的好人我都关心，
如今为了他，你不要生气！

我告诉你，他很善良，

他的心像花儿一样美丽，
性情温柔，像阳光一样明朗，
又像春天一样充满奇迹。

你反驳我，声色俱厉，说他毫不足取，
他炽热的双唇从未说过祈求的话语，
那天下午他未经你的允许
将鬓穴打碎，像把杯子摔掷在地。

但是我的主啊，我要向你说明，
我要像抚摩你头上的玉簪花一样
抚摩他温柔、痛苦的心灵！
它就像新生的蚕茧抽出的丝绒！

他残酷吗？主啊，请忘记吧，我爱他，
他已经知道自己的心肝溃烂。
他使我心中的花朵永远枯干？
这些我全不管，你知道：我将他爱恋！

你很清楚，爱情是痛苦的磨炼；
它是永远不会干涸的泪泉，
它用亲吻使苦行衣上的绳穗更加鲜艳，
绳穗下面是着了迷的视线。

钻孔的铁器有着喜人的清冷，

打开爱恋的肉体，像分开庄稼。
而十字架（犹太人的国王啊，你会记得），
人们温情地扛着它，像一束玫瑰花。

主啊，我来了，脸儿贴在地上，
整整一个夜晚，我要对你细讲，
如果你迟迟不做出满意的回答，
一生中所有的夜晚，我都要喋喋不休，不厌其详！

我会用祈求和哭泣使你的耳朵疲倦，
我要像猎犬一样，舐你披风的边缘，
你可怜的眼睛逃不脱我的视线，
你的双脚也躲不开我的热泪如泉。

原谅他吧，你终究会将他原谅！
你的话在风中散发百合花的芳香；
水面上将闪烁着绚丽的异彩；
荒漠开出鲜花，卵石放出光芒。

凶猛的野兽也会眼泪汪汪，
连你用顽石造就的山岗，
也要用白雪皑皑的眼睑哭泣：
整个大地都会知道你已经将他原谅。

赵振江　译

卡夫列拉·米斯特拉尔（Gabriela Mistral，1889—1957），智利诗人，拉丁美洲第一位诺贝尔文学奖获得者。1945年的授奖词中称："由于她——拉美文学的女王，伟大的悲剧女诗人、《绝望》的作者，那慈母般的手为我们酿造了饮料，使我们尝到了泥土的芬芳，使我们的心灵不再感到饥渴。"主要诗集有：《绝望》《柔情》《塔拉》和《葡萄压榨机》。

一度与她相恋的消防队员罗梅里奥在1909年开枪自杀，据说这首《祈求》和三首著名的《死的十四行》都是为他而作。

断指的小姑娘

卡夫列拉·米斯特拉尔

我的手指捞到一颗蛤蜊，
蛤蜊掉进沙子里，
沙子被大海吞没，
捕鲸人将蛤蜊捞起，
他来到直布罗陀海峡，
渔民们正在唱小曲：
“陆地上的新鲜物，
我们从海里捞到，
一个小姑娘的指头，
谁丢了到这里来找！”

派条船去给我把它装，

派船就要派船长，
派船长就要拨钱饷，
我要一座城市最相当：
要数马赛最理想，
但它还不算最漂亮，
只因有个小姑娘，
手指掉进大海洋，
捕鲸人高声把歌唱
并等候在直布罗陀海峡上……

赵振江　译

ALTAZOR（第二歌）

文森特·维多夫罗

女人，世界由你的眼睛安顿
天空升高因你的在场
大地伸延从玫瑰到玫瑰
空气扩张从鸽子到鸽子

离开时你留下一颗星在位子上
任凭你的光下降像路过的船
我着魔的歌正追随你
好像一条忠实忧伤的蛇
你就在某个星球后面回过头来

怎样的战斗在空间展开？

光芒的矛穿行在行星
冷酷的甲胄反射
哪颗嗜血的星不肯让路?
在哪里你忧伤的夜行人
无穷的馈赠者
徜徉在群梦的林莽

这样我迷失于荒芜的海
孤零零一只鸟夜间落下的羽毛
我在一座冰冷的塔
栖身于对你洋海双唇的记忆
你的欢喜你的头发
明亮铺张好像山上的群溪

神给了你双手你可会失明
我再一次问你

你眉宇的拱设下眼眸的刀兵
敌意的有翅的胜者因花朵的骄傲而坚定
无耻的石头为我向你开声
失去天空的飞鸟为我向你开声
失去风的风景为我向你开声
口吃的绵羊群为我向你开声
睡在你的记忆里
被发现的溪为我向你开声

幸存的草维系于冒险
光的冒险和血的地平线
除了一朵花没有别的托庇
来一丝风就熄灭

平地在你脆弱的美色下迷失
世界迷失在你可见的行进
一切都虚假当你出现
带着你危险的光
无辜的和谐无疲乏无遗忘
泪水的元素向内滚动
由高傲的胆怯和沉默构成

你让时间踌躇不定
让天空产生无限的直觉
远离你无物永恒
你扬洒末日在被黑夜辱没的大地
只在想你的时候才有不朽的味道

你的星这样经过
以你的呼吸远方的疲惫
以你的表情你走路的方式
以向你致意的磁化的空间
它以夜的里程将我们分隔

但我要提醒你我们被缝
在同一颗星
我们缝在一起被同样的音乐弥漫
从你到我
被同样的巨大的树一样颤动的影
我们将成为那片天空
神秘冒险经过的那一段
行星的冒险爆发在梦的花瓣

你怎样逃避我的声音终归徒劳
无望逾越我赞颂的墙垣
我们被同一颗星缝合
你被紧缚于群月之夜莺
它在咽喉履行神圣的秘仪
与我何干夜间的符号
我胸中的根脉和墓地的回声
与我何干发光的谜语
照亮偶然的纹章
和那些岛屿不以我双眼为目的地畅游于混沌
与我何干空洞里花朵的恐惧
与我何干虚无的名字
无尽荒漠的名字
或意志或偶然为化身
在那荒漠每一颗星是一角欲望的绿洲
或是预兆与死亡的旗

我在你的气息里有独占的氤氲
你的目光凭着内在星群的神奇把握
特有的种子的语言
你发光的前额像神的一枚戒指
稳固胜过天宇一切植物
不激起宇宙旋流而扬身上腾
在空气里的影子宛如马驹

我再一次问你
神给了你这双眼你可会喑哑

我用你的声音抵御一切
这声音从心跳声里现身
永恒在这声音里跌落
摔成许多磷光闪闪的天球断片
生命会如何若你不曾诞生
没有披风一颗被冻死的彗星

我发现你像发现一滴泪在一本被忘记的书里
我的胸口早就认识你的名字
你的名字用鸽子飞行的声响拼写
你带来回忆有关更高的生命
属于在某处寻到的一位神祇

在自己的深处你想起
诗人的密码里去年的鸟儿是你

我在一个沉没的梦里梦见
束起头发就创造白天
散开头发就生成夜晚
生命在遗忘里自我观照
只有你的双眼活在世上
唯一的行星体系永不疲倦
沉着的皮肤停泊在高处
远离所有网罗和计谋
在它冥思之光的力量
生命在你身后感到恐惧
因为你是一切事物的深度
当你经过世界便庄严创生
天空的眼泪轰然下降
你在昏睡的灵魂上抹去
活着的苦味
星球在背后变得轻巧

我的喜乐是在你发间听风的声音
（那声响我从远处就能分辨）
当船只遇险河流拖走树干
你是风暴里一盏肉体的灯
长发全速迎风

太阳在你发间寻找他最好的梦
我的喜乐是看着你在世界的长榻上孤独
好像慵懒的公主的纤手
你的眼睛召唤一架气味的钢琴
一杯阵发症饮品
渐渐停歇芬芳的一朵花
你的眼睛为孤独催眠
好像车祸以后继续转动的轮子

我的喜乐是看着你倾听
那一束光线走向水的深处
你怔住长久
那么多星从海的筛子经过
什么也比不上这样的感动
即使是桅杆祈求风起
即使是失明的机场摸索永恒
即使是被定位的鸽子睡在哀哭上面
即使是彩虹双翼缄封
比一行诗里的寓言更美
寓言铺陈夜的桥梁在灵魂与灵魂间

你诞生在我眼光所及的一切领域
高扬起头
全部发丝在风中
你比小马在山间的嘶叫更美

比放过船只灵魂的塞壬更美
比薄雾里寻人拯救的灯塔更美
你比穿透风的燕子更美
你是夏天的海的呼啸
你是充满惊奇的繁华街道的喧嚣

我的荣光在你的双眼
身着你明眸的奢华内蕴的光耀
我坐在你目光里最敏感的角落
守着岿然的睫的静止的沉默
从你眼睛深处传来一样征兆
一阵洋海的风荡漾你的眼波

无可比拟那因你存在而留传的种子传奇
那寻找一颗死而复活的星的声音
你的声音在空间里生成帝国
那手在你里面举起
那目光在无限中书写世界
那头低下倾听永恒里的耳语
那足是连绵道路的节日
那眼睑能搁浅以太的火星
那吻使你双唇的船首膨胀
那微笑像迎向你生命的旌旗
那秘密引导你胸膛的潮汐
睡在你乳房的阴影里

如果你死去
群星纵然有点燃的灯火
也要迷失道路
宇宙该怎样延续？

范晔　译

十四行：为堂拉蒙·德尔·巴列–因克兰而作

鲁文·达里奥

伟大的堂拉蒙，羊的须髯，
他的微笑是形象的精华，
像一位古老的神，高傲冷淡，
在自己的雕像的冰冷里活化。

他眼中的青铜时时焕发
从橄榄枝后面发出红色火焰。
我有一种感觉在他身边
感觉生命愈加激越挣扎。

伟大的堂拉蒙使我不得安适，
他经过我当下诗行的十二宫
在诗人发光的异象里消逝，

抑或破碎在水晶的失利中。
我曾见他从胸前拔除箭矢
来自人间致命的罪七重。

范晔　译

夜曲

德尔米拉·阿古斯蒂妮

镶嵌在夜里你灵魂的湖泊，
仿佛一匹冷静的玻璃网罗
全凭不寐的巨蛛合力纺成。

圣水之精盛在雪花石杯盏；
纯洁镜面你照亮众星璀璨
于一方天空反射生之巅峰……

我是浪游的天鹅一路血染
我来玷污湖泊我振翅上升。

范晔 译

德尔米拉·阿古斯蒂妮（Delmira Agustini，1886—1914），乌拉圭诗人。婚后一年，丈夫将她杀死，并在她身边自杀。著有诗集《晨曲》《空杯》和死后出版的《爱神的玫瑰经》等。

我在海底

阿尔丰希娜·斯托尔妮

在海底的深处
有玻璃的
家。

朝向一条
珊瑚的
街。

一尾金色的大鱼
五点钟
来和我打招呼。

给我带来
红色的枝
珊瑚的花。

我睡在一张
比海蓝一点儿的
床。

一只章鱼
隔着玻璃
冲我挤眼睛。

在环绕我的
绿色森林
——叮咚……叮当——
摇曳歌唱
是海妖女
水蓝色的珠光。

在我头顶上
燃烧，黄昏时
海耸起的
芒。

我要睡了

阿尔丰希娜·斯托尔妮

牙齿是花，发网是露，
手是青草，你，温柔的乳娘，
给我铺好土色的床单，
盖上苔藓缤纷的被子。

我要睡了，我的乳娘，哄我睡吧。
在床头给我放一盏灯，
一个星座，一个你喜欢的：
哪个都好；放低一点儿。

让我一个人就好：你听花蕾在裂开……
有蓝色的脚从上面把你轻轻地摇

还有一只鸟为你画出几个节拍

好让你忘掉…… 谢谢。啊，拜托：
如果他再打电话来找我，
跟他说算了吧，我不在家。

范晔　译

噬尾蛇

噬尾蛇

阿玛多·内尔沃

我经常遇见这种情况，大夫——患者说——每当我要做一样事的时候，总觉得我已经做过了。

我不知道您是否体验过这种奇特而痛苦的感觉。有朋友跟我说，或许是为了安慰我，他们也有过类似的经历，偶尔发生。但在我身上，这种感觉无时不在。我一开口，还没等我说出一句话，我就会想到，清晰得可怕，这句话我以前已经说过了。当我看见一个物体，立刻就意识到我以同样的方式看见过，同样的光线，同样的位置……相信我，大夫，这真让人难以忍受。这样下去我非进疯人院不可……

就现在——他继续说道——我感觉，我想起，我肯定，在另一次甚至不止一次，我跟您描述过我的病情；对，跟您，说同样的话，同样在这个房间……那时候您笑了，就像您现在笑的样子。太可怕了！连您穿的凸花织绣的马甲都是那时候穿过的。一切都一模一样。

转世重生的理论似乎可以帮助解释，不过也就是些假设而已；因为如果我有过前生，也应该是不同的生活……在不同的时代，以不同的肉身。那为什么我总看见同样的东西？

医生捋了下胡须（他的须髯留成扇形），这个捋髯的动作很常见，并且很适合出现在叙述中……他捋了下胡须说：

——您这种情况，我的朋友，是很常见的，只不过这一次发作的强度较为异常，有两种解释：一种生理学的，一种哲学的。根据第一种解释，您的感觉中枢能够即时、自动地记录由神经细胞传达的外界现象。您所看见或听见的事物，以超常的速度印记在大脑里，这要归功于一种特殊的感受力，但尽管被记录下来，您自己却没能意识到。就这样，在记录之后（几分之一秒之后），您得悉自己看见了一个物体，听见了一句话，而在您没意识到的时候已经被看见和听见。于是，很自然，您的记忆唤起之前的印象（尽管只发生在几分之一秒以前），这一记忆使您产生了您所说的重复感。

因此——医生总结道——您不必紧张。总而言之，这种现象只能证明您的神经细胞功能优异，能迅捷地在感官与大脑之间传递感觉，意味着您拥有卓绝的天赋，能够出色地回应外界的一切诉求。

患者明显平静下来，满意地舒了口气。

——那么第二种解释呢，大夫？

——第二种解释有些深奥……我们需要一整套哲学体

系，它的提供者正是弗莱德希·尼采，古斯塔沃·勒庞和布朗基[1]这个档次的人物。

简而言之："鉴于时间是无穷的，而构成物质的原子的数目是有限的，因而可以推论出系统的组合将不可避免地再现"；这就是说，系统的组合在若干个千年后，使您出生和存在，在n个世纪后，在千万年后，在许多阶段、循环之后，在随您怎么想象的时间流逝之后，它不能不再次重复a fortiori[2]，因为，这些组合的数目，无论您怎样估算，毕竟不是无限的。您明白了么？

——是的，完全明白，可您说的这些太神奇了。

——神奇但也符合逻辑。

伟大的弗朗玛龙[3]在他最诱人的篇章中推测，如果存在着无穷多个世界，那么在无尽的空间里，可以设想一个与我们的行星一模一样的星球，在那里发生同样的事件，经过同样的地质时代，分毫不差地重演人类的历史。在那个星球，人们又一次把路易十六送上了断头台，1793年1月21日。

---

[1] 古斯塔夫·勒庞（Gustave Le Bon，1841—1931），法国人种学家和社会学家，著有《乌合之众》等；布朗基（Louis Auguste Blanqui，1805—1881），法国革命家，其政治主张被称为布朗基主义。

[2] a fortiori：拉丁文逻辑学术语，"根据一个更强有力的理由""何况，更要"之意。

[3] 弗朗玛龙（Camille F. Flammarion，1842—1925），法国星象学家，于1887年创建法国星象学会。著有《生存世界的多元性》《真实的世界，想象的世界》和《通俗星象学》等。

……不过没必要推广这个假设。正统的科学理论经过对原子组合的有限性的纯粹数学演算，不必离开这个我们居住的世界就可以把我们引向不可避免的结论：在这样或那样的环境中产生出名叫佩德罗或胡安的微粒的无限组合，已经在世代的更迭中产生过n次同样的人……并且还要产生下去……

这样看来，您和我一样，和所有的人一样，活过，天知道多少次，同样的生命，而且还将活下去，在世世代代永恒的重生中，就像一条吞噬自己尾巴的蛇……

不过——医生感叹道——关于哲学今天就说到这儿吧。您需要有营养和有规律的饮食。请您去享用那些在同样的生生世世中无数次享用过的同样的溏心鸡蛋和牛奶吧。

范晔　译

阿玛多·内尔沃（Amado Nervo，1870—1919），墨西哥诗人，记者，外交官。著有诗集《神秘》《低声》《神圣弓箭手》《荷塘》等。